Michael Ebmeyer · Der Neuling

MICHAEL EBMEYER

DER NEULING

ROMAN

KEIN & ABER

Coverbild: De Agostini Picture Library
Covergestaltung: Nicholas Ditzler
Satz: Dörlemann Satz, Lemförde
Druck und Bindung: CPI – Ebner & Spiegel, Ulm
ISBN 978-3-0369-5532-2

www.keinundaber.ch

Die Matratze ist nicht zu verkaufen, die ist ja jahrelang benutzt. Die könnte man höchstens verschenken. Aber das will ich nicht. – Mag sein, aber wissen Sie, mir macht es etwas aus. Also die behalte ich jetzt hier, da besorgen Sie sich woanders eine. So klang Matthias Bleuel sich selbst noch im Ohr, am Tag danach; dass ihn die Szene verfolgte, leuchtete ihm ein, nicht jedoch, warum ihm gerade seine eigenen ungelenken Worte so ausdauernd im Kopf widerhallen mussten. »Da besorgen Sie sich woanders eine«, so dumm belehrend gesagt. Die beiden jungen Männer hatten mit den Schultern gezuckt, sich den in Malerfolie eingeschlagenen Lattenrost aufgeladen und ihn durch den engen Flur ins Treppenhaus getragen, dann das sperrige Bündel mit den Bettgestellbrettern nachgeholt und waren noch einmal zurückgekehrt, um sich kurz zu verabschieden. Zwei junge Männer, aber keiner der beiden sah wirklich jung aus, der eine hatte schon schütteres Haar, der andere zwar eine volle Mähne, doch sehr schlechte Haut und dicke, bräunlich getönte Brillengläser. Matthias Bleuel hatte ihnen keine Fragen gestellt, zum Beispiel, ob sie Studenten waren, und sie ihm auch nicht. Nur ganz knapp das Geschäftliche, hier das Bett, Buche, wie gesagt, alles vollständig, prüfen Sie ruhig nach, dazu der Rost, wie im Inserat in der *Zypresse* beschrieben. Gefeilscht wurde nicht, dabei hätte er mit sich handeln lassen. Als die beiden draußen waren, hatte er die Scheine, zwei Fünfziger und einen Zwanziger, vom Telefontisch genommen, sie in sein Portemonnaie geschoben und das Portemonnaie in die Innentasche des Sommermantels an der Garderobe. Und war dann wieder ins Schlafzimmer getreten, hatte auf die übrig gebliebene Matratze gestarrt, ein Meter sechzig breit, auf dem Laminat, schief neben dem neuen, schmaleren Bett, eine Ecke ein wenig an der Wand hochgeschoben. Wie eine unordentliche Gästematratze; als wäre er mit den Käufern so verblieben, dass sie wiederkämen und heute bei ihm übernachten würden. Was für ein seltsamer Gedanke. Matthias Bleuel hatte lächeln müssen und war froh gewesen, dass ihm in dem Moment ein Lächeln gelang, und dann hatte er sich über die Matratze gebeugt. Fleckig. Matratzen wurden fleckig, großfleckig, selbst in einem recht sauberen Haushalt, die Flecken schlichen sich ein und verheimlichten ihre Herkunft. Er hatte ein langes schwarzes Haar gefunden und aufgehoben. Zwei Knicke darin. Ein Haar noch von Ilka? Sein Brustkorb zog sich zusammen. Es konnte ebenso gut von dem jungen Mann mit der dicken Brille sein; die Namen der beiden hatte er sich nicht gemerkt, hatte sie wahrscheinlich nicht einmal verstanden, als sie sich nuschelnd vorstellten.

Matthias Bleuel war in die Küche gegangen, das Haar, soweit er sich erinnerte, noch in der Hand (was er dann damit gemacht hatte, wusste er aber nicht mehr), hatte ganz hinten auf dem Wandbrett mit Gewürzen, Ölen, Essig die Flasche Whisky gefunden, Geschenk der Kollegen zum Vierzigsten, hatte sie geöffnet und sich ein Glas eingegossen, obwohl es erst früher Abend war, auf nüchternen Magen. Ohne Appetit, im Stehen an der Anrichte, hatte er dann zwei Scheiben Graubrot mit Schinken gegessen, bevor er das Glas erneut ein wenig gefüllt und die Flasche mit ins Schlafzimmer genommen hatte.

Die Wohnung ohne Ilka. Ihm war, als wäre dieser Zustand für ihn jetzt erst eingetreten, als spürte er zum ersten Mal, wie sie fehlte, ausgerechnet beim Anblick der Matratze, auf die er sich nach einer Weile niedersinken ließ und den Rücken an die Wand lehnte. Und während draußen vor den halb zugezogenen Gardinen ein matter Junitag versickerte, nicht warm und dennoch schwül, mit blassgrauem, reglosem Himmel, hatte Bleuel Ilka vor seinen Augen, so deutlich wie noch nie seit der Trennung, so deutlich wie vielleicht überhaupt noch nie. Wie sie sich das Haar ständig nach hinten strich, auch wenn es ihr gar nicht ins Gesicht gefallen war, wie sie beim Spazierengehen stehen blieb, sobald sie etwas Wichtiges sagen wollte, wie beim Lachen ihr Kopf zurückzuckte, wie sich beim Weinen ihre Unterlippe vorschob, wie sie, wenn sie sich gegenübersaßen, unterm Tisch seinen Fuß suchte, um ihn fest zwischen ihre Waden zu klemmen. Doch warum jetzt diese Bilder, was waren sie, wenn nicht bloß eine Qual? Sie gehörten doch einer Zeit an, in der noch nichts vergebens, in der vielleicht sogar alles selbstverständlich war, alles zusammen, alles miteinander. Ilka, wie sie zum ersten Mal in einem Fengler-Katalog blätterte und lachte, das erinnere sie an ihre älteste Tante. Ilka im hellen Korbsessel, Ilka mit dem Spargelkochtopf, den sie unbedingt kaufen wollte, Ilka krank im Bett, Ilka gesund im Bett, acht Jahre mit Ilka, die letzten zwei davon in dieser Wohnung, auf dieser Matratze. Was nutzte es, die Bilder nun überdeutlich zu sehen? »Matthias, du bist ein einziger Irrweg.« Was man so sagte im Zorn. Aber wenn man danach nichts mehr sagte, oder zumindest nichts Wesentliches, dann waren es eben diese Worte, die blieben, die das Resümee bildeten, und dann sah man sich noch flüchtig vor Gericht wieder. Flüchtig, wie das klang in dem Zusammenhang.

Die Wohnung unverändert, von den paar Sachen abgesehen, die sie mitgenommen hatte. Ihre Bilder hatte sie – und hatte er – an den Wänden gelassen, die Selbstauslöserfotos von ihnen beiden am Strand bei Boltenhagen auf dem Sideboard im Wohnzimmer, ihr Geschirr im Küchenschrank, den Korbsessel, ein paar Pflegeprodukte im Bad. Und noch anderes, alles nach wie vor an seinem Platz, als wäre sie nur vorübergehend weg. Der einzige Irrweg hatte alleine weitergelebt und den Lebensraum so belassen, als wäre man zu zweit geblieben. Er war morgens zur Arbeit gegangen, am frühen Abend zurückgekommen, fast seelenruhig, keine Wut, keine Tränen, keine großen Gedanken, möglichst auch keine kleinen. Weitermachen, als wäre nichts Besonderes geschehen.

Erst jetzt, an diesem nichtigen Juniabend, schienen die acht Jahre mit ihr so plötzlich wie gewaltsam abgehakt. Ausgerechnet das Bett. Beim Einzug zusammen gekauft. Er schenkte sich nach.

Doch wenn ihn dieser Moment so erschütterte, so erschreckte, ihn zur Flasche greifen ließ (sonst trank er nie, vielleicht mal ein Bier nach Feierabend, aber auch das war die große Ausnahme): wer, wenn nicht er selbst, sollte denn die Anzeige in die *Zypresse* gesetzt haben? Das Bett, die beiden jungen Männer, die nicht jung aussahen und nun eine Matthias Bleuel unbekannte Verwendung dafür fanden. Eine Szene, die er für sich selbst arrangiert hatte, ein Trick, um sich selbst zu überlisten, weil er sonst nie wirklich anerkannt hätte, dass es vorbei war. Im Sideboard weggesperrt ein Aktenordner voller Scheidungskram, und hinter den Strandfotos lag der Zettel, auf dem sie ihm widerwillig und kaum leserlich ihre Münchner Adresse hinterlassen hatte. Eine Wohnung, die ihre Eltern dort besaßen, so viel wusste er. Schwabing. Hätte er sie anrufen und fragen sollen, ob sie das Bett wollte? Wie oft hatten sie in den letzten Monaten telefoniert? Dreimal. Knapp und kalt. Wann er den geänderten Mietvertrag endlich zu unterschreiben gedenke, und wie er es sich erkläre, dass sie immer noch Stromrechnungen nachgeschickt bekomme. Natürlich wären es viel mehr Gespräche gewesen, wenn sie ein Kind gehabt hätten, aber mit einem Kind wären sie nun vielleicht nicht getrennt. Wenn Ilka kein Kind verloren hätte. Verloren, wie das klang in dem Zusammenhang. In dem Zusammenhang hatte er auch einmal an ungünstiger Stelle das Wort Irrweg gebraucht (die Zyklusüberwachung, ihr aufdringlicher Arzt, die ständigen Blutwerte, die Progesterongaben, die Besessenheit), mit dem er dann gleichgesetzt wurde. Er schenkte sich nach. Klar, an diese Zeit zurückzudenken passte besser als an die Fraglosigkeit von Füßeln und Spargeltopf. Mehrere Fehlgeburten (habituelle Aborte, sagte der Aufdringliche) waren allemal ein Prüfstein, an dem eine Ehe zerbrechen konnte. Darauf konnte man sich also nun zurückziehen: das Unglück, die zunichte gemachte Hoffnung auf Nachwuchs (oder auf ein Weiterleben nach dem eigenen Tod), das musste doch der Grund gewesen sein. Aber es war ihm bitter und widerlich, sich an die schweren Monate zu erinnern, so bitter und widerlich, dass auch der Schock des verkauften Betts für diese Erinnerungen kein zwingender Anlass sein durfte, wieder aufzutauchen. Vielleicht würde es jemandem in München gelingen, ihr ein Kind zu machen, ein paar Jahre lang müsste sie noch eine Chance haben und Willenskraft sowieso. Er sollte es ihr wünschen! Und nein, bloß nicht zu sehr im Selbstmitleid versinken, in der Wohnung voller Ilka ohne Ilka, in der Wohnung, die ihm plötzlich unerträglich war. Wie sollte er es hier noch einen Tag länger aushalten? Wie hatte er es hier das letzte halbe Jahr ausgehalten? Nur schnell das gnädige Vergessen wiederfinden, und sei es im Glas Whisky in seiner Hand. Und nach dem nächsten Schluck endlich von der Matratze aufstehen.

Ob er das so bald getan hatte, wusste er nicht mehr. Jedenfalls stand die Flasche am Morgen immer noch im Schlafzimmer, zum Glück gut zweidrittelvoll, wer weiß, in welches Ausmaß der Anblick einer leeren oder auch nur halbleeren Whiskyflasche seine rasenden, vom Genick her ausstrahlenden Kopfschmerzen gesteigert hätte. Das pelzig-karamellige Gefühl auf seiner Zunge hielt Kaffee und Zähneputzen hartnäckig stand, und er konnte nicht ausschließen, dass er vor dem Wechsel ins neue Bett die alte Matratze noch mit ein paar stillen Tränen begossen hatte; zum Glück verschleierte sich an diesem Punkt seine Erinnerung.

Und zum Glück konnte er sich an diesem Tag die Arbeit seinem Zustand gemäß einteilen. Den Vormittag verbrachte er mit Aufgaben, die sich auch mit schwerem Schädel erledigen ließen, vor allem mit der Durchsicht der Lieferprotokolle aus Rumänien und der Türkei, mit denen es seit Monaten keine Probleme mehr gab; Frau Velescu und Herr Kemal hatten in Iași und in Ankara den Laden mittlerweile fest im Griff. Zu Mittag aß er, wie jeden Dienstag, mit seiner Abteilung, also der Logistik, doch er konnte ungestört über einem Seelachs mit Bratkartoffeln schweigen, denn man hatte nichts Besonderes zu besprechen, die Geschäfte liefen gut, die Firma zählte zu den Profiteuren der Entwicklungen im ehemaligen Ostblock, so ungewöhnlich das klingen mochte für ein in Baden-Württemberg ansässiges Unternehmen der Modebranche.

Ilkas Sachen. Mussten raus aus der Wohnung. Das Bett war nur der Anfang, nur das Zeichen, dass die schlecht verpflasterte Wunde aufgebrochen war. Nun tat die richtige Nachsorge Not, die Rosskur, und es eilte. All ihr Zeug musste fort, sich weiter damit zu umgeben, war eine traurige und gefährliche Lüge, die keinen Tag länger andauern durfte. Oder war es er selbst, Bleuel, der aus der Wohnung hinausmusste?

»Die Rechnung bitte«, hörte er sich sagen, als die Kellnerin sich in sein Blickfeld beugte, und die andern sahen ihn verwundert an, denn eben hatte der Kollege Thomas Hüning vorgeschlagen, dass, weil am Sonntag sein Geburtstag gewesen sei, doch jeder noch einen Nachtisch bestellen solle. »Entschuldigt, ich war in Gedanken schon bei den Hamburgern«, stammelte Bleuel und handelte sich dafür ein »Ha, du Vielfraß« vom blendend gelaunten Hüning ein; dabei meinte er natürlich die Kooperationspartner vom Zustelldienst, die ihre Zentrale in der Hansestadt hatten und ihm mit ihrer aus heiterem Himmel verkündeten neuen Tarifstaffelung die sicherheitshalber auf den Nachmittag gelegte haarigere Aufgabe dieses Tages beschert hatten. »Bin heute ziemlich matschig im Kopf«, winkte er ab, brachte ein glaubhaftes Heuschnupfenschniefen zustande und bestellte bei der immer noch neben ihm wartenden Kellnerin einen Apfelstrudel mit Vanilleeis.

Er hatte das Gespräch mit dem Geschäftsführer in Hamburg gerade hinter sich und, wie er fand, halbwegs überzeugend den harten Hund gegeben (»Sie sind ja auch nicht allein am Markt, Herr Kelleborg«), als ihn die Nachricht erreichte, dass Fengler ihn sprechen wollte. Um 17 Uhr, wenn er Zeit hätte, es sei nichts Dienstliches.

Auf die Minute pünktlich trat Bleuel im obersten Stockwerk aus dem Fahrstuhl, schritt auf die breite, mit dunkelgrünem Leder gepolsterte Tür am Ende des Ganges zu und konnte den Gedanken nicht abschütteln, unter der Ansage »nichts Dienstliches« würde ihn ein Gespräch über den Verkauf seines Ehebetts erwarten. »Da besorgen Sie sich woanders eins.« Nein, Schluss mit der Spinnerei. Wann Fengler ihn zuletzt zu sich bestellt hatte, wusste er nicht mehr genau. Wohl noch im vorigen Jahr. Und nun ausgerechnet heute.

Fengler, der Patriarch kurz vor dem späten Rückzug aus dem Geschäft. Er hatte den Versandhandel vor fünf Jahrzehnten eingeführt, unmittelbar nachdem er das Modehaus von seinem Vater, dem Gründer, übernommen hatte. Die großzügige Suite aus Vorzimmer, Konferenzraum und seinem eigentlichen Büro bot einen Panoramablick auf die Theodor-Heuss-Straße, die von hier aus wie ein Stummfilm über städtische Mobilität aussah. Alle inneren Wände waren mit breiten Teakpaneelen ausgekleidet und von Hüft- bis Schulterhöhe im selben mit Messingnägeln durchsetzten Grün gepolstert wie die Eingangstür; ein altmodischer Chefgeruch von Leder und Zigarillos erfüllte die drei Räume. Im Vorzimmer grüßte Frau Windisch mit ihrem Sekundenlächeln und knappem Winken, wobei sie den Textmarker nicht aus der Hand legte. Auf dem Schränkchen hinter ihr war die Kaffeemaschine kürzlich durch einen schwarz glänzenden Automaten für Espressotabletten ersetzt worden. Die Tür zum Konferenzzimmer stand offen, die zu Herrn Fenglers Büro halboffen. Bleuel klopfte dennoch, und sofort erklang das »Kommen Sie doch hinein!« des Alten. Müsste es nicht *herein* heißen, fragte sich Bleuel wie jedes Mal, aber der Ruf »Kommen Sie doch hinein!« gehörte zu Fengler wie die Zigarillos, der aus einem Dutzend vergilbter Haare bestehende Restschnurrbart und der goldgefasste Siegelring an seiner fleckigen Rechten.

»Nehmen Sie Platz, Herr Bleuel.«

Fengler wies auf den ovalen Besprechungstisch im vorderen Teil des Raums, Teak wie alle Möbel hier, und ließ eine ungeduldige, fuchtelnde Geste folgen, damit

Bleuel sich auch wirklich hinsetzte und nicht etwa wartete, bis der Alte sich, auf seinen Stock gestützt, hinter seinem Schreibtisch hervorgearbeitet und ebenfalls am Oval niedergelassen hatte. Sein Büro galt als der einzige Raum im ganzen Gebäude, in dem sich kein einziger Fengler-Katalog befand. Aber säuberlich gerahmt und dicht an dicht reihten sich über der Oberkante des Lederstreifens die Originalgrafiken sämtlicher Werbeplakate der Versandhausgeschichte. Am Anfang stand der Spruch »So modern!«, steil gestrichelt, in dunkelroter Schrift über einer adrett gezeichneten vierköpfigen Familie auf Pastellgrund. Ende der Sechziger wechselte man zum defensiven »Mir gefällt's!«, dazu das Foto einer mütterlichen Brünetten mit auberginefarbener Turmfrisur. Am dauerhaftesten hielt sich der Slogan »Die Mode, die ich mag!«, zu immer neuen Motiven, unterbrochen von einer Phase »Genau das suche ich!« um 1980. Gegenwärtig war man, nach ein paar Jahren des vom Patriarchen wohl halb resigniert durchgewinkten »My way of fashion!«, einmal mehr zu »Die Mode, die ich mag!« zurückgekehrt. Nur mittig an der Rückwand hingen keine Plakate, dort wachte ein großes Ölportrait des Gründervaters über Fenglers Schreibtisch.

Fengler hatte seinen Platz gegenüber Bleuel eingenommen, Frau Windisch brachte ein Tablett mit Kaffee, Keksen und Mineralwasser. Sie stellte eine halb gefüllte Tasse und ein halb gefülltes Glas vor dem Alten ab, der nichts davon anrührte. Bleuel erhielt einen Cappuccino aus der Tablettenmaschine. Frau Windisch zog sich wieder zurück und schloss die Tür hinter sich.

»Herr Bleuel«, Fengler strich beim Sprechen seine linke Manschette zurecht, »wie lange arbeiten Sie nun schon bei uns?«

»Zwölf Jahre, glaube ich.«

»Zwölf Jahre und vier Monate.«

Er lächelte und nickte zu seinen eigenen Worten, und Bleuel tat es ihm gleich.

»Geht es Ihnen denn privat gut?«

Woher jetzt diese Frage? »Ich kann nicht klagen«, murmelte Bleuel.

»Sie sind ungebunden, nicht wahr?«

Er schluckte. Natürlich wusste man in der Firma von seiner Scheidung, so ungern er darüber sprach. Dem Alten gegenüber hatte er das Thema nie erwähnt. Sicher war irgendein Formular, auf dem der Wechsel seines Familienstands vermerkt war, an Fengler gegangen, aber es müsste doch bei Frau Windisch gelandet sein.

»Ja, seit einigen Monaten wieder.« Und er hätte sich nicht gewundert, wenn Fengler ihm als Nächstes mitgeteilt hätte, seit wie vielen Monaten und Wochen genau. Doch der Alte nickte nur wieder, mit einem kurzen Seufzer oder Atemrasseln. Er hatte die Unterarme auf die Tischkante gestützt, die Hände gefaltet, die Daumen gegeneinander gelegt.

»Interessieren Sie sich für Russland?«

Warum nur, warum ausgerechnet heute? »Naja, natürlich, also wir produzieren dort ja nicht, aber ein wichtiger Markt für Fengler, ein sehr wichtiger, und bestimmt könnten wir uns da noch steigern – man könnte vielleicht –«

»Nein, Herr Bleuel, verstehen Sie mich nicht falsch. Ich bin überhaupt nicht unzufrieden mit unserer Situation in Russland. Im Gegenteil.«

Zeit für das obligatorische Zigarillo, das Fengler auf seinem Weg vom Schreibtisch aus einem hellen Holzkästchen gepflückt hatte und nun mit einem langen, schwarzen Streichholz anzündete.

»Wenn Männer meines Baujahrs von Russland anfangen, ist das ja meist so eine Sache.«

Bleuel hielt ein sehr ernstes Gesicht für angebracht.

»Aber keine Sorge, ich bin damals drum herumgekommen.« Er wedelte mit der Zigarillohand. »Russland; Sibirien: dennoch eine große Faszination für mich, Herr Bleuel, eine sehr große Faszination. Aber eben aus anderen Gründen.«

Er lächelte und machte eine Pause für zwei Züge. Matthias Bleuel entschied, dass er nicht mehr auf der Hut zu sein brauchte; er konnte entspannt abwarten, was Fengler im Sinn hatte. Nur noch leise im Hintergrund spürte er den Kopfschmerz vom Morgen. Sich zu erkundigen, was denn die anderen Gründe seien, von denen Fengler gesprochen hatte, wagte er natürlich nicht. Dafür stellte der Alte wieder eine Frage: »Kennen Sie Kemerowo?«

»Ehrlich gesagt, ich weiß jetzt auf Anhieb nicht –«

»Eine Stadt von einer halben Million Einwohnern, Herr Bleuel. Man glaubt gar nicht, wie viele Städte solcher Größe es heute auf der Welt gibt, von denen man noch nie etwas gehört hat. Was meinen Sie, Dutzende? Oder mehr als hundert?«

»Doch, den Namen habe ich sicher schon mal gehört. Kemerowo.«

Fengler schüttelte lächelnd den Kopf: »Versuchen Sie es russisch auszusprechen: Kjemmerawa.«

»Kjemmerawa.«

»Es ist die Hauptstadt des Kusbass, eines der größten Kohlereviere Russlands. Südliches Sibirien, ein paar hundert Kilometer östlich von Nowosibirsk. Wenn Sie eine Linie zwischen Moskau und Wladiwostok ziehen, dann liegt Kemerowo genau in der Mitte.«

Zum ersten Mal fragte sich Bleuel, warum Fengler keine Weltkarte in seinem Büro hängen hatte. Vielleicht weil sie die Abfolge der Plakatgrafiken gestört hätte. Aber für einen Globus wäre Platz gewesen. Das Versandgeschäft umspannte den Planeten.

»Von furchtbaren Grubenunglücken in der Gegend liest man leider dann und wann.«

»Ja, daran kann ich mich auch erinnern.«

»Herr Bleuel, haben Sie diesen Sommer Urlaubspläne?«

Wieder geriet er ins Stammeln: »Nun – noch nichts Konkretes.«

»Das heißt, Sie wären Anfang August abkömmlich?«

»Eigentlich schon.«

»Hätten Sie Lust, nach Kemerowo zu reisen?«

Was ging hier vor sich? Bleuel angeschlagen, Bleuel gerade von der Vergangenheit eingeholt, oder vielmehr von seiner traurigen Gegenwart, Bleuel an einem sehr schwachen Punkt, Bleuel mit Whiskyschäden: und nun sollte er auch noch nach Sibirien geschickt werden. Zwölf Jahre in der Firma, aber von einer Russlandschwärmerei Fenglers hatte er nie etwas mitbekommen.

Sibirien. Eins der großen Worte, die man durchs Leben trug. Das Unermessliche: maßlos weit, maßlos schrecklich, maßlos kalt. An Sibirien arbeiteten sich Fernsehkorrespondenten im Ruhestand ab, nutzten die paar frostfreien Wochen, um an riesigen Flüssen entlang zu reisen und zahnlose Mütterchen in Kittelschürzen zu filmen, die hinter ihren schiefen Holzhütten gegen jede Wahrscheinlichkeit winzige Gemüsegärten unterhielten. Das lief dann als Zweiteiler im Weihnachts- oder Osterprogramm, während die Mütterchen gegen jede Wahrscheinlichkeit unter einer meterdicken Schneedecke ihr Dasein weiterfristeten.

Doch in dieses Sibirien sollte er ja anscheinend gar nicht geschickt werden. Sondern in eine Art russisches Ruhrgebiet, wo die Kumpel mit fataler Regelmäßigkeit zu Dutzenden oder Hunderten in einstürzenden Schächten umkamen. Und ihm fiel ein, dass die Gegend, in der er den Großteil seiner Jugend verbracht hatte, Badisch Sibirien genannt wurde. Möckmühl, nördlich von Heilbronn.

»Wenn es für Sie nicht in Betracht kommt, dann würde ich Herrn Hüning fragen.«

»Nein, bitte, entschuldigen Sie – ich war, ich bin heute ein bisschen neben der – ein bisschen unpässlich, ich – aber eigentlich –«

»Sie müssen sich nicht gleich entscheiden. Lassen Sie es sich durch den Kopf gehen, schlafen Sie ein paar Nächte drüber. Und dann geben Sie mir Bescheid. Es sei denn, wie gesagt, es ist von vornherein für Sie ausgeschlossen.

Wenn nicht, dann könnte ich Ihnen nun auch noch ein bisschen genauer erklären, worum es gehen würde.«

»Gerne, ja. Bitte.«

Fengler war ein Greis. Noch nie hatte Bleuel das so deutlich gesehen wie in diesem Moment. Greisenkörper, Greisenschädel – wenn man ihn von nahem betrachtete, schien nur der schwarzgraue Anzug, den er trug, ihn noch an die Außenwelt zu binden. Ohne den Zwirn konnte man ihn sich auch in einem Pflegebett vorstellen oder zumindest im Rollstuhl in der Cafeteria eines Seniorenstifts, vor einer halbvollen, erkalteten Tasse Kaffee. Das leuchtende Gesicht schon weit, weit auf dem Rückweg zum Kindlichen, zum Elementaren; das Zigarillo und das bisschen Schnurrbart konnten darüber nicht hinwegtäuschen. Ein verlorenes Kind. Was für ein Gedanke. Mochte der Kopfschmerz sich auch schneller verzogen haben als erwartet, den Whisky würde Matthias Bleuel auf absehbare Zeit nicht wieder anrühren.

»Wie Sie wissen, stehen wir in vielen Ländern mit Büros in Kontakt, die Bestellungen aus dem Katalog sammeln und gebündelt an uns abschicken. Ein Geschäft, das seit Jahren zu einer bedeutenden Größe in unseren Bilanzen geworden ist. Nun habe ich mir in letzter Zeit diese Büros in den Staaten der vormaligen Sowjetunion ein wenig genauer angesehen. Schauen Sie hier.«

Er legte das Zigarillo auf dem Aschenbecherrand ab, um Bleuel eine Visitenkarte zu reichen. *Catalog Services*, stand in der Oberzeile, darunter ein rechteckiges, grün unterlegtes Logo *Fengler Profi Partner* sowie ein Name und eine Adresse in kyrillischer Schrift.

»Lesen Sie die russischen Buchstaben?«

»Pa … Paln-ha …«

»Galina.«

»Oh. Galina. Galina Kaplo –«

»Galina Karpowa heißt die Dame. Sie betreibt ihr Geschäft in Kemerowo, sehen Sie dort.«

Kemepobo, las Bleuel.

»Und sie arbeitet höchst erfolgreich. In den letzten vier Jahren konstant die meisten Bestellungen von allen Büros in der einstigen UdSSR. Und die Zahlen werden immer besser.«

»Das klingt ja wirklich beeindruckend.«

»Naja, naja. Sie werden die sentimentalen Anwandlungen eines alten Mannes vielleicht belächeln, Herr Bleuel: aber ich möchte mich bei Frau Karpowa gerne erkenntlich zeigen. Ach, jetzt habe ich« – er wandte sich nach seinem Schreibtisch um – »wären Sie so freundlich, mir die Mappe dort zu geben?«

Bleuel sprang auf und holte sie, DIN A3, bordeauxrotes Leder. Im Aschenbecher war das Zigarillo des Alten verloschen, und aus der Mappe zog er einen gelblichen Bogen Büttenpapier. Eine Urkunde, so stellte es ein umschnörkelter Schriftzug klar, der das gesamte obere Drittel des Blatts einnahm. *Für besonders gute Zusammenarbeit in Dankbarkeit überreicht an Frau Galina A. Karpowa und ihr Team von Hans W. Fengler.* Unten nebeneinander das Fengler-Firmenzeichen und das *Profi-Partner*-Logo; dann *Stuttgart/Kemepobo im August 2007* und Fenglers grazile Unterschrift.

»Diese Urkunde würden Sie überbringen. Wird natürlich noch gerahmt. Anfang August wäre ein guter Termin für die Reise, das ist so mit Frau Karpowa besprochen. Als Ferienmonat gilt dort der Juli, im August geht das Geschäft wieder voll los. Das Wetter dürfte aber noch sommerlich sein. Sie könnten, wie es Ihnen beliebt, für ein paar Tage hinfliegen, für eine Woche oder auch für länger. Ein Dolmetscher würde Ihnen für die Dauer Ihres Aufenthalts zur Verfügung stehen, und ein gewisses touristisches und kulturelles Programm würde Frau Karpowa Ihnen ebenfalls bieten. Im Gegenzug müssten Sie im Grunde nichts weiter tun, als den Dank und die Anerkennung der Firma zu übermitteln. Wissen Sie, ich hätte die Reise natürlich am liebsten selbst gemacht, aber Sie sehen ja« – er ließ seine Unterarme theatralisch über der Tischplatte zittern – »die morschen Knochen.«

Bleuel nickte und fragte sich, ob es unpassend war, an dieser Stelle zu nicken.

»Lassen Sie es sich durch den Kopf gehen. Hier.« Er griff wieder in die Mappe. »Frau Windisch hat noch ein wenig Material über das Gebiet Kemerowo zusammengestellt.« Und er reichte seinem Logistiker einen gehefteten Stoß ausgedruckter Blätter.

»Danke. Aber ich glaube, ich habe mich schon entschieden.«

»Aha?«

Fengler hatte wieder, leicht vorgebeugt, die Hände über der Tischplatte gefaltet.

»Ich mache es. Ich bringe Frau Karpowa die Urkunde.«

»Sind Sie sicher? Ein paar Tage können Sie ruhig noch

drüber schlafen. Sie sagten ja vorhin, Sie fühlen sich heute nicht gut.«

»Nein, nein, das ist kein Problem. Ich kann Ihnen hiermit meine verbindliche Zusage geben.«

»Das freut mich sehr, Herr Bleuel. Das freut mich wirklich sehr. Wissen Sie, aus dem ganzen Haus erscheinen Sie mir als der geeignetste Mann für diese Aufgabe.«

Und das Greisengesicht leuchtete noch heller als zuvor, während Fengler sich, auf seinen Stock gestützt, erhob und mit kleinen, tastenden Schritten hinter seinen Schreibtisch zurückkehrte. »Frau Windisch!«, rief er in die Sprechanlage, und dann, wieder zu Bleuel: »Sie haben nicht zufällig Ihren Reisepass hier?«

Frau Windisch erschien bereits in der Tür.

»Das Visum geht dann auf Herrn Bleuel, bitte.«

»Nein«, sagte Bleuel und meinte den Reisepass.

»Dann bringen Sie ihn mir bitte morgen früh vorbei«, sagte Frau Windisch.

An diesem Abend konnte er nicht zurück in die Wohnung, der Gedanke an die Matratze war ihm unerträglich, aber im Grunde war ihm jeder Gedanke unerträglich. Was hatte er getan? Nach Sibirien. Zur Urkundenübergabe wäre natürlich eine festliche Ansprache fällig, er würde dabei einen beflissenen Dolmetscher neben sich haben, oder einen holprigen Dolmetscher, doch gewiss nicht halb so holprig wie er selbst. Matthias Bleuel, der überhaupt nicht reden konnte, geschweige denn ein strahlender Botschafter des Fengler-Versands sein. »Aus dem ganzen Haus erscheinen Sie mir als der geeignetste Mann für diese Aufgabe.« Welcher Teufel ritt den Alten? Der geeignetste Mann, der wäre ein Jovialer, ein Weltgewandter, einer mit Osterfahrung. Fast sechzig Mitarbeiter in der Zentrale, unter ihnen musste doch einer sein, der ein paar Worte Russisch beherrschte. Auch wenn Bleuel auf Anhieb niemand einfiel. Aber so etwas wusste man ja nicht unbedingt voneinander. Und selbst falls keiner Russisch konnte, man würde doch wenigstens einen nehmen, der auf dem Betriebsfest schon einmal erfolgreich den Conferencier gespielt hatte. Aber nicht Bleuel, Bleuel hatte nichts im Vordergrund zu suchen, da wäre sogar Hüning die bessere Wahl. Hatte der Alte den Verstand verloren?

Und er selbst? Niemand hatte ihn gezwungen einzuwilligen, er hätte ebenso gut Nein sagen können. Flugangst oder was auch immer, eine Erklärung wäre gar nicht nötig gewesen. Er hätte einfach sagen können, eine Ehre, aber tut mir sehr leid, ich fürchte, ich bin nicht der Richtige für so etwas. Und sei es nach ein paar Tagen Bedenkzeit. Der Alte wäre vielleicht ein bisschen traurig geworden, aber er hätte ihm das Nein auf keinen Fall verübelt. Matthias Bleuel, der nicht zurück in seine Wohnung konnte, der sich dringend hier und jetzt um sein Leben kümmern musste – was machte er? Sagte im Affekt eine Dienstreise zu, die nach Verbannung klang. *Dank für die Glückwünsche, Herr Bleuel, aber nun begeben Sie sich bitte zu Herrn Chodorkowski in die Zelle, die Nacht ist kurz im Gulag.* Was für ein Blödsinn. Er kannte sich nicht mehr. Gleich morgen früh wieder hin, Fahrstuhl in den obersten Stock, Klopfen bei Frau Windisch, Panoramablick – *nein, es ist nicht wegen dem Reisepass, es ist weil ich leider doch nicht kann.*

Und genau dies würde er niemals tun. Stattdessen würde er seinen Pass brav abliefern und den Dingen ihren Lauf lassen. Ein Matthias Bleuel, der in den Lauf der Dinge eingriff, trat ja nur in Erscheinung, wenn er sich damit in etwas hineinreiten konnte, und nicht, wenn es galt, sich Unannehmlichkeiten vom Hals zu schaffen.

Sibirien. Sechs, sieben Wochen noch, und er würde steif und mit nervösem Gedärm irgendwo tief in der Fremde stehen, auf halber Strecke zwischen Moskau und Wladiwostok, Tausende Kilometer von hier (wie viel tausend eigentlich? vielleicht fand sich in Frau Windischs Unterlagen die Antwort), würde stammelnd ein Büttenpapier überreichen, und dieser Moment ballte sich nun vor ihm wie ein Prüfungs- oder Operationstermin und würde in den nächsten Wochen jeden Versuch, mit seiner so dringend nötigen Rosskur voranzukommen, überlagern und vereiteln.

Er fand sich auf der Königstraße wieder, fand, dass er mit lächerlich zügigen Schritten, als hätte er ein Ziel, in Richtung Schlossplatz ging, und hielt plötzlich an, weil er aus dem Augenwinkel etwas sah. Die rasche Wendung seines Kopfs reichte noch aus, um zu erfassen, wie die Libelle hinter einem Zwillingspaar überquellender städtischer Müllkörbe, an einem Laternenpfahl befestigt, abtauchte. Blauschillernd, wohl aus dem Schlossgarten herübergeweht – eine Libelle auf der Königstraße konnte keine Sensation sein, dennoch wunderte er sich. Da sie aber hinter den Eimern nicht wieder hervorkam und Bleuel deren Anblick ohne Libelle widerwärtig fand, wandte er sich ab und betrat das nächstbeste Café. Es schien namenlos zu sein, auf dem Neonschild an der Tür stand nur *Segafredo*. Ein schmaler Raum, vor der geschwungenen Bar aus hellem Holz duckten sich vier Bistrotische. Keiner war besetzt, ein Kellner mit zurückgeöltem schwarzem Haar wischte die Theke und unterbrach sein Pfeifen, als Bleuel Platz genommen hatte, für ein »Was darf es denn bei Ihnen noch sein?«.

»Ein – ein –« Bleuel ärgerte sich über sein eigenes Gestotter – »ein Ginger Ale«, schloss er hastig. Und fragte sich, wie er darauf gekommen war. Hatte er jemals ein Ginger Ale bestellt? Tat er es nun unbewusst deshalb, weil es die gleiche Farbe wie Whisky hatte? Er lehnte sich zurück, beugte sich sofort wieder ein wenig vor, weil sein Hinterkopf die Wand berührt hatte, und nahm den Stoß Blätter über Kemerowo zur Hand. Unkonzentriert überflog er Zahlen und Zusammenfassungen zu Bergbau, chemischer Industrie und Arbeitslosigkeit. Er las zwei Absätze über den ersten Menschen, der ein Raumschiff in der Erdumlaufbahn verließ, um, nur durch ein Seil gesichert, frei im All zu schweben, dann eine halbe Seite über die Sportart Bandy (eine Art Eishockey, wie es schien), und er betrachtete im schwachgelben Licht den verwischten Ausdruck eines Webcamfotos: *Der Platz vor dem Dramatheater*, mit prächtigem Springbrunnen im Sonnenschein.

Er hob den Blick von den Zetteln und nippte an seinem Getränk, das er säuerlicher erwartet hatte. Kemerowo. Nichts konnte er sich vorstellen, gar nichts, und am wenigsten sich selbst in Sibirien. Er konnte sich ja noch nicht einmal sich selbst in seiner eigenen Wohnung vorstellen. Stattdessen kamen ihm Anfangssätze aus russischen Klassikern in den Sinn, die er als Achtzehnjähriger gelesen hatte. Dostojewskij oder Gogol. »In der Garnisonsstadt K. im Gouvernement – – –«; aber nein: K. war keine Garnisonsstadt, K. war selbst Sitz eines Gouverneurs, so stellten es die Unterlagen klar. Und der Fluss, an dem die Stadt lag, hieß Tom, war aber weiblich.

Bleuel fielen fast die Augen zu. Er hatte seinem Kopf erlaubt, sich doch leicht gegen die getäfelte Wand zu lehnen, ließ Garnison und Gouverneur im Dämmer versinken und sah wieder die Libelle vor sich. Wie sie zwischen den Müllkörben verschwand. Und noch einmal. Und noch einmal. Dann schreckte ihn die Stimme des Kellners auf: »Sorry, wir schließen jetzt.«

Er blickte auf die Uhr. Erst kurz nach acht. Er schob die Papiere zurück in seine Aktentasche, zahlte und eilte hinaus.

Abgestandene Abendluft, er fühlte sich, als hätte er den ganzen Tag in einem schlecht klimatisierten Sitzungsraum zugebracht. Ihm fiel ein, dass er noch nichts gegessen hatte. Hungrig war er nicht, doch er fürchtete, wenn er gar nichts zu sich nähme, würden in der Nacht die Kopfschmerzen wiederkommen, also überwand er sich zu einem Hamburger. Und weil er nun ohnehin am Bahnhof war, stieg er in die U7 Richtung Messe und kehrte zurück in die Wohnung. Wohin auch sonst. »Das Nescht«, wie Ilka sie genannt hatte, in neckischer Imitation des schwäbischen Zungenschlags. Am Ende, zur Zeit der habituellen Aborte, hatte sie das nicht mehr getan. Mit dem Impuls, die Luft anzuhalten, stellte Bleuel seine Tasche unter der Garderobe ab. Er wusch sich die Hände, trat ins Wohnzimmer und sammelte die Fotos vom Sideboard. In der Abstellkammer neben der Küche wickelte er die gerahmten Aufnahmen in eine Plastiktüte, die er dann ins Dunkel hinter Staubsauger, Bügelbrett und Putzeimer schob. Den Zettel mit Ilkas Adresse in München warf er nach längerem Zögern doch nicht weg, sondern ließ ihn nur in einer Schublade verschwinden, dabei hatte er die Nummer in sein Telefon einprogrammiert. Das Bedürfnis, sie anzurufen, kämpfte er nieder. Er trank Mineralwasser aus der Flasche, setzte sie lange nicht ab und fragte sich dann, ob der Nachgeschmack des Burgers nicht noch penetranter war als der von Whisky.

Im Schlafzimmer roch das neue Bett nach neuem Holz, und die alte Matratze kam ihm vor wie eine riesige tote Qualle, die auf dem Laminat zerfloss. An einem der nächsten Tage würde er den Hausmeister bitten, sie mit ihm zusammen in den Keller zu tragen. Und wenn er jemanden anrufen sollte in diesem Moment, dann doch allenfalls die beiden Käufer: ob sie die Matratze noch nehmen würden, geschenkt, er habe es sich überlegt. Von ihnen hatte er keine Telefonnummer. Er wusste nicht einmal ihre Namen. Und zum ersten Mal fiel ihm auf, dass er den Kauf des neuen Betts, anders als den Verkauf des alten, nicht als einschneidendes Ereignis empfunden hatte.

Gerade Viertel nach zehn. Müde war er inzwischen nicht mehr, es war auch nicht damit zu rechnen, dass er würde schlafen können. Er machte sich trotzdem bettfertig. Als er im Pyjama wieder ins Schlafzimmer trat, versuchte er keinen Blick auf die Matratze am Boden zu werfen. Im neuen Bett drehte er sich auf die ihr abgewandte Seite, zum Fenster. Da besorgen Sie sich woanders eine, hallte es ihm im Kopf wider. Nach Sibirien, dachte er.

Am nächsten Morgen einigte er sich mit Frau Windisch, dass er sich um das Visum doch selbst kümmern würde; es wäre sonst unnötig kompliziert, auf den Antrag musste so oder so seine Unterschrift.

»Herr Fengler lässt ausrichten, dass er sich wirklich sehr über Ihre Zusage freut und dass Sie sich natürlich mit jeder weiteren Frage an ihn wenden können«, sagte Frau Windisch noch, die Kappe ihres Textmarkers zwischen den Fingern balancierend, und Bleuel signalisierte mit einem Nicken, dass er ihr Sekundenlächeln zur Kenntnis genommen hatte.

Der erste Russe, den er mit neuem Blick sah, war Mitte dreißig, kugelköpfig und kurzgeschoren, hatte wasserblaue Augen und einen spöttischen Zug um die Lippen. Sein zugleich schleppender und singender Akzent schien Bleuel nicht recht zu seinen knappen, rigorosen Sätzen zu passen.

»Versandhaus? Ich schreibe Vertrieb Designermode, okay?«

»Aber –«

»Doch, doch, das machen wir so. Kein Problem.«

Er tippte etwas in seinen Computer und übertrug die Firmenadresse dann handschriftlich von Bleuels Karte auf das eng bedruckte Formular.

»Das Visum ist für Moskau?«

»Für das Gebiet Kemerowo.«

»Kemerowo.« Es kam Bleuel vor, als würde der Kurzgeschorene ihn an dieser Stelle zum ersten Mal wirklich ansehen. Unwillkürlich wich er dem Blick aus und fixierte die Russlandkarte an der Rückwand des Raumes. Kemerowo, ein dünn beschriftetes schwarzes Quadrat zwischen den fett gesetzten Städtenamen Novossibirsk (hier mit v und Doppel-s geschrieben), Tomsk und Krasnojarsk. Mittendrin im Maßlosen, nicht weit entfernt von einer Art Vierländereck, an dem die Russische Föderation, Kasachstan, die Mongolei und China aufeinanderzutreffen schienen. Doch was hieß nicht weit entfernt bei diesen Dimensionen? Wohl an die tausend Kilometer. Der Kurzgeschorene schob ihm das Formular über den Tisch.

»Unterschreiben Sie bitte hier. In drei Wochen müsste Ihr Visum fertig sein. Gut?«

»Ich hole es dann bei Ihnen ab?«

»Natürlich.«

»Und die Flugtickets?«

»Sie sagten ja, da würde Ihre Sekretärin uns anrufen. Kann sie gerne tun. Anfang August, nicht wahr? Dann reicht es, wenn wir uns in drei Wochen drum kümmern. Also Ihre Sekretärin, wenn Sie wollen.«

»Herrn Fenglers Sekretärin.«

»Von mir aus kann das auch Ihre Tante machen. Okay?«

Die zackige Geste, mit der sein Gegenüber bei diesen Worten die fertigen Formulare glattschob, bevor er sie zusammen mit dem Reisepass in ein Fach mit gleichartigen Anträgen gleiten ließ, hatte Bleuel schon auf die Füße getrieben. Doch er musste noch sechzig Euro für das auszustellende Dokument bezahlen.

»Meißner.«

»Ilka?«

Pause.

»Matthias, warum rufst du an?«

»Naja – weil ich – wie geht es dir denn?«

»Warum rufst du an?«

»Wegen deiner Sachen. Ich bin gerade dabei, die Wohnung auszumisten.«

Sie schwieg.

»Da sind zum Beispiel noch Bilder, die dir gehören. Und der Korbsessel. Geschirr. Auch ein bisschen Wäsche.«

Sie schwieg weiter.

»Ich will das alles hier raus haben, weißt du? Also nicht mehr damit – also wenn du willst, schicke ich dir das ganze Zeug. Oder sag mir, was du davon gebrauchen kannst. Wohnst du noch in München?«

»Matthias?«

»Ja?«

»Wir leben seit acht Monaten nicht mehr zusammen. Seit acht Monaten. Was soll das, warum kommst du mir jetzt mit den Sachen an?«

»Weißt du, ich hatte – vorher war einfach keine –«

»Du bist krank, Matthias.«

»Nein, bin ich nicht.«

Er glaubte sie leise verächtlich mit der Zunge schnalzen zu hören, aber vielleicht glaubte er es nur, weil er sich an dieses Schnalzen so gut erinnern konnte.

»Wenn ich irgendwas von dem Zeug haben wollte, hätte ich es dir vor Monaten gesagt. Das ist doch klar, oder?«

»Das Nescht – weißt du noch?«

Das war ihm herausgerutscht. Sie schwieg.

»Also auch nicht den Korbsessel.«

»Matthias, lass mich bitte in Ruhe.«

»Ilka, das ist – weißt du, ich finde, wir können doch –«

»Sag nicht immer *weißt du*.«

»Können wir nicht einfach ganz normal miteinander reden?«

Diesmal hörte er ihren Atem. Immerhin.

»Ganz normal? Dafür hattest du jahrelang Zeit. Jahrelang. Und du hast es nicht geschafft.«

»Denkst du denn nie –«

»Lass es sein. Ich lege jetzt auf.«

»Ich gehe nach Sibirien.«

Sie sagte nichts. Aber sie legte auch nicht auf.

»In genau zwei Wochen. Visum und Flugtickets habe ich schon. Nach Kemerowo. Hast du den Namen schon mal gehört?«

Sie seufzte und schien in etwas zu blättern. »Also gut. Was machst du in Sibirien?«

»Ach. Ich soll eine Urkunde überbringen. In Fenglers Auftrag.«

»Haben sie dich in den Außendienst versetzt?«

»Nein. Ich weiß selbst nicht, was mit dem Alten los ist. Er will es unbedingt.«

»Matthias Bleuel, der Kurier des Modezaren.«

Ein Witz von ihr. Er spürte, wie sein Herz einen Sprung machte.

»Na ist doch schön«, fuhr sie fort. »Dann kriegst du was von der Welt zu sehen.«

»Ilka. Ich wollte dich fragen. Bevor ich dahin muss, habe

ich noch ein verlängertes Wochenende. Und ich habe überlegt, ob ich an dem Freitag oder Samstag nicht nach München fahren könnte.«

»Nach München. Warum denn das?«

»Weil ich – Ilka, du weißt doch – und nach acht Monaten –«

»Deshalb rufst du an?«

»Naja, ich habe doch gesagt, die Wohnung –«

Plötzlich lachte sie schallend. Und dann sagte sie: »Vergiss es.«

»Aber wir sind doch –«

»Was?«

»Wir waren doch –«

»Ein Irrtum, Matthias. Wir waren ein Irrtum. Punkt. Und jetzt sind wir geschiedene Leute. Das ist dir bewusst, oder?«

»Ja. Ja, natürlich.«

»Also lass mich bitte in Ruhe. Geh nach Sibirien, aber lass mich in Ruhe. Es ist auch« – sie zögerte, schien sich für einen Moment am Weitersprechen hindern zu wollen und tat es dann doch – »es ist auch ohne dich schwer genug.«

Und als er daraufhin nichts Geschickteres hervorbrachte als »Das weiß ich ja«, legte sie ohne ein weiteres Wort auf, obwohl sie gemerkt haben musste, dass er im Begriff war, auf den Korbsessel zurückzukommen. Er versuchte an dem Abend zwei weitere Male sie anzurufen und wurde jeweils nach dem dritten Klingeln aus der Leitung geworfen.

Am Donnerstag vor dem Abflugtermin händigte ihm Frau Windisch, zusammen mit der gerahmten, in einen luftgepolsterten Umschlag gehüllten Urkunde und mit herzlichen Grüßen von Herrn Fengler, ein kleines Taschenbuch aus: *Russisch Wort für Wort*. Bleuel fühlte sich sehr angegriffen, und es war ihm peinlich, erneut in schlechter Verfassung in der obersten Etage zu erscheinen. Alkohol war diesmal natürlich nicht im Spiel. Ihm setzte ein Alptraum zu, den er gehabt hatte, ein Ilka-Alptraum. Nichts Sexuelles, was an sich eine beruhigende Nachricht sein musste, denn seit dem Telefonat passierte ihm mit schamvoller Regelmäßigkeit etwas, das er zuvor kein einziges Mal erlebt hatte, erst recht nicht seit der Trennung: er träumte von Ilka nackt im Bett, von sich und ihr, von körperlichen Einzelheiten, an die er sich sonst, im Wachzustand, gar keine Erinnerung gestattete, und erwachte dann tief bestürzt über seine Erregung. Doch so ein Traum war es diesmal nicht gewesen. Ilka hatte ihm gegenübergesessen, an einem groben Holztisch an einem unklaren Ort. Sie hatten miteinander geredet, wobei er mit zwei Problemen gleichzeitig kämpfen musste: zum einen verhinderte ein unablässiges lautes Knistern, dass er auch nur ein Wort von dem verstand, was Ilka sagte. Zum andern blieb er selbst unhörbar, egal wie sehr er seine Stimmbänder anstrengte. Ilka missbilligte seine scheiternden Artikulationsversuche, das spürte er, und sie schien mit jedem ihrer Sätze, den er nicht erfasste, wütender auf ihn zu werden. Bis hierher fand selbst Bleuel, der wenig auf die Beschäftigung mit Träumen gab, die Szene platt und überdeutlich. Aber dann verlor das Reden an Gewicht, und Ilkas Augen traten in den Mittelpunkt. Sie waren groß wie Untertassen und drehten sich einwärts immer schneller um sich selbst, wie schillernd blaue Spiralen. Der Träumende wusste, dass die Augen der wirklichen Ilka dunkelbraun, fast schwarz waren, und die Veränderungen in Farbe, Maß und Eigenschaften machten ihm Angst. »Geh doch alleine zurück«, hörte er plötzlich, und er war sich nicht sicher, ob es ihre Stimme oder eine andere war, die diese Worte gerufen hatte. Im nächsten Moment schossen aus den Augenhöhlen in Ilkas Schädel zwei große, blau schillernde Würmer hervor. Er musste sich ducken, um ihnen auszuweichen, sie flogen scharf über seinen Kopf hinweg, und dann sah er von unten hinauf, dass sich Ilkas Schädel, von den Augen verlassen, in einen ausgebleichten, zerknitterten Stoffballen verwandelt hatte. Erst jetzt gelang ihm ein Schrei.

»Das ist wirklich sehr freundlich«, murmelte er gerade, Umschlag und Sprachführer in der Hand, als durch die offene Ledertür zum Konferenzraum ein Geräusch drang. Frau Windisch ließ ihn stehen, um hineinzueilen, Bleuel folgte ihr zögernd. Tatsächlich hatte Fengler sein Büro verlassen und befand sich, auf seinen Stock gestützt, auf dem Weg zum Vorzimmer.

»Herr Bleuel, bleiben Sie doch, wo Sie sind. Ich hörte Sie kommen, und wollte mich nur kurz persönlich von Ihnen verabschieden und Ihnen eine gute Reise wünschen.«

»Vielen Dank. Vielen herzlichen Dank.« Er beugte mehrmals den Kopf, während er die ihm dargebotene Hand des Alten schüttelte. Frau Windisch hatte drei

Schritte hinter Fengler Position bezogen, um ihn, falls er stürzen sollte, aufzufangen, was der Patriarch mit einem leichten Kopfwackeln und milden Zwinkern in Bleuels Richtung kommentierte.

»Wie lange bleiben Sie nun in Kemerowo?«

»Acht Tage. Der Herr im Reisebüro bestand darauf, dass es sonst mit der Zeitumstellung zu anstrengend wäre.«

»Aber acht Tage sind doch auch wirklich das Minimum, Herr Bleuel. Ich an Ihrer Stelle hätte wahrscheinlich –«

Anstatt den Satz zu beenden, winkte er lächelnd ab. »Nutzen Sie die Zeit, um sich umzusehen. Und vielleicht haben Sie ja, wenn Sie dann zurück sind, Lust, mir ein wenig zu berichten.«

»Selbstverständlich gerne.«

Blau schillernde Würmer. Was für ein Unfug. Blieb nur zu hoffen, dass damit ein Punkt erreicht war, an dem die Ilkaträume endlich wieder aufhörten. Hätte Bleuel die Wahl gehabt, er hätte jede dumme Versagensvision von seinem Auftritt im Geschäft der Galina Karpowa diesem zermürbenden, schmerzhaften Mist vorgezogen. Aber von Sibirien hatte er noch kein einziges Mal geträumt.

»Fotografieren Sie?«, fragte der Alte.

»Eigentlich – könnte ich schon, ja.«

»Das wäre doch nett.«

Fengler nickte noch einmal, schien sogar im Begriff, Bleuel die Hand auf den Oberarm zu legen. Doch dann beschränkte er sich auf ein angedeutetes Winken und nahm den Stock von der Linken in die Rechte.

»Machen Sie es gut, Herr Bleuel.«

»Vielen herzlichen Dank.«

Frau Windisch schickte sich schon an, ihm auf seinem Rückweg ins Büro zu folgen, als er sich noch einmal zu Bleuel drehte: »Halten Sie das mit der Urkunde ruhig kurz. Keine übertriebene Feierlichkeit, ja? Dass man mir die Sentimentalitäten eines alten Mannes bloß nicht zu hoch hängt. Aber ich weiß ja, dass Sie ein dezent auftretender Mensch sind, Herr Bleuel.«

»Oh, ich – ja, natürlich.«

Fengler lächelte, sagte nun aber nichts mehr und wandte sich auch kein weiteres Mal um. Als Frau Windisch ihn sicher an seinem Schreibtisch wusste und ins Vorzimmer zurückkehrte, stand Bleuel dort an der Fensterfront, starren Blicks, wieder mit den Traumbildern hadernd. Er schrak auf, wollte schnell gehen und wunderte sich, dass Frau Windisch zu ihm sagte: »Sie sind wirklich ein Glückspilz.«

Am Dienstag, dem 31. Juli, flog er mittags, nachdem er in der Wohnung alle Fenster geschlossen, nur das im Bad gekippt gelassen und alle Stecker gezogen hatte, von Stuttgart nach Moskau. In seinem Schlafzimmer lag keine alte Matratze mehr, sie lehnte an der um diese Jahreszeit verlässlich trockenen Wand des ihm zugeteilten Kellerraums, wobei ihr oberer Rand sich von der Mauer weg über die Lehne des gegen sie gestemmten Korbsessels neigte. Die Kunstdrucke aus Ilkas Besitz waren auf dem Müll gelandet, und einen davon, an der Wand überm Esstisch, hatte er auch schon ersetzt, durch einen späten, pastellenen Matisse.

Auf dem Flug versuchte Bleuel sich von mulmigen Grübeleien abzuhalten, indem er sich so umständlich wie möglich mit der neu gekauften Digitalkamera vertraut machte. Bei seiner Spiegelreflex war seit dem letzten Ostseeurlaub der Transportmechanismus hin. Im Laden hatten sie ihm gesagt, eine Reparatur lohne sich bei den heutigen Preisen nicht, und er solle doch lieber mit der Zeit gehen.

Er schrak auf, als die Flugbegleiterinnen die Einreiseformulare verteilten, und fand es seltsam, dass auf dem winzig bedruckten Blättchen, das man auszufüllen hatte, etwas von Immigration stand.

Von Moskau sollte er über Nacht mit einer Aeroflot-Inlandverbindung nach Kemerowo gelangen. Flugdauer gut vier Stunden, Zeitverschiebung gegenüber der russischen Hauptstadt ebenfalls vier Stunden, planmäßige Landung um 10 Uhr 15 Ortszeit. Zwischen Ankunft und Weiterflug lagen allerdings auch noch vier Stunden Aufenthalt in Moskau (»Ist so, tut mir leid«, hatte der Mann im Reisebüro gesagt), und Bleuel musste dort zwar einen Transfer zwischen zwei Flughäfen mit unaussprechlichem Namen bewältigen, doch bei aller Skepsis glaubte er nicht, dass er dafür so lange brauchen würde. Deshalb hatte er seinen Schulfreund Holger angemailt. Was hieß Freund, Schulfreunde im engeren Sinn hatte er so gut wie nie gehabt, doch immerhin der einzige Mensch aus Möckmühl, mit dem er noch sporadisch in Kontakt stand: Jurist, eine Unzahl Karrierestationen, seit einigen Jahren in einer internationalen Kanzlei in Moskau tätig, mit einer Russin verheiratet. »Wir besaufen uns am Flughafen«, hatte Holger geantwortet, »anders als besoffen wirst du die Weiterreise nicht überstehen.« Auf russischen Inlandflügen würden Propellermaschinen, »eng wie Viehwaggons«, eingesetzt, »und wenn du vorher nicht trinkst, dann bist du der einzige Nüchterne an Bord, das hält kein Mensch aus«. Bleuel bereute es, ihm Bescheid gesagt zu haben. Es ließ sich aber nicht mehr ändern, man war verabredet, »ich mach früher Schluss und hol dich an der Passkontrolle ab«, hatte ihm Holger geschrieben.

Von der Ankunft blieben ihm kaum Eindrücke. Der Flughafen wirkte keimfrei und gesichtslos, viel kleiner, als er es bei einem Moloch wie Moskau erwartet hätte; die Anzeigetafeln sprangen ständig zwischen kyrillischer und lateinischer Schrift hin und her, sonst fand er nichts bemerkenswert. Allerdings ließ er sich auch keine Zeit, um sich umzuschauen, er drängte zum Transferbus und weigerte sich, den ersten Drink bereits hier einzunehmen. »Locker bleiben, Pleuel«, lachte ein erschreckend feist und kahl gewordener Holger. Wenigstens nannte er ihn nicht Matze.

Doch ein Segen, dass er dabei war. Am Inlandflughafen – eine einzige Halle, eng und bleich, flankiert von einem Gewirr von Schaltern, darüber zwei oder drei unzugänglich wirkende Galerien – fanden sie die Maschine nach Kemerowo nirgends angekündigt. Im dunklen Fenster des Aeroflot-Auskunftsschalters hing ein Schild mit der Aufschrift *Sorry, Technology Break*. Hinter einer schulterhohen Theke weitab vom Publikumsverkehr, zu der Bleuel alleine nie vorgedrungen wäre, erklärte dann eine Frau in dunkler Uniform, diesen Flug gebe es nicht.

Die leichte Panik, die ihn bei derartigen Überraschungen zu befallen pflegte, wollte für einen Moment in ein Gefühl der Erleichterung umschlagen. Es würde nichts mit Sibirien. Der Mann im Reisebüro hatte Mist gebaut. Einmal Moskau und zurück, das war alles; eine Anekdote, die man erzählen konnte, wenn es mal galt, Anekdoten zu erzählen.

Zu früh gefreut. Die Frau hinter der Theke überklebte die Zeitangaben in seinem Ticket mit handgeschriebenen Korrekturen, und er begriff, dass seine Weiterreise sich auf den frühen Abend des nächsten Tages verschob.

»Passiert hier alle naselang«, winkte Holger ab. Und nachdem sie eine halbe Stunde im neonnackten und unbestuhlten Korridor vor einem Büro tief in den Eingeweiden des Gebäudes gewartet hatten, überreichte eine weitere Uniformierte Bleuel ein Dokument, das ihm den Anspruch auf eine Nacht in einem nahen Hotel bescheinigte. Um sein Gepäck, das er in Stuttgart bis nach Kemerowo hatte aufgeben lassen, müsse er sich keine Sorgen machen; es ihm jetzt zurückzugeben, sei aber unmöglich. Holger lachte.

An der Rezeption im Novotel konnte Bleuel eine Einmalzahnbürste kaufen, ein Deodorant gab es nicht. Es ging auf Mitternacht zu, 22 Uhr in Stuttgart. Die Hotelbar duckte sich am Rand eines weitläufigen Lichthofs.

»Willkommen im Nirgendwo und Überall«, sagte Holger, als sie in wulstigen Sesseln saßen, und musterte dabei einen mit orangefarbenen Lämpchengirlanden umwickelten Eiffelturm, der in der Mitte des Hofs wie ein Weihnachtsbaum aufragte. »Aber wo du schon mal hier bist, darf das natürlich nicht alles sein, was du von Moskau mitkriegst.«

Bleuel versuchte sich Müdigkeit und Unlust nicht zu deutlich anmerken zu lassen. Dem Wodka verweigerte er sich, trank zwei Bier vom Fass, Marke Sibirskaja Korona. Um Viertel nach eins gelang es ihm, zu Bett zu gehen. Von Holgers langen Reden über das Leben in Russland hatte er am Morgen nur noch den Satz »Das alles kann einen aber auch irgendwie süchtig machen« in Erinnerung.

Obwohl er sich fühlte, als hätte er kein Auge zugetan, stieg er nach dem Frühstück wie besprochen in einen Bus der Linie 851, blieb bis zum Endhalt sitzen und nahm dort die grüne Metro bis zur Station Twerskaja. Die Sonne brannte, aber es war eine klare, luftige Wärme. Das Wetter konnte er für seinen Breikopf nicht verantwortlich machen.

Holger stand winkend vor dem Puschkin-Denkmal, er hatte sich eine verlängerte Mittagspause ermöglicht, um den Besucher herumzuführen. Doch Bleuel lernte bei dieser Führung wenig, denn wenn der Schulfreund nicht wie ein aus dem Leim gegangener Hindernisläufer durch die mit Baustellen übersäten Straßen hetzte, monologisierte er über Politik (»Jetzt hat der ganze Westen Schiss vor Russland, nur weil Russland es sich erlaubt, keine Komplexe zu haben«) oder über russische Frauen (»Dagegen kannst du alles vergessen, was in Deutschland rumläuft; darfst bloß kein Weichei sein«). Ich bilde mir diesen Tag nur ein, dachte Bleuel. Ich liege im Hotel und träume anstrengend; nein, nicht im Hotel – ich liege in Stuttgart im neuen Bett, das wahrscheinlich für den Rest meines Lebens das neue Bett heißen wird. Und im Traum bin ich der schnellste Schlafwandler der Welt.

Als sie über den Roten Platz wandelten, schreckte ihn etwas auf, etwas Blauschillerndes, aus dem Augenwinkel; er fuhr herum. Doch es war nichts Blauschillerndes zu sehen, höchstens das wehende Halstuch einer kriegerisch geschminkten Dame, die am Arm eines schmächtigen Herrn einer Kirche, so knallbunt und schwellend wie eine Vergnügungsparkkulisse, entgegenrauschte. Vor dem Leninmausoleum reckte im selben Moment ein Dutzend offenbar kubanischer Touristen Sowjetorden vom Flohmarkt fürs Gruppenfoto in die Höhe.

Und warum nicht hier, dachte er, warum kann es kein Bestellbüro in Moskau sein? Obwohl, klar, Moskau, das wäre kein erstaunlicher Fund, da würde man niemanden mit einer Urkunde losschicken, nicht einmal ihn. Aber ein Ort in der Nähe von Moskau, ein schmuck verschlafenes Dorf, in das man eine Schlittenpartie machen könnte! Ihm kamen Katalogbilder in den Sinn, die so einen romantischen Ausflug nachstellten, inklusive Pelzmützen und eines dampfenden Samowars, der anscheinend mitfahren und die ganze Gruppe verbrühen sollte. Doch das musste Jahre vor Bleuels Zeit in der Firma gewesen sein, Gorbatschow, Mauerfall, ein anderer Wind. Was für ein Blödsinn, Schlittenpartie. Die heiße Luft begann zu wabern, das Pflaster und die Prachtbauten schienen sich um ihn her fast unmerklich in einem zähen Takt zu heben und zu senken. Er verharrte, rieb sich das Gesicht, dann schloss er die Augen: zumindest so lange, sagte er sich, bis ihn jemand anrempeln würde.

In K., der Hauptstadt des Gouvernements K – – –

»Jetzt gehen wir was essen«, tönte Holgers Stimme neben ihm. Und zwar, setzte er hinzu, auf einer Terrasse im Arbat, »damit du nachher keinem erzählen kannst, ich hätte dir den Arbat nicht gezeigt«.

Bleuel riss sich zusammen, atmete während der kurzen U-Bahn-Fahrt tief durch und sah dann eine Fußgängerstraße mit niedlichen zweihundertjährigen Fassaden und Unmengen von Restaurantschildern, Nippesbuden und Porträtisten. Er kam auf die Idee, für den sentimentalen Fengler in dem Gewimmel eine Matrjoschka zu kaufen und beließ es dann dabei, in einer Apotheke ein Deo zu erwerben. Zu essen gab es Pelmeni und einen Kohlsalat mit Krabben, zu trinken eine Art Most, weil Holger darauf bestand.

»Eine Woche bleibst du da draußen, nicht wahr? Kemerowo, ausgerechnet. Aber egal. Pleuel, ich wette mit dir, dass Russland dich nun nicht mehr loslassen wird. Was meinst du?«

»Ich habe dazu noch keine Meinung.«

»Ja, ja, schon klar. Das ändert sich dann in den nächsten Tagen. Du wirst es absurd finden. Wirst dich fragen, wie die Leute es in diesem Land aushalten. Doch es wird dich nicht mehr loslassen. Wenn du das nächste Mal kommst, nimmst du dir aber gefälligst genug Zeit für die Hauptstadt. Schade, du siehst aus, als hättest du keine Lust, mit mir zu wetten.«

Die Tu-154, über so viel Luftfahrtwissen verfügte Bleuel noch, Jahrzehnte nach dem Abklingen einer kindlich-enzyklopädischen Leidenschaft für Flugzeuge, war nicht die klapprige Propellermaschine, die Holger ihm angedroht hatte, sondern ein halbwegs geräumiger Linienjet, der Boeing 727 vergleichbar. An Bord machte niemand einen angetrunkenen Eindruck, selten hatte er einen Flug mit so unauffälligen Passagieren erlebt. Nicht einmal eine Jugendgruppe in himmelblauen T-Shirts wurde laut. Schlafen konnte er dennoch kaum. Er saß am Fenster, mit Blick auf einen riesigen Sichelmond, der die Maschine zu begleiten schien, und wollte an nichts denken. Dachte stattdessen an die unvorstellbare Landmasse, die man überflog. Dachte an Steppen und Sümpfe, an Taiga und Tundra, an Kraftwerke und Straflager, an Bären und Reiterhorden. Und daran, ob man den Ural wohl schon passiert hatte. Asien. In Asien war er noch nie gewesen (die Türkei wollte er nicht gelten lassen). Nun flog er tief hinein. Ein Spleen des Chefs, nichts anderes trieb ihn an. Irgendeine Stadt in Asien.

Er beugte sich vor, befingerte den wattierten Umschlag in der Aktentasche zwischen seinen Füßen, tat es immer wieder, in immer kürzeren Abständen, bis er sich dabei ertappte und stattdessen *Russisch Wort für Wort* zur Hand nahm. Für einen Spleen des Chefs um die halbe Welt. Er spendiert dir eine Bildungsreise, hatte Holger gesagt, und Bleuel hatte geantwortet: Er spendiert mir die sinnloseste Dienstreise meines Lebens. Da würde ich aber erst nochmal die bisherigen Dienstreisen durchgehen, hatte Holger gelacht und sein Glas mit diesem Mostgetränk, das Bleuel nun im Sprachführer nicht fand, beherzt geleert. Um die Zeit, als sie auf der Terrasse saßen, hätte Galina Karpowa schon mit ihm gerechnet. Er hatte eine Handynachricht geschickt, an die Nummer des Dolmetschers. *dann warten wir einen tag länger aufs christkind – bis morgen, artjom*, hatte der Dolmetscher zurückgeschrieben. Artjom war sein Vorname.

Bleuel musste doch für eine Weile weggedämmert sein, denn als er wieder aus dem Fenster blickte, sah er tief unter der Mondsichel den Himmel erbleichen, war für einen Moment irritiert, nicht Ilkas von einzelnen schwarzen Haaren umkränzte Brustwarzen vor dem Mund zu haben, und im nächsten Moment bodenlos beschämt.

Der Tag begann dunstig, Bleuel erkannte den Fluss als dunkles, kurviges Band und die Stadt als matten Schimmer an beiden Ufern, am nördlichen schwächer. Als Einzelheiten sich herausschälten, querte man, vom Fluss wieder entfernt, Felder und kleine Waldstücke.

Welcome to Kemerovo, Capital of Coal Miners, verhieß eine Leuchtschrift auf dem Dach des niedrigen Flughafengebäudes. Es war der Augenblick, in dem Bleuel einfiel, dass er die Digitalkamera, abgesehen von einem missglückten Versuch, an Bord das Essen zu fotografieren, noch nicht erprobt hatte. Doch kaum dass er sie auf dem Rollfeld hervorzog, tauchte aus der Dämmerung fuchtelnd ein Bewaffneter auf. Bleuel schob die Kamera schnell wieder in die Tasche, suchte Schutz zwischen den anderen Passagieren. Der Ordnungshüter war stehen geblieben.

Das Pappschild mit seinem Namen hielt sich ein schlaksiger junger Mann mit Ziegenbart und schulterlangem braunem Haar vor die Brust. Bleuel war überrascht, hätte aber nicht genau sagen können, warum. Vielleicht weil man sich einen jungen Russen nicht langhaarig vorstellte. Erleichtert hatte er auf dem Gepäckband seinen Koffer wiedergefunden, mit einer amtlichen Banderole umwickelt, und stand nun Schlange am einzigen Kontrollschalter. Er kam an die Reihe, doch die Beamtin schüttelte den Kopf, sagte etwas auf Russisch und dann »you wait«. Also trat er unsicher beiseite. Er sah den Langhaarigen in der Halle eine beschwichtigende Geste machen. Nachdem alle anderen Ankömmlinge abgefertigt waren, trat der junge Mann an die Beamtin heran und wurde nach kurzer Debatte zu Bleuel hinter die Schranke gelassen.

»Artjom.« Er deutete grinsend eine Verbeugung an. »Haben Sie die Reise gut überstanden?«

Sdrastwujtje, meldete Bleuels Kopf, doch über die Lippen kam ihm die sperrige Grußformel nicht. Er sagte nur: »Danke, ja.«

Es störte ihn, dass der Dolmetscher wieder bloß seinen Vornamen genannt hatte. Den Nachnamen hatte er zwar schriftlich, doch keine Ahnung, wie er sich aussprach. *Tscheremnych.* Jemanden, den er gar nicht kannte, beim Vornamen zu nennen, schien ihm nicht angemessen. Noch unangenehmer war ihm aber, dass der junge Mann seinetwegen so früh hatte aufstehen müssen. Gerade sechs Uhr Ortszeit. Geisterstunde in Stuttgart.

Sein Koffer wurde erst freigegeben, als er in einem

winzigen Büro hinter der Halle mit dem Gepäckband seine Unterschrift in einer steinalten Kladde hinterlassen hatte. Auf dem Parkplatz vor dem Flughafen bestiegen Artjom und er ein Taxi, eine der ausladenden Wolga-Limousinen, die er zuvor nur aus alten Autokatalogen gekannt hatte. Von innen wirkte der Wagen halb so groß wie von außen. Es war hell geworden, doch die Sonne lag hinter Hochnebel. Ein kühler Morgen, kein Vergleich mit dem Sommertag in Moskau. Bleuel war froh, dass er die Trekkingjacke trug. Er hatte noch gezögert, sie mitzunehmen, für den Auftritt bei Frau Karpowa eignete sie sich nicht; aber es war ja auch von touristischem Programm die Rede gewesen.

Im Radio sang jemand in pathetischem Tonfall zur Wandergitarre. Das Taxi durchfuhr Vororte, in denen die meisten Häuser aus Holz bestanden, mit fein geschnitzten himmelblauen Fensterläden, eine sibirische Spezialität, wie Bleuel in seinen Unterlagen gelesen hatte. Doch nach abertausend Kilometern entfernt von daheim sah das alles nicht aus. Es hätte, fand er, auch irgendwo in Polen sein können. An einem wichtigen Kreisverkehr ragten neben der Straße Riesenbuchstaben aus dem Gras, KEMEPOBO, dazu ein Stadtwappen, das eine Art weißer Blase auf schwarzrotem Grund zeigte, umkränzt von zwei gelben Ähren und einer ebenfalls gelben Zahnradhälfte. Bleuel merkte, dass der Dolmetscher ihn ansah, erwartungsvoll, wie ihm schien. Hatte er eine Frage überhört? Sicherheitshalber begann er selbst zu sprechen.

»Als ich ein Foto vom Flughafengebäude machen wollte, kam gleich ein Polizist auf mich zugerannt.«

»Nein, nein, kein Polizist. Ein Milizionär wird es gewesen sein.«

»Aber warum?«

»Weil es sich bei Ihnen um einen Terroristen handeln könnte.«

Das Wort Milizionär hatte Bleuel einen kleinen Schreck eingejagt, doch Artjom lachte über seine eigenen Worte, um dann das Thema zu wechseln: »Im Katalogbüro sind alle schon ganz aufgeregt, wissen Sie?«

Er wollte es lieber nicht wissen.

»Um elf Uhr gehen wir dorthin, wenn es Ihnen recht ist. Jetzt bringen wir Sie erst mal zum Hotel. Ach ja, ich soll Sie von meiner Schwester grüßen. Sie sagt, sie freut sich darauf, einen echten Fengler-Mitarbeiter kennen zu lernen. Ob sie das ernst meint, kann ich Ihnen aber nicht sagen.«

»Oh. Also – danke.«

Artjom lachte wieder. Die Limousine überquerte einen Strang Straßenbahnschienen knapp vor einem um die Ecke biegenden Zug, dessen Fahrerin an der Warnglocke riss. Bleuel versuchte so wenig wie möglich auf den Verkehr und auf die Rolle des Taxifahrers darin zu achten.

»Woher können Sie denn, wenn ich fragen darf, so gut Deutsch?«

»Acht Jahre Deutschland haben ihre Spuren hinterlassen.«

»Acht Jahre?«

»Exakt. Aber für die Einzelheiten meiner herzzerreißenden Geschichte ist es wohl noch zu früh.« Er gähnte. »Verzeihung.«

»Nein, bitte, entschuldigen Sie«, beeilte sich Bleuel zu erwidern. Doch dann musste noch eine Frage heraus: »Seit wann sind Sie denn wieder hier?«

Der Grund, aus dem ihm diese Erkundigung dringlich schien, waren seine eigenen acht Jahre mit Ilka.

»Seit gut zwei Jahren«, sagte Artjom nach kurzem Zögern.

Also nicht dieselbe Zeit. Keine zu irritierende Übereinstimmung.

»Und Ihre Schwester arbeitet für Frau Karpowa?«

»Ja, ja.«

Eine Weile schwiegen sie. Das Taxi hatte sich offenbar ins Stadtzentrum vorgearbeitet, Bleuel sah klotzige Amtsgebäude, ein Lenindenkmal, das inmitten schnurgerader Rabatten huldvoll über eine große Kreuzung winkte, in Leuchtwesten neben ihren Ladas Wache stehende Gendarmen und ein Plakat, auf dem ein blitzsauberer Wladimir Putin in Farbe eine Gruppe schwitzender Bergarbeiter in Schwarzweiß überragte.

»Das Hotel ist für hiesige Verhältnisse gut gelegen und nicht weit vom Fluss«, sagte Artjom und wandte sich dann an den Taxifahrer. Man bog an der nächsten Ampel ab, vom Sowjetskij Prospekt in die Kirowstraße, wie er dem Gast erklärte.

Dem Hotel sah man von außen nicht an, dass es ein Hotel war. Es belegte das Erdgeschoss und die erste Etage eines lang gestreckten dreistöckigen Gebäudes mit frisch gestrichener Fassade, die untere Hälfte in warmen Rosatönen, die obere in Beige und Weiß. Als Empfang diente ein Tisch im engen Aufgang, der von der Haustür zum

Korridor führte, und es dauerte einige Zeit, bis dort eine müde blickende Frau erschien und mit Artjom ein Gespräch begann, das für Bleuels Ohren klang, als ginge es um etwas Unerfreuliches.

Das Zimmer war sauber und geräumig, die Tapeten und Gardinen griffen das bräunliche Rosa der Außenmauer auf, und an den Schmalwänden hing eine romantische Küstenlandschaft zwei computerrealistischen Bildern von Raumschiffen und Sauriern vor Berg- und Wüstenkulisse gegenüber.

»Sie fragt, für wie lange Sie die Registrierung wollen«, sagte Artjom, als sie nach der Besichtigung wieder am Rezeptionstischchen standen. »Drei Tage würden 300 Rubel kosten, sieben Tage tausend.«

»Aber – warum denn –«

Artjom schüttelte den Kopf.

»Ich bleibe bis Mittwoch«, sagte Bleuel.

»Dann machen wir zweimal drei Tage, okay? Einmal jetzt und dann beizeiten wieder.«

Die Meldepflicht hatte Bleuel schon im Vorfeld beunruhigt. Er musste an den Rundköpfigen im Reisebüro denken: wie er ihm das eingeklebte Visum zeigte, und, hinten in seinen Pass geheftet, einen Zettel mit einer Moskauer Adresse, unter der er sich registrieren lassen sollte.

»Aber ich will doch gar nicht nach Moskau«, hatte er gesagt.

»Ach so. Ja. Macht nichts. Dann nimmt Ihr Hotel in Kemerowo, oder wo immer Sie sein werden, die Registrierung für Sie vor. Und falls nicht, auch egal. Sie brauchen den Stempel ja nur, wenn die Miliz Sie kontrolliert. Und Sie sehen nicht aus wie jemand, den die Miliz anhält.«

Nach einer kurzen Pause, während der Bleuel zweifelnd zwischen ihm und der Tischplatte hin und her geblickt hatte, hatte er hinzugesetzt: »Wissen Sie, ich habe noch nie so einen Stempel gehabt. Und auch mich haben die noch kein einziges Mal kontrolliert.«

»Aber Sie haben doch einen russischen Pass?«

»Schon lange nicht mehr.« Er hatte sich in seinem Drehstuhl zurückgelehnt, und erst in diesem Moment war Bleuel aufgefallen, dass der Mann an dem Goldkettchen um seinen Hals einen Davidstern trug.

Am Hotelempfang in Kemerowo fragte er nun zögernd: »Was kann denn passieren, wenn man die Registrierung nicht hat? Oder unvollständig?«

Artjom zupfte an seinem Bärtchen: »Ehrlich gesagt, ich hatte hier noch nicht viele Ausländer zu Besuch.«

35 Rubel ein Euro. *Natürlich übernimmt die Firma sämtliche Ausgaben, die Sie in Kemerowo haben werden, Herr Bleuel.*

»Also gut. Machen wir erst mal die drei Tage. Oder können wir für gestern vielleicht noch rückwirkend?«

Der Dolmetscher fragte nach, und die Frau verneinte fassungslos.

Bleuel blieben knapp anderthalb Stunden, bis Artjom ihn wieder abholen würde. Er stellte sich unter die Dusche, die nicht gleich warm wurde, ihn dann aber großzügig begoss. Das half gegen die Müdigkeit. Zugleich musste er feststellen, dass er mit der dräuenden Zumutung, in

Frau Karpowas Geschäft die Urkunde zu überreichen, in den letzten Tagen nichts weiter getan hatte, als sie zu verdrängen. Eine Strategie für seinen Auftritt hatte er sich nicht zurechtgelegt, die letzten Notizen für das, was er sagen könnte, vor über einer Woche gemacht und seither kaum betrachtet. In der Dusche packte ihn das Lampenfieber, und er fühlte sich so schlecht vorbereitet, dass er panisch wieder hinaussprang. Unabgetrocknet, nur hastig ins Handtuch gehüllt, lag er auf dem Bett, auf der rosa Tagesdecke, und starrte wie gelähmt auf den Zettel mit möglichen Sätzen zur Übergabe, die ein anderer gekritzelt zu haben schien, jemand, den er nicht kannte. Und in seinem Kopf hämmerte es immer nur *Anilin, Anilin*, als wäre dieses Wort der einzige Gedanke, zu dem er noch fähig war. Anilin war der Name des Hotels, hatte Artjom ihm erklärt, »wie die Chemikalie. Früher gab es hier ein Werk, das Anilinfarben herstellte. Ist aber schon vor Jahren geschlossen worden.«

Man konnte zu Fuß gehen, wenn er wollte, ein Viertelstündchen. Das Wetter hatte sich gemacht: ein hoher, klarer Himmel mit Schäfchenwolken, man hätte auch ohne Angstschweiß keine Jacke mehr gebraucht. Artjom hatte sich ebenfalls umgezogen, statt des schwarzen Kapuzenpullis trug er ein hell- und dunkelblau gestreiftes Hemd und statt der ausgebeulten Adidas spitze bordeauxrote Slipper. »Soll ich schon mal ein bisschen die Stadt erläutern?«, fragte er, als sie den Sowjetskij Prospekt überquert hatten und in eine Straße namens Nogradskaja einbogen.

»Oh, lieber nicht. Verzeihung, mir – mir ist etwas unwohl.«

»Haben Sie im Hotel noch gefrühstückt?«

»Nein, nein. Es ist wegen – ich muss gestehen, bin nicht der Typ, der gern vor Leuten spricht.«

Bleuel fand seine eigene Offenherzigkeit fehl am Platz und konnte sich doch nicht daran hindern. Warum erzählte er dem Langhaarigen, was ihm selbst peinlich war? Er rückte sich damit in ein schlechtes Licht. Klar, das Nebeneinander von Übelkeit und Übermüdung. Vielleicht aber auch Artjoms wasserheller Blick, in dem ihm eine tröstliche Ruhe zu liegen schien, etwas sehr Geduldiges, Nachsichtiges. Seltsam, solche Eindrücke mit einem Menschen zu verbinden, den er nicht nur kaum kannte, sondern der obendrein zehn Jahre jünger sein musste als er. Aber so lagen die Dinge nun einmal. Matthias Bleuel war in Sibirien, und einen anderen Halt gab es für ihn hier nicht.

»Wir können eine Abkürzung nehmen«, sagte Artjom und hielt ihm eine schmiedeeiserne Pforte auf. Sie gingen über rissige Betonplatten zwischen zwei Reihen dunkelrot gestrichener hölzerner Garagentore, dann über ein feuchtes Stück Wiese, von Ebereschen gesäumt.

»Darf ich fragen, wie sich genau Ihr Nachname ausspricht?«

Der junge Mann machte »Ah«, lachte sein etwas meckerndes Lachen und artikulierte dann langsam und überdeutlich Tscheremnych: die beiden Es kurz, aber offen, das Y wie ein tief im Rachen versenktes I, das CH wie in *ach*, die Betonung auf der letzten Silbe.

»Aber Artjom ist schon okay.«

»Tscheremnych«, sprach Bleuel nach.

»Sehr gut. Wirklich. Darf ich auch etwas fragen?«

»Natürlich.«

»Was sind Ihre ersten Eindrücke?«

Bleuel suchte nach einer passenden Antwort, doch ihm fiel nichts ein. Außer dass Sibirien nicht von Sibiriern bewohnt schien: alle Menschen, die er bisher gesehen hatte, sahen europäisch aus; oder russisch, falls man da unterscheiden wollte. Wie eine passende Antwort kam ihm das nicht vor. Er sagte: »Tut mir leid, ich bin gerade wirklich zu nervös.«

Das Büro war ein verschachtelter Raum von zwanzig Quadratmetern, in dem sich zwei klobige grüne Kunstledersofas und ein großer, anthroposophisch geschwungener Schreibtisch mit zwei Drehsesseln dahinter und zwei Freischwingern davor verteilten. Außerdem Regale voller Kataloge, eine Garderobe, ein Schirmständer, eine Kleiderstange für die eingetroffenen Lieferungen und ein an der Wand befestigter Fernseher. Hinten links zweigten von einem engen Gang, in dem sich ein Kühlschrank sowie, auf zwei Wandbrettern, Mikrowelle, Kaffeemaschine und andere Küchengegenstände drängten, noch eine Toilette und eine Kammer ab. Vor dem einen Sofa stand ein Couchtisch mit Glasplatte, hinter dem anderen hing ein Plakat: *40 Jahre Fengler – Die Mode, die ich mag!*, mit sämtlichen Katalogtitelbildern von 1955 bis 1995 als winzigen Vignetten. Ein paar knollennasige Reisigpuppen saßen mit in den Regalen, neben der Garderobe baumelte ein bebrilltes und geflügeltes Holzmännchen von der Decke, und hinter dem Schreibtisch umrahmte eine Girlande aus leuchtenden Plastikschmetterlingen einen Kalender mit deutschen Landschaftsfotos. Die Zimmerdecke war, von einigen Neonquadraten abgesehen, komplett mit braungetönten Spiegelplatten ausgekleidet.

Doch Bleuel nahm von alldem zunächst so gut wie nichts wahr. Er spürte nur seine trockene Kehle, seinen Unterbauch in Aufruhr und bohrend die erwartungsvollen Blicke der vier Frauen, während Artjom schräg hinter ihm stand und ihm die Flucht hinaus auf die Straße zu versperren schien. Die Schwester des Dolmetschers lehnte an einem Wandvorsprung, der zur Linken die Ecke mit dem Sofa unterm Fengler-Plakat abschirmte. Bleuel erkannte sie sofort, trotz seiner Nerven. Nichts von Artjoms Schlaksigkeit, eher klein und zierlich, doch die gleiche recht breite Nase mit aufstrebender Spitze und die gleichen vollen Lippen, die immer ein bisschen aussahen, als würden sie sich eine unpassende Bemerkung verkneifen. Neben ihr eine kompaktere Dunkelhaarige mit tapferem schneeweißem Lächeln und prächtigem Dekolleté. Dann eine sich sehr gerade haltende und beseelt zur Decke blickende Blonde. Und rechts, die Arme ausgebreitet, die Chefin selbst. Orangefarben schimmernde Löwenmähne, lebhafte Augen, um die Mundwinkel ein triumphaler Zug, den sich Bleuel aber vielleicht nur einbildete. Wie die drei anderen trug sie, wohl zur Feier des Tages, Kleidung aus dem Fengler-Katalog; sie wertete die grüne Seidenbluse aus der *Spring Charmes*-Kollektion durch eine smaragdbesetzte Brosche auf und die weißglänzenden Sandaletten durch ein goldenes Fußkettchen.

»Es ist ihr eine Ehre und eine große persönliche Freude, Sie begrüßen zu dürfen in diesen bescheidenen Geschäftsräumen«, murmelte Artjom hinter ihm, während Galina Karpowa mit kräftiger, angerauter Stimme die russische Sprache in Bleuels Ohren als gurrenden Singsang erklingen ließ. »Sie hofft, dass Sie trotz der Verzögerung eine gute Anreise hatten, und möchte sich gern stellvertretend für unser Volk für die entstandenen Unannehmlichkeiten entschuldigen.«

»Aber nicht doch, nicht doch«, entfuhr es dem Besucher.

Galina Karpowa lachte perlend und schüttelte ihm beide Hände, wobei er in der Linken noch die Tasche hielt, mit der Urkunde und einer zweistöckigen Riesenschachtel Pralinen. Ihm fiel auf, dass auch ein festlicher kyrillischer Schriftzug an der Wand über dem zweiten Sofa von Fengler handeln könnte; die Vermutung schien ihm angesichts der Buchstabenfolge ФЕНГЛЕР allerdings gewagt.

Gewagt, gewagt – die Zunge klebte ihm im Mund, er musste an die staubigen Tafelschwämme aus Schulzeiten denken. Und an Holger, schon damals um keine Antwort verlegen. Sie hätten tauschen sollen. Holger wäre an seiner Stelle hergeflogen, und hier hätte niemand etwas gemerkt. Dass er auf diese Idee nicht vorher, nicht rechtzeitig gekommen war! Aber nein, Blödsinn, Schluss damit. Frau Karpowa schwieg, hatte seine Hände wieder losgelassen. Artjom sagte auch nichts.

»Ja, dann«, flüsterte Bleuel und hob die Tasche an. Doch voreilig, wie er feststellte, denn im selben Moment trat Artjoms Schwester auf ihn zu und streckte ihm die Hand entgegen.

»Sonja.« Ein angedeuteter Knicks.

Dann die Dunkelhaarige: »Natalja.«

Und die Beseelte: »Ljuba.«

»Matthias Bleuel«, brachte er hervor. »Ich freue mich sehr – es ist mir eine Ehre, eine große Ehre – also im Namen der Firma Fengler – mit ganz herzlichen Grüßen von Herrn Fengler persönlich – Ihnen, Frau, Frau – Karpowa – zum Dank für Ihre – für die großartige Arbeit hier – etwas auszuhändigen –«

Der Blitz, der ihn überraschte, machte ihm bewusst, dass er beim Reden zu Boden geblickt hatte. Sonja fotografierte. Artjom aber stand gestrafft und gestenreich neben ihm und gab in begeistertem Ton einen Wortschwall von sich, der dreimal so lang war wie Bleuels Gestotter. Galina Karpowa strahlte abwechselnd den Gast und den Dolmetscher an. Und Artjom schloss, indem er, den linken Arm mit graziler Bewegung schwenkend, »Matwej Blejel!« rief. Die vier Frauen applaudierten. Hektisch griff Bleuel in die Tasche, holte die Urkunde heraus. Es fiel ihm schwer, den Rahmen aus dem gepolsterten Umschlag zu ziehen. Zuvor hatte er reichlich Platz gehabt, doch jetzt blieben die Ecken hängen, ein ums andere Mal. Unvermeidlich, noch etwas zu sagen.

»Es ist also – naja, Sie sehen ja – nicht so ganz – Ihnen – und Ihrem Team – wir sind sehr froh – also die gesamte Firma und Herr Fengler persönlich – dass Sie hier so wunderbar, mit so großem Erfolg – ah, da haben wir sie ja!«

Der Umschlag war zu Boden geglitten, doch es gelang Bleuel, sich nicht danach zu bücken, sondern die Urkunde ohne weitere Verzögerung Frau Karpowa zu überreichen, während Artjom wieder einen unerklärlich enthusiastischen und flüssigen Monolog hielt.

Erneuter Applaus. Händeschütteln.

Geschafft.

Ach nein, noch die Pralinen.

Geschafft.

Die Chefin reckte sich, den Rahmen in beiden Händen, hinter dem Schreibtisch, und Bleuel sah, dass dort bereits eine andere deutschsprachige Urkunde an der Wand hing: eine, die Frau G. Karpowa bestätigte, sie sei *beauftragt, als Repräsentantin der Kataloge Fengler, Otto, Baur, Quelle und Madeleine in Kemerovo tätig zu sein*. Unterzeichnet von irgendeinem Menschen aus Marburg an der Lahn. In einem Plastikrahmen, Buchenimitat. Kein Vergleich.

Auf dem Couchtisch vor dem einen Sofa stand nun ein Tablett mit fünf Kelchen, und darüber beugte sich Natalja mit einer Flasche Krimsekt. Bleuel wandte den Blick schnell wieder von dem Dekolleté ab. Er spürte eine Hand auf seiner Schulter.

»Sie waren großartig.«

»Nein. Bitte reden Sie keinen Unfug. Artjom. Ich bin Ihnen sehr dankbar, Sie haben mich gerettet.«

Artjom lachte, Sonja fotografierte. Der Sekt war so klebrigsüß, als gälte es, ein Vorurteil nicht zu enttäuschen. Bleuel hatte sein Glas trotzdem fast in einem Zug geleert und stellte erleichtert fest, wie sein Drang zur Toilette nachließ. Natalja schenkte ihm wieder ein und stellte ihm, die Flasche im Arm, mit konzentriertem Gesicht Frage um Frage (»Reisen Sie viel? Sind Sie schon zu anderen

Gelegenheiten in Russland gewesen? Wie gefällt Ihnen unsere Stadt?«), seine Antworten gerieten diesmal in Artjoms Übersetzung kaum länger als auf Deutsch. Ljuba hatte einen Teil der Pralinen in ein Körbchen umgefüllt und machte damit die Runde, und die Chefin hatte der Urkunde zu ihrem Ehrenplatz über dem Schreibtisch verholfen.

»Setzen wir uns doch«, rief sie offensichtlich, und im nächsten Moment saß Bleuel zwischen ihr und Artjom unter dem ФЕНГЛЕР-Schriftzug, spürte im Kopf den Sekt, am Schenkel ganz leicht den Schenkel Galina Karpowas (eine dieser unabsichtlichen Berührungen, bei denen er sich immer fragte, ob die andere Person sie nicht bemerkte), und er dachte: Willkommen im Nirgendwo und Überall.

Kundschaft erschien, wurde von Sonja und Ljuba bedient, ließ sich über das Ausbleiben einer Lieferung hinwegtrösten, würdigte die Ehrung an der Wand und durfte an Sekt und Pralinen teilhaben. Ein Mann mit gezwirbeltem Schnurrbart trank hastig aus und verzog sich dann gleich wieder, zwei ältere Damen nahmen auf dem anderen Sofa Platz, um in Katalogen zu blättern. Bleuel hatte weitere, in lateinischen Buchstaben gedruckte Fengler-Logos entdeckt, in der Mitte einer bunten Krepprosette im Fenster, auf einem Blumentopf in einem der Regale und auf drei Fähnchen in einer Vase auf dem Schreibtisch.

»Und wie lange arbeiten Sie schon hier?«, fragte er Natalja.

Doch anstatt zu übersetzen, sagte Artjom *»Schaschlyk«*, es war offenbar das Ergebnis einer kleinen Unterredung, die er mit Frau Karpowa geführt hatte. Und während Natalja, in einem der Freischwinger wippend, dem Gast ihr weißes Lächeln zeigte, warf der Dolmetscher zwei knappe Fragen in die Runde, und die Chefin erhob sich und zückte aus ihrer schwarz und violett karierten Handtasche einen Geldschein.

»Ich hole Mittagessen, okay?«

Bleuel blieb mit den vier Frauen allein. Kundschaft gab es vorerst keine mehr. Vielleicht reichte es für die Zeit, bis Artjom wiederkam, einfach zu lächeln. Und am dritten Glas Sekt nur zu nippen. Er lehnte sich im Sofa zurück.

»Gut?«, fragte Natalja plötzlich auf Deutsch, errötend.

»O ja, sehr gut, wunderbar«, gab er zurück, genauso verfärbt.

Dann sagte Galina Karpowa etwas zu Natalja, es schien eine Ermunterung zu sein, und Natalja beugte sich vor. Abermals der allzu freie Einblick.

»Wir wollen«, begann sie; sie sprach langsam und so, als stünde hinter jedem ihrer Worte ein Fragezeichen. »Wir wollen wissen, ob Sie ein Foto zeigen können von Herrn Fengler?«

»Ein Foto?«

Sie nickte begeistert, und Galina Karpowa rief: *»Da, da, da!«*

»Nein. Tut mir leid. Ich habe keins – ach, daran hätte ich denken sollen. Er ist – naja, ich könnte ihn fragen – vielleicht könnten wir dann mal ein Foto schicken. Ja.«

Ohne dass er es merkte, hatte er beim Sprechen einen Kugelschreiber zur Hand genommen, der auf dem Glastisch gelegen hatte. Die Chefin stieß Natalja in die Seite, zischelte etwas und lachte. Auch Natalja gluckste und brauchte mehrere Anläufe, bis sie zu Bleuel sagte: »Machen Sie eine Zeichnung von ihm?«

»Ich?«

Die Karpowa: *»Da, da, da!«*

»Sie meinen – von Herrn Fengler?« Erschreckt ließ er den Kuli fallen. »Nein, nein, sowas kann ich nicht. Sowas kann ich überhaupt nicht. Wirklich nicht.«

Verständnisvolles Nicken.

»Und wie ist? Herr Fengler? Gut?«

»O ja. Sehr gut. Sehr gut sogar.«

Er spürte, dass er wieder schwitzte. In seiner Verlegenheit griff er zum Kelch und hätte ihn beinahe leer getrunken. Natalja goss ihm sofort nach. Sonja stand mitten im Raum, fotografierte alles, was auf dem Sofa geschah, bis das Telefon klingelte und sie hinter den Schreibtisch eilen musste. Ljuba kam von der Toilette zurück, schien aber in dem engen Gang noch Dinge aufzuräumen. Und nachdem Bleuel keine Bilder hatte vorweisen können, zeigten ihm Galina Karpowa und Natalja ihre eigenen, wobei die Chefin ab und zu einen wachsamen Blick auf die telefonierende Sonja warf. Er verstand nicht viel von dem, was sie zu den Fotos ihrer Angehörigen und Haustiere erklärten, aber Frau Karpowas kleiner Sohn hieß anscheinend Ludowik. »Französischer Name und deutscher Name«, ließ sie Natalja bekräftigen. Der Gast nickte so eifrig, dass ihm schon der Nacken wehtat, und sagte immer wieder: »Sehr schön. Wirklich sehr schön.«

Bis Artjom mit dem Schaschlik kam.

Als Matthias Bleuel um halb vier am Nachmittag aus dem Büro *Catalog Services* unter einen warmen, blassblauen Himmel trat und erst draußen die volle Wirkung des Getrunkenen spürte, dazu das Nachbrennen der Paprikamarinade am Gaumen, schien ihm der Gedanke *Ich bin in Sibirien* so abwegig, dass er kichern musste.

»Ihre Tasche.« Artjom war neben ihm erschienen.

»Oh – na sowas. Die hätte ich ja fast – jetzt haben Sie mich schon wieder gerettet.«

Noch einmal kam ihm das Kichern. Der Dolmetscher zupfte an seinem Bärtchen und lächelte mild.

»Und nun? Ein Nickerchen oder ein Spaziergang?«

Bleuel zögerte. Müde war er nicht mehr, er fühlte sich in ähnlicher Weise aufgedreht wie früher, als junger Mann, am Ende einer langen Nacht. Aber dann sagte er doch Nickerchen, und Artjom brachte ihn zum Hotel. Wobei er diesmal auf die Abkürzung verzichtete und auf dem Platz vor dem Dramatheater kurz Halt machte.

»Da oben haben wir unsere städtische Webcam.« Er wies auf ein Loch inmitten eines flachen Giebels, der sich aus einem Gebäude hinter dem Platz erhob.

»Den Brunnen erkenne ich vom Foto wieder«, sagte Bleuel und hielt die freie Hand in einen der dünnen, vom Beckenrand aufschießenden Wasserstrahlen.

»Der einzige Ort in unserer Stadt, von dem es sich lohnt, Bilder zu machen.«

»Aber nein, das kann man doch so nicht sagen!«

Artjom lachte. »Herr Bleuel, bitte beschämen Sie uns nicht mit maßloser Höflichkeit. Gleich hier nebenan wohnt übrigens der Herr Gouverneur.«

Und er wandte sich zum Weitergehen. Über ihm strahlte, zwischen wuchtigen sandfarbenen Musentempelsäulen, das Ensemble des Theaters von einem Plakat, bedankte sich für den Publikumszuspruch in der vergangenen Spielzeit und sah aus wie die Belegschaft einer Behörde oder eines Modeversandhauses. Bleuel aber konnte noch nicht weiter. Er musste nun mehr als ein Kichern herauslassen, ein kurzes, aber schallendes Lachen. Denn wie aus dem Nichts war eine Libelle, groß und blau, vor seiner Brust entlanggebrummt und dann zwischen zwei Wasserstrahlen hindurch ins Brunneninnere entschwirrt.

Wenn Ilka ihn hier sähe. Wenn er ihr zumindest berichten könnte. Wenn sie sich interessieren würde. Wie damals, oder zumindest so ähnlich, entfernt ähnlich wie damals. Er hätte sie vielleicht mitnehmen können – falls Fengler ihn auch als verheirateten Mann auf die Reise geschickt hätte. Aber warum hätte Fengler das nicht tun sollen? Ungebundenheit konnte kaum das Kriterium sein, nach dem der Alte seinen Abgesandten aussuchte. Acht Jahre. Was nützte so eine Zahl im Kopf? Seit die acht Jahre vorbei waren, wirkten sie wie ein Fingerschnippen. Er bekam Lust, ein Foto zu schießen, aber die Kamera hatte er im Hotel, und die Libelle würde er eh nicht erwischen. Mit ihr reden, über die Gedanken, die ihm in diesem Moment kamen; oder nicht kamen, nicht so ganz, doch gewiss kommen würden, wenn er mit ihr reden könnte. Hoffentlich eines nicht zu fernen Tages. Er würde sie wieder anrufen.

Fürs Erste war er ja aus der Welt. Und die Libelle, verschwunden in der glitzernden, schäumenden Glocke, tauchte nicht wieder auf. Artjom drehte beim Warten auf seinen angetrunkenen Schützling eine kleine Pirouette auf der Spitze seines linken Schuhs, wobei er das rechte Bein unerwartet gelenkig über einen der Ziersträucher schwang, die, zu Kugeln gestutzt, den Theaterplatz säumten.

Im Hotel lag Bleuel auf dem Bett, angekleidet, nur das Jackett hatte er abgelegt. Auf dem Nachttisch neben ihm stand das Zahnputzglas aus dem Bad, zum vierten Mal hintereinander mit Leitungswasser gefüllt und endlich nicht mehr ausgetrunken. Man war zum Abendessen verabredet, mit Frau Karpowa und ihrem Team, aber Artjom würde ihn erst um halb acht abholen. Noch fast drei Stunden, und es gelang ihm nicht, die quälenden Ilkabilder aus seinem Kopf zu verscheuchen; oder wenn es ihm kurz gelang, dann nur, weil sich an ihrer Stelle das Dekolleté dieser Natalja vor sein inneres Auge schob; und das durfte erst recht nicht wahr sein. Warum hatte er auf Artjoms Frage nicht »Spaziergang« geantwortet? Er hätte den jungen Mann ermuntern können, ihm von seinen Jahren in Deutschland zu erzählen, er hätte zugehört und zwischendurch noch einmal seinen Dank für den heldenhaften Einsatz im Büro abwehren lassen. Und er wäre den zermürbenden Gedanken entronnen.

Da ihm auch der Versuch, die bizarre Gemäldekombination an den Zimmerwänden näher in Augenschein zu nehmen, keine Linderung brachte, ging er schließlich allein spazieren. Eine ungefähre Orientierung hatte er, wusste, dass die Kirowstraße zum Fluss führte, wunderte sich, plötzlich in einen kleinen Vergnügungspark zu geraten, schritt dann zügig zwischen Imbissbuden, Bierzelten und Karussellen hindurch (der Park war um diese Zeit wenig besucht) und gelangte nach wenigen Minuten an eine Uferpromenade, haushoch über dem Wasser. Er ging bis zur nächsten Brücke. Die Tom lag breit, träge und fast schwarz zu seiner Rechten, während von links lustlose Jahrmarktsmusik rumpelte. Auf der Promenade schlenderten außer ihm fast nur blutjunge Paare, die dauernd stehen blieben, um sich zu küssen. Hinter der Brücke, über die vier Autospuren und zwei Straßenbahntrassen liefen, begann ein Industriegebiet; dort ragten Gebäude, in denen Bleuel chemische Produktionsanlagen vermutete, und mehrere Schlote spieen Feuer in den blassen Himmel.

Kjemmerawa. Eine Stadt so groß wie Stuttgart. Eine Stadt irgendwo auf der Welt, irgendwo tief in Asien, aber dort, wo Asien viel mehr Ähnlichkeit mit Stuttgart hatte als mit dem, was man sich in Stuttgart unter Asien vorstellte. Was machte er hier? Seine Schuldigkeit hatte er getan – hatte sie schlecht getan, war unverdient gerettet worden – und nun machte er wohl Urlaub. Allerdings nicht seinen eigenen, sondern stellvertretend. Er machte den Urlaub, den Fengler nicht mehr antreten konnte. Eine Bildungsreise zu den Quellen der Sentimentalität eines Greises. *Kommen Sie doch hinein.* Wie mochte Fengler sich Kemerowo vorstellen? Was kannte er, woher stammte seine Sentimentalität? Fotos wollte er. Die Bilder, die Sonja vorhin im Büro gemacht hatte: ganz wichtig, auch wenn sie Bleuel gewiss peinlich sein mussten. Unbedingt

Artjom darauf ansprechen. Und die Libellen, dort wie hier, was war das? Wahrscheinlich stieß man überall auf Libellen, wenn man einmal damit angefangen hatte; so geschah es doch oft mit Dingen, auf die man sich, weshalb auch immer, ein bisschen fixierte. Aber gab es in diesem Fall Gründe für eine Fixierung – etwas wie eine Vorgeschichte, eine Libellenepisode mit Ilka? Ihm fiel keine ein.

Das Restaurant hieß *Na-Gora:* ein Begriff aus dem Bergbau, wie Artjom erklärte, die russische Bezeichnung für das Fördern von Kohle. Es lag im Souterrain eines Plattenbaus, zehn Taximinuten vom Hotel entfernt, und machte seinem Namen Ehre, indem die Innenmauern als Stollenwände aus Pappmachée gestaltet, fast alle Tische auf sprühdosengeschwärzte Loren montiert und, wo immer es ging, signalrote Grubenhelme zur Dekoration verwendet waren. Die Gerichte hießen *Kumpelglück, Schicht im Schacht* oder *Ein neuer Flöz wird erschlossen.* Bleuel aß einen Fisch namens *Lob der Direktion*, vermied es den ganzen Abend, zu Natalja zu schauen, und erntete besorgte Blicke, weil er von den fünfhundert Gramm Wodka, die Artjom für den Tisch geordert hatte, kein einziges trinken wollte. Nach dem Gang zum Fluss war seine Aufgekratztheit bleierner Müdigkeit gewichen, und der Dolmetscher legte sich schon wieder für ihn ins Zeug, indem er ein kleines Referat über die Last mit der Zeitverschiebung hielt. Morgen wird es schon besser sein, ließ Galina Karpowa den Gast wissen; und dann hob sie ihr Glas und erklärte, das Büro werde am nächsten Tag früh schließen, denn für den Nachmittag seien alle Anwesenden auf ihre Datscha eingeladen.

In der Nacht träumte Bleuel, dass Ilka schwanger war und diesmal keinen Abort hatte. Er war mit ihr im Kreißsaal, stand allerdings nicht an ihrem Bett, sondern hinter einer dunkelrosa Stellwand in der Ecke des Raums und durfte, egal was passierte, erst hervorkommen, wenn der Arzt es ihm erlaubte. Der Arzt war derselbe wie damals, der aufdringliche. Bleuel lauschte angestrengt, hörte aber nicht viel, nur gedämpftes Gemurmel und ab und zu einen erstickten Schrei von Ilka – als würde man ihr, sobald sie einen Laut von sich gab, ein Kissen auf den Mund pressen. Als der Arzt ihn endlich rief, hielt sie kein Kind an ihrer Brust, sondern lag auf der Seite, den Ellenbogen aufgestützt, und starrte bleich und verweint auf eine Libelle, die neben ihr in einer hellen Blutlache im Bett saß und versuchte, sich mit den Beinen die großen Flügel trocken zu reiben. »Das ist alles, was wir erreichen konnten«, erklärte der Arzt, und angesichts der Ausgangslage sei es eine ganze Menge. Tatsächlich hätten die Kollegen und er sich hier dermaßen ins Zeug gelegt, dass sie nun auch berechtigt seien, über den Namen der Libelle zu entscheiden, und sie solle Ludwig Carport heißen.

Dieser lächerliche Abschluss machte den Traum für Bleuel nicht weniger schmerzhaft. Und auch als ihm dämmerte, wie er auf den Namen Ludwig Carport gekommen sein konnte, blieb die abgrundtiefe Niedergeschlagenheit. Unruhig, immer wieder aufschreckend, verlor er sich noch bis mittags im Halbschlaf und fühlte sich, als er dann unter die Dusche flüchtete, wie gerädert.

Der Tag war regnerisch und schwül. Frau Karpowa hatte darauf bestanden, dass ihr Mann den Gast ins Dorf

Podjakowo hinausfuhr, obwohl es dorthin eine gute Busverbindung gab, und so stieg er mit Artjom und Sonja in einen schwarzen BMW, der um vier Uhr vor dem Hotel wartete. Herr Karpow war ein breitschultriger Mann in einem teuren Hemd, der am Anfang mit Handschlag *Sdrastwujtje* und dann die ganze Fahrt über nichts mehr sagte. Auch Artjom zeigte sich diesmal schweigsam, und nur Sonja begann, als man die Stadt verlassen hatte und weitläufige Gerstenfelder, durchsetzt mit schmalen, fahlen Pappelstreifen, passierte, eine Melodie zu summen. Eine fremdartige Melodie, wie Bleuel fand, fremder als alles, was er bisher von Sibirien mitbekommen hatte, eine sehnsüchtige Melodie, wie ihm schien, und er hörte heimlich, gebannt und dankbar zu, denn es war der erste Moment, in dem die Bedrückung wieder ein wenig von ihm wich. Nach einiger Zeit bat er Artjom, seine Schwester zu fragen, was für ein Lied das sei. Sie lachte und sagte: Keine Ahnung.

Vor der Datscha, einem robusten roten Ziegelbau, wachten in den Beeten zwei Skulpturen aus dem Schneider-Katalog. Ein weißhaariger Hutträger mit Fernglas vor den Augen, der, wie Bleuel wusste, unter dem Namen *Gerhard der Spanner* vermarktet wurde, und die *Gartenliesel* – hölzerne runde Hinteransicht einer sich bückenden Frau in weiß gepunktetem blauem Schürzenkleid und altmodischer Unterwäsche. Auf die Lieferung des *Lausbuben*, der das Grüppchen vervollständigen sollte, warte man noch, erfuhr der Gast, und wie schade, dass Fengler nicht auch solche hübschen Spielereien im Angebot habe. »Nur Klamotten, immer nur Klamotten, da sind wir schrecklich langweilig«, lächelte er. Und er betrauerte die beiden Fasane, die kürzlich verstorben seien, an irgendeiner Seuche (Vogelgrippe, dachte er, sagte aber natürlich nichts; dagegen sprach auch, dass die Zierhühner noch lebten). Am Fischteich wartete dann der fünfjährige Ludowik, blond und breitgesichtig, und reichte den Ankömmlingen widerwillig die Hand. Die Hausherrin, deren leinene Garderobe leger geschnitten, aber schneeweiß war, strich dem Kleinen durchs Haar und winkte die Großen zur offenen Hintertür. Ehe man eintrat, warf Bleuel auf Artjoms Anregung hin noch einen Blick auf die Nachbarhäuschen. Sie hatten ähnliche Dimensionen wie das der Karpows, doch sie waren bescheidener gebaut, nicht aus Ziegeln, sondern aus Holz, manche mit blauen Fensterrahmen, und in den Gärten sah man keine Vögel, Fische und Figuren, dafür Kohl und Kartoffeln.

»Das Wochenende beginnt«, verkündete Herr Karpow (Bleuel erschrak darüber, ihn etwas sagen zu hören) und bot Bier der Marken Sibirskaja Korona und Paulaner an. Mit den Gläsern in der Hand ließ man sich von Frau Karpowa die Datscha erklären. Es gab den großen Raum, in dem man sich aufhielt – Küchenzeile im Hintergrund, ausladender Eichentisch, nervös gescheckte Sofaecke und, gleichmäßig verteilt, ein halbes Dutzend bunt bestickter Lampenschirme; dann das Schlafzimmer, ein kleines Gästezimmer, und die Stiege hoch, unterm Dach, hatte Ludowik sein Reich. Ach ja, die Toilette mit Wasserspülung, in dieser Gegend durchaus eine Errungenschaft. Und die Banja, in einem Holzverschlag im Garten untergebracht, werde man am Abend natürlich anwerfen, der Ofen war schon mit frischem Holz bestückt. Dafür sei ihr Mann zuständig, für alles andere aber, also die komplette Einrichtung und Dekoration außen wie innen, sie allein. Und sie verschloss die Tür des dunklen Möbels, das den Fernseher barg. Draußen klopfte es, Natalja und Ljuba waren da, mit einem selbst gepflückten, tropfenden Blumenstrauß.

Dem Gast zu Ehren kam eine Dose Kaviar auf den Tisch. Danach ging es bodenständiger weiter, ein verschüchtert wirkendes Mädchen servierte Soljanka und herzhaft gefüllte Piroggen, dazu Gurken und Tomaten aus einem der Nachbargärten. Bleuel wurde gebeten, von seiner Arbeit zu erzählen, und er fand sich sterbenslangweilig, während er zögerlich die verschiedenen unter der Bezeichnung Logistik zusammengefassten Aufgaben im Versandgeschäft schilderte. Doch Frau Karpowa und Natalja hörten nicht auf nachzufragen, auch dann nicht, als er bei Details wie den harten Verhandlungen mit Zustelldiensten oder Unregelmäßigkeiten in den Lieferprotokollen aus manchen Produktionsländern gelandet war.

»Wird denn viel in China hergestellt?« wollte Sonja wissen, nachdem sie unter dem Tisch den Saum ihres T-Shirts umgeschlagen und das Waschetikett geprüft hatte.

»Von unseren Eigenmarken nicht so viel. Aber das eine oder andere schon.«

»Sie fragt«, grinste Artjom, »weil China keine tausend Kilometer von hier anfängt und weil es doch eine hübsche logistische Vorstellung ist, dass so ein T-Shirt von dort erstmal achttausend Kilometer nach Stuttgart reist und dann siebentausend Kilometer hierher zurück. Man muss dazusagen, dass wir in der Stadt einen riesigen Chinesenmarkt haben, auf dem allerdings nur Ramsch verkauft wird.«

»Nun, die Logistik folgt ja immer einem Kosten-Nutzen-Kalkül.«

»Und der Nutzen ist, dass die Kosten für die fünfzehntausend Kilometer der Kunde bei uns im Büro zahlt.«

Die Erwiderung war nicht von Artjom selbst, sondern erneut von Sonja gekommen; Artjom dolmetschte ohne Pause, in atemberaubendem Tempo, und setzte in diesem Fall noch hinzu: »Ich bitte die schnippische Art meiner Schwester zu entschuldigen.«

Doch Bleuel fand nicht, dass es etwas zu entschuldigen gab. Im Gegenteil, es tat ihm gut, sich ein bisschen hochgenommen zu fühlen. Mit diesem Gefühl konnte er sich entspannen, kam sich nicht mehr so deplaziert in der Runde vor, nicht mehr wie ein unfreiwilliger, trauriger Eindringling, sondern fast wie auf einer normalen Dienstreise in halbwegs vertrauten Gefilden, wenn man ganz gut miteinander auskam und nach dem Geschäftlichen zum gemütlichen Teil überging. Er lächelte in Sonjas schnippisches Antlitz, während Galina Karpowa sich ereiferte, es sei doch nur gut, dass die Fengler-Mode ihren Weg nach Sibirien finde, alle Anwesenden seien doch heilfroh darüber. Dann musste sie übergangslos das Thema gewechselt haben, denn sie gestikulierte in Richtung der Platte mit den Piroggen und beendete ihren Redefluss mit einem fragend wiederholten »Matwej –?«.

»Würden Sie den Vornamen Ihres Vaters verraten?«, flüsterte Artjom.

»Karl hieß er.«

»Galina, dorogowo gostja sowut Matwej Karlowitsch.«

»Matwej Karlowitsch«, wiederholte Frau Karpowa zufrieden, und Artjom reichte nach: »Sie sollten unbedingt noch ein paar Piroggi essen.«

Appetit hatte Bleuel keinen mehr, doch zu ein, zwei weiteren der kleinen Teigtaschen sah er sich in der Lage. Ludowik, an dessen Stuhl eine Plastik-Kalaschnikow in Originalgröße lehnte, begann plötzlich zu schreien. Immer wieder denselben Satz, wie es schien, und jedes Mal ließ er ein kurzes, gepresstes Lachen folgen. Da ihre Ermahnungen nichts bewirkten, sprang seine Mutter nach der siebten oder achten Wiederholung auf, schlug mit der flachen Hand auf den Tisch, dass die Teller klirrten, und schickte den Kleinen mit einem knappen, in furchteinflößender Lautstärke gebellten Kommando ins Bett. Ljuba, von der bis dahin kaum etwas zu hören gewesen war, hatte schon beim ersten Brüllen Ludowiks ihrerseits einen spitzen Schrei ausgestoßen und, im Stuhl zurückfahrend, ihren Mund mit der Hand bedeckt. Artjom und seine Schwester strengten sich an, nicht loszuprusten, Natalja blickte mit unbewegtem Gesicht zu Boden. Herr Karpow war aufgestanden und hatte einen Schrank geöffnet.

»Putins Plan ist Russlands Sieg«, erklärte Artjom leise, als er sich wieder gefasst hatte: »Ein Satz, den wir hier in letzter Zeit alle ein bisschen oft hören.«

»Oh.« Bleuel war froh, um einen ausführlicheren Kommentar herumzukommen, indem er sich das letzte Stück Teigtasche in den Mund schob. Beim Kauen und Schlucken nahm er seinen ganzen Mut zusammen, konzentrierte sich und sagte über das Essen: *»Wkusna. Atlitschna.«*

Natalja und Ljuba bekundeten staunend Beifall, Galina Karpowa strahlte: »*Spasiiiiiba!*« und ergriff den Gast bei beiden Händen, und Artjom lobte: »Hervorragende Aussprache. Und ein hohes Maß an diplomatischem Feingefühl. Respekt, Matwej Karlowitsch!«

Herr Karpow hatte Wodka gebracht und goss, ohne abzusetzen, sieben aneinandergereihte Gläser ein. Zu schnell, als dass Bleuel dankend hätte verzichten können. Er fügte sich in sein Schicksal. Als man anstieß, erklärte Natalja etwas in bedauerndem Ton und übersetzte dann, zu Bleuel gewandt, tapfer selbst: »Ich muss heim? zu den Kindern? Die kleine Tochter? krank?«

Noch einmal schenkte sie dem Gast ihr strahlend weißes Lächeln.

»Nur eine Frage? Haben Sie? Familie? In Deutschland?«

Bleuel senkte den Blick, nicht nur um ihrem Dekolleté auszuweichen.

»Nein. Keine Kinder. Und, ja, ich bin leider – leider geschieden.«

»Ach! Wie schlecht? Wie schlecht von Frau!«

»Aber nein. Nicht schlecht. Ich meine, traurig, ja. Sehr, sehr traurig. Aber die Frau ist nicht schlecht.« Aus Wut über sein eigenes Gestammel leerte er sein Glas in einem Zug.

»Armer Matwej Blejel«, fasste Natalja noch zusammen, dann ging sie wirklich, und Ljuba schloss sich an. Alle anderen aber würden doch wohl bleiben, rief Frau Karpowa, die Arme ausgebreitet, und Bleuels Glas war wieder voll. Er lehnte sich zurück, zuckte zusammen, als sein Hinterkopf die Wand berührte, wenige Zentimeter unter einem blumenbestickten Lampenschirm, und dachte dann: Der gemütliche Teil. Solange er an diesem Tisch saß, in diese neuen, aber schon bekannt gewordenen Gesichter blickte, auf diese weiterhin unvertrauten Laute horchte, über deren Inhalt ihm Artjom, rechts von ihm im Stuhl hängend, stetig Klarheit verschaffte, so lange plagten ihn keine Träume und verzehrenden Gedanken. Er fühlte sich angetrunken, doch im Moment störte ihn das nicht. Die Müdigkeit hielt sich im Hintergrund, wie ein zuverlässiger Bekannter, der ihn bei Gelegenheit abholen würde.

Das Gespräch kam erneut auf die Banja. Gerade am Abend eines solchen Regentags war ein Schwitzbad eine Wohltat, da herrschte Einigkeit unter den Einheimischen; und ach! der kurze Sommer, schon wieder vorbei. Die harte sibirische Wirklichkeit; wie konnte man das Leben in einer so unwirtlichen Gegend bloß aushalten? Gelächter folgte der Klage, und man hatte neuen Grund anzustoßen. Bleuel aber sah seine notdürftig gesicherte Ruhe bedroht. Fühlte er sich in der Runde auch halbwegs behaglich, so war die Aussicht, mit Menschen, die er gerade erst kennen gelernt hatte, ins Schwitzbad zu gehen, für ihn, der nie eine öffentliche Sauna betreten hatte, sehr unangenehm. Er suchte Artjoms Blick, doch der junge Mann starrte, sein Bärtchen zupfend, an seiner Schwester vorbei auf die dunklen Fenster. Herr Karpow war aufgestanden, um den Ofen zu befeuern und bei der Gelegenheit aus dem Auto ein paar frische Birkenzweigbündel zu holen, die er am Vormittag besorgt hatte und die man in der Banja gut gebrauchen könne.

Warum es dann, zu seiner Erleichterung, doch nichts mehr wurde mit dem Ritual, hätte Bleuel am nächsten Tag nicht zu erklären gewusst. Vermutlich war man, schwerfällig vom Wodka, allen Absichtsbekundungen zum Trotz einfach sitzen geblieben und hatte weiter geprostet, bis alle nur noch zu Bett wanken konnten, und der Ofen im Holzverschlag hatte sich umsonst erhitzt. Artjom und Sonja mussten die Stiege hoch, um in dem Raum neben Ludowiks Zimmer zu übernachten. Bleuel bekam das Gästezimmer. Vier Tage geschafft, war ein Gedanke, den er vor dem Einschlafen noch fassen und für den er sich sogar noch ein wenig schämen konnte.

Er erwachte mit schwerem Schädel und heftigem Harndrang – so heftig, dass er schon fürchtete, nicht mehr so lange dichtzuhalten, bis er herausgefunden hätte, wo er war. Hastig schlüpfte er in seine Hose. Als er sich durch den abgedunkelten großen Raum in Richtung Bad tastete, ließ ein Poltern in seinem Rücken ihn zusammenfahren. Im nächsten Moment ging das Licht an, und eine helle Stimme schrie auf ihn ein. Der Kleine mit der Kalaschnikow, am Fuß der Stiege. Er wiederholte sein Gebrüll, Bleuel zuckte hilflos mit den Schultern. Seine Hoffnung, Artjom könnte, vom Lärm aufgescheucht, auf der Stiege erscheinen, erfüllte sich nicht. Ludowik schrie weiter, immer lauter und fordernder. Bleuel drohte der Kopf zu platzen, und nicht nur der Kopf, er musste die Beine zusammenpressen, sich krümmen und winden. Als er sich endgültig am Rand der Havarie wähnte, rief er in seiner Verzweiflung: »Gasprom!«

Der Kleine drückte ab. Bleuels Hände fuhren hoch zu seinen Ohren, doch es erklang nur ein mäßig lautes Jaulen. Dafür fand er seine Hose durchnässt. Ludowik hangelte sich mit Triumphgelächter die Stiegen hinauf. Seine Waffe war eine Wasserpistole.

Wieder im Gästezimmer, saß Bleuel am geöffneten Fenster und versuchte dort seine Hose zu trocknen und den tobenden Kopfschmerz zu besänftigen. Er blinzelte in einen milden, sonnigen Morgen. Auf dem runden Rand der *Gartenliesel* hatte sich eine Krähe niedergelassen und verharrte seit Minuten reglos. Über dem BMW tanzten einige kleinere Vögel, Gimpel vielleicht. Es war gerade acht Uhr, finstere Nacht in Stuttgart; Bleuel begriff nicht, wie er schon wach sein konnte. Sich wieder hinzulegen war aber unmöglich, denn dann hämmerte es ihm im Genick und in den Schläfen los und strahlte gefährlich zum Magen hin aus. Er würde am Fenster warten, bis die andern aufstanden, würde in den funkelnden Tau blicken, auf die halb verblühten Beete und auf den Salat der Nachbarn, und versuchen, eine vollkommene Leere in seinem Kopf zu schaffen: den einzigen Zustand, den er sich schmerzfrei vorstellte; den einzigen Zustand, der einem aus der Welt gefallenen Matthias Bleuel angemessen wäre. Wenigstens hinterließ der Wodka keinen Nachgeschmack. Für später am Tag war, wenn er sich richtig erinnerte, ein Ausflug vorgesehen, zu einer Fundstätte vorgeschichtlicher Felszeichnungen, an der es ein Sommerfest geben sollte.

Tomskaja Pisaniza: ein weitläufig umzäuntes Stück lichten Kiefernwalds, am Fluss gelegen, im Auto eine Viertelstunde vom Dorf Podjakowo entfernt. Am schwarzen Wasser ragen ein paar glatte Felsen, auf denen erst sibirische Ureinwohner und ein paar Jahrtausende später russische Jugendliche ihre Gravuren hinterlassen haben.

»Wie schade drum«, seufzte der einigermaßen wiederhergestellte Bleuel, doch Artjom sagte mit seinem üblichen Lächeln, vielleicht würden sich, aus gebührendem Abstand betrachtet, die alten und die neuen Zeichnungen nicht sehr unterscheiden. Und er wies den Gast auf einige Strichmännchen mit überdimensionierten steifen Penissen hin, die tatsächlich von den Ureinwohnern geschaffen worden seien.

»Ob es sich bei diesen freizügigen Künstlern um Schoren handelte, weiß ich nicht, aber die Schoren sind es jedenfalls, die heute hier den Sommer für uns feiern wollen. Meist werfen wir, wenn ich ehrlich sein soll, unsere Urvölker alle in einen Topf. Das wirst du auch gleich da oben sehen.«

Bleuel erinnerte sich nicht, aber es musste in der Datscha einen Moment gegeben haben, in dem man zum Du übergegangen war. Ob dies Galina Karpowa oder gar ihren Mann einschloss? Wahrscheinlich ja. Nach einer Szene am Morgen, als Artjom ihr das Malheur mit der Wasserpistole dargelegt und Frau Karpowa seine Hose dann mit ihrem Fön getrocknet hatte, während Bleuel, eine Bettdecke um die Beine, am Frühstückstisch saß, konnte man sich eh nicht mehr ernstlich siezen.

Er war hinter Artjom auf einer Holztreppe die Uferböschung hochgestiegen, atmete auf, weil sich hier, anders als bei den Felsen, die Leute nicht drängten, und erblickte, unter den Bäumen verteilt, allerlei Steinhaufen, Totempfähle und in Leintücher gehüllte Holzfiguren.

»Geister«, sagte Artjom.

Bleuel trat an eine Gruppe von sieben Gestalten heran, die mit spitzen Köpfen und eckigen, leicht verkniffen wirkenden Gesichtern nebeneinander an einem krummen Zaun aus dem Gras ragten. Bescheidene, wenig eitle Geister schienen es zu sein, aus groben Pfählen geschnitzt und in Lumpen gehüllt. Immerhin vor prächtiger Flusskulisse.

»Diese sieben zum Beispiel hat eine Frau aus einem der Urvölker vor einiger Zeit im Traum gesehen, samt dem Auftrag, einen Ort für sie finden. Steht hier auf der Tafel.«

»Das heißt, die« – ihm wollte das Wort nicht gleich über die Lippen – »die *Urvölker* glauben heute noch an diese Geister?«

»Ja, ja. Geister, Zauber, Schamanen, das kannst du hier alles noch haben. Schön eingezäunt und unter behördlicher Kontrolle. Anders als unsere glorreiche orthodoxe Kirche, die wieder ganz ungebremst überall herumspukt und hemmungslos expandiert.«

Bleuel erwiderte nichts. Er hatte selbst wenig mit der Kirche am Hut, aber er lehnte sie auch nicht ab. Und er wusste nicht, was er davon halten sollte, dass Artjom in seinen Erläuterungen immer unsachlicher zu werden schien.

»Apropos Geister« – der Dolmetscher war wieder zur Treppe getreten, kniff die Augen gegen die Sonne zusammen und strich mit beiden Händen sein Haar nach hinten, als wollte er sich einen Pferdeschwanz binden – »Lass uns mal zur Bühne gehen, Matwej. Da fängt gleich etwas an, das dich interessieren könnte. Die andern werden auch schon da sein.«

Zuvor, im Gedränge am Einlass, waren sie von Sonja und den Karpows getrennt worden. Bleuel bezweifelte, dass er für das Bühnengeschehen viel Aufmerksamkeit übrig haben würde, denn je länger er in dem Wald war, desto übler setzten ihm die Mücken zu. Fast unsichtbare, pfeilschnelle Biester, und sobald er stehen blieb, wurde es vollends unerträglich mit ihnen. Vor dem Aufbruch hatte er sich Kopf und Unterarme mit einer Salbe aus Galina Karpowas Hausapotheke eingerieben, vergebens.

»Irgendwann bemerkst du sie nicht mehr«, behauptete Artjom. Bleuel verkniff sich die Entgegnung, dass irgendwann wohl in ein paar Wochen heiße.

»Vielleicht könnte ein lebendiges Bier dich trösten?«

»Ein lebendiges?«

»Ja, so nennen wir Spaßvögel das Bier vom Fass. Schön, nicht? *Shiwoje Piwo*, da kannst du es lesen.« Er wies auf das Schild an einer Holzbude mit langer Warteschlange. »Beim Bier wird die russische Sprache überhaupt sehr poetisch. Zu der abgebrochenen Flasche, mit der die jungen Männer in Kemerowo einander samstagabends traditionell massakrieren, sagen wir Röschen.«

Bei der Vorstellung, Bier zu trinken, legten Bleuels Kopfschmerzen wieder los. Weil er nicht unhöflich sein wollte, sagte er: »Wenn, dann würde ich gern Kwass probieren.«

»Oho.«

Artjom schien überrascht. Bleuel sagte, er wisse auch nicht, wie er darauf komme, aber wenn er sich recht entsinne, sei bei Gogol oft von Kwass die Rede.

»Sieh an. So bieten unsere unsterblichen Klassiker bis heute Anregung und Instruktion, auch für den Ausländer.«

Während sie ihre Plastikbecher aus dem Gedränge am Getränkestand balancierten, begann die Vorführung. Die Bühne war ein schlichtes Brettergerüst, mit einer gelb und grün gestreiften Plane als Dach. Drei Mädchen boten einen Tanz dar, bei dem die Mittlere von ihnen bunte Tücher schwenkte und die beiden andern große, erdig bemalte Rahmentrommeln schlugen. Also doch Asien, dachte Bleuel beim Anblick ihrer Gesichter und schwarzen Zöpfe. Seine rechte Hand führte mechanisch Abwehrbewegungen gegen die Mücken aus, in der linken hielt er den Becher. Vom Getränk war er enttäuscht, es schmeckte fast wie Malzbier, und Malzbier war nie sein Fall gewesen. Er ließ den Blick über das Publikum schweifen, das sich auf dem asphaltierten Platz vor der Bühne und unter den nahen Bäumen versammelt hatte. Nach einer Weile entdeckte er Sonja. Ihr Oberkörper erhob sich, ins Hohlkreuz gebogen, über die Menge, sie fotografierte und musste dafür auf einen großen Stein oder ein Geländer geklettert sein.

»Deine Schwester!«

Artjom nickte, und Bleuel verspürte den Impuls, die Gruppe zusammenzuhalten: »Meinst du, Ljuba und Natalja sind auch hier?«

Der Dolmetscher schüttelte den Kopf: »Die müssen doch heute den Laden schmeißen.«

Wie einfältig. Gleich zu denken, alle hätten Ferien, nur weil man selbst welche machte. Klar, dass die Geschäfte samstags geöffnet waren. Er gestattete es sich nicht, den Rest vom Kwass einfach stehen zu lassen, sondern überwand sich zu einem weiteren mittelgroßen Schluck. Auf der Bühne hatten die drei Mädchen am Ende ihres Tanzes einen Stuhl mit einer hohen Lehne aus Birkenästen in die Mitte gerückt und ihn mit den bunten Tüchern und einem großen braunen Fell behängt. Die beiden Trommlerinnen fielen in einen trabenden Rhythmus. Dazu trat eine vierte, nicht mehr ganz so junge Frau auf die Bretter und setzte sich kerzengerade auf den Stuhl. Sie trug ein langes silbriges Kleid und ihr Haar unter einer dunklen, fächerförmigen Haube. Im Schoß hielt sie ein Saiteninstrument, eine Art Laute, mit kleinem, ovalem Körper und sehr dünnem Hals. Sie zupfte – die Trommeln schwiegen nun, die Mädchen hatten sich im Bühnenhintergrund niedergelassen – einen Takt, der wie ein verhaltenes Echo auf den Rhythmus zuvor klang; wie ein stetes, leises Tropfen. Bleuel fragte sich, wie es möglich war, dass diese Musik die Publikumsgeräusche übertönte, und er versuchte das Gesicht der Frau zu erkennen. Sie hielt den Kopf gesenkt, er sah nicht viel mehr als die Haube. Ein langgezogenes Heulen schien aus weiter Ferne heranzudringen, doch es kam wohl von einem der drei Mädchen. Als es wieder verebbte, begann die Frau im Stuhl zu singen.

Bleuel erschrak.

Ihre Stimme war tief und gepresst, schnarrend, unwirklich – als verfremdete man sie mit irgendeinem Gerät, um einen monströsen Effekt zu erzielen. Hatte man ihr ein kaputtes Mikrofon hingestellt? Den anderen Zuschauern war keine Irritation anzumerken; es sollte wohl so sein. Dass er den Gesang schön fand, hätte Bleuel nicht behaupten können. Was ihn erschauern ließ, war aber auch kein reiner Abscheu.

»Artjom? Entschuldige bitte, was macht sie denn da?«

Unwillkürlich hatte er seine eigene Stimme zu einem Flüstern gesenkt. Artjom hatte ihn trotzdem verstanden: »Kehlkopfgesang. An sich keine Seltenheit hier. Ich wusste nur nicht, dass es auch Frauen tun. Aber wie gesagt, mit unsern Urvölkern kenne ich mich beschämend schlecht aus.«

»Gewöhnungsbedürftig.«

»Bitte?«

»Ich sagte gewöhnungsbedürftig.«

»Oh, vielleicht klappt es ja mit dem Gewöhnen.«

Artjoms Entgegnung, freundlich dahergeredet, wie er jederzeit etwas freundlich daherredete, traf Bleuel in einem seltsamen Moment: als sein vager Schauder in Gänsehaut umschlug. In dem unheimlichen Pressgesang hatte er etwas entdeckt, das ihn berührte. Die Folgen düster absteigender Töne, die sich ihm langsam, bruchstückhaft erschlossen, kamen ihm immer weniger bedrohlich vor, dafür immer sehnsuchtsvoller. Er musste an Sonjas Melodie auf der Fahrt nach Podjakowo denken, und er blickte sich noch einmal nach ihr um; fand sie aber nicht auf Anhieb wieder und wollte sich nicht zu lange von der Bühne abwenden. Dort konnte er nun das Gesicht der Sängerin sehen, so gut es aus zehn Metern Entfernung ging. Die Augen hatte sie geschlossen, und ihr Haar war ganz unter der Fächerhaube verborgen. Kein Porzellanpüppchen, so viel stand fest, sondern eine kräftige asiatische Schönheit, mit vollen Lippen und breiter Stirn. Einige Takte lang erklang nur ihre Laute. Dann sang sie wieder, nun aus vollem Hals. Die gleiche Melodie wie vorher, aber hell und klagend. Bis sie, für den Schlussteil des Lieds, noch einmal zu dem außerirdischen Schnarren zurückkehrte. Unter die letzten Takte mischte sich, wie am Anfang, das ferne Heulen. Bleuel stellte fest, dass er am ganzen Körper bebte.

Was Musik anging, war er kein Experte, beileibe nicht, aber auch kein Banause. In seiner Jugend war er ein leidlicher und folgsamer Klavierspieler gewesen und hatte dafür etwas später mit einer mittelschweren Heavy-Metal-Infektion büßen müssen, die sich über zwei besonders einsame Jahre hinzog. Wenn er heute Radio hörte, dann meist die Allerweltssender, und wenn er selbst etwas auflegte, dann gerne Musik aus dem Barock. Sein letzter gezielter Kontakt mit Ethnoklängen war *The Rhythm of The Saints* von Paul Simon gewesen.

Mit dem Becher in der Hand ließ sich schlecht Beifall klatschen, also stellte er ihn zwischen seinen Füßen ab. Dass mir so etwas passiert, dachte er; so ein Erlebnis, so eine – Erscheinung; gerade jetzt und gerade hier; also sonstwo. Wie war das möglich? Natürlich hatte es in seinem Leben schon ein paar Lieder gegeben, die ihm Gänsehaut gemacht hatten. Aber nicht wie dieses.

Und er fragte sich, ob er mit seiner Erschütterung

allein stand. Vielleicht geschah es nur mit ihm. Vielleicht würden sich andere den Zauber, der ihn eben aus dem Gesang der silbrigen Frau angeweht hatte, gar nicht erklären können.

»Artjom?«

»Matwej Karlowitsch?«

»Weißt du, wie sie heißt?«

»Ja, warte kurz. Ich glaube, ich habe es mir gemerkt.« Effektvolles Bärtchenkratzen. »Ak Torgu. Aber frag mich nicht, was es bedeutet, es ist Schorisch.«

»Und was sie singt?«

»Auch.«

»Kannst du mir den Namen nochmal sagen?«

»Ak Torgu. Zwei Wörter, auch wenn sie wie eins klingen. Ak; Torgu. Also das U wird betont.«

Gewöhnungsbedürftig, dachte Bleuel und freute sich, dass er dabei sein eigenes Befremden belächeln konnte.

»Es ist merkwürdig. Mir ist – ich spüre gerade zum ersten Mal, wie weit weg ich – dass ich ganz woanders bin. Ganz woanders als zuhause. Weißt du, mir ist, als wäre ich jetzt erst hier angekommen.«

»Aha? Und fühlt es sich eher wie ein Ergebnis an oder wie ein Anfang?«

»Weiß ich nicht.«

Bleuel mochte keine Sätze, die nach Lebenshilfe klangen; diese Empfindlichkeit hatte die kritische Ilka in ihm geschärft. Er ging kurz in die Hocke, um seinen Becher wieder aufzunehmen (Artjom verstand und wandte sich ab), dann wiederholte er still für sich den Namen der Sängerin, bis sie mit dem nächsten Lied begann.

Sie saß nun nicht mehr in dem Stuhl, sondern stand vorn auf der Bühne. Ihr Kleid umfloss ihre Füße, doch ihre Arme waren unbedeckt, und in der Rechten schwenkte sie eine kleine schwarze Peitsche, die aussah, als wäre sie aus dem Haar der drei Tänzerinnen gefertigt. Wobei die drei Tänzerinnen, wieder aufgesprungen, ihre Zöpfe noch selbst wirbelten und Ak Torgus Gesang mit Trommeln und mit gespenstischen Harmonien begleiteten.

Sie wechselte weiter zwischen ihren beiden Stimmen hin und her, aber nicht in jedem Lied; manche sang sie ganz in ihrer hellen, energischen Bruststimme. Dann war es für Bleuel leicht, ihr zu folgen. Doch auch der grollende Kehlgesang befremdete ihn nicht mehr. Im Gegenteil. Er lauschte und fühlte sich leicht und frei. Die Erscheinung, leuchtend, dunkel, beschwörend, schien ihm ein Tor geöffnet zu haben, in eine Welt, von der er bis zu diesem Tag nichts geahnt hatte und die ihn nun umso mehr verlockte. Er verstand nichts, doch er war hingerissen. Und was hieß *nichts*, das eine und andere konnte man sich ja zusammenreimen. Aus den Ansagen auf Russisch, die sie zwischen ihren Stücken machte, hörte er immer wieder die Wörter *schorski* und *Schorija* heraus. Gewiss handelten die Lieder von ihrem Volk, seinen Bräuchen, seinen Geistern. Und gewiss kündeten sie von uralter Weisheit und Trauer.

Einige Male bewegten sich die Tänzerinnen so, dass klar wurde, sie stellten Tiere dar, schleichende oder springende Waldtiere, die Ak Torgu mit ihrem Gesang und dem Zeitlupenschwung ihrer Haarpeitsche zu bannen, zu beherrschen, zu beseelen schien. Die nun tiefer stehende Nachmittagssonne warf das Gewirr der Kiefernzweige wie einen unruhigen Schleier über die Bühne. Die Mücken hatte Bleuel längst vergessen. Nur als er aus Versehen den Rest vom Kwass in einem Zug austrank, riss ihn das Gefühl, mit angeschimmeltem Graubrot zu gurgeln, kurz aus der Versenkung.

»Brauchst du Wasser? Oder Bier?«

Artjoms Schützling atmete durch, verneinte dankend und dachte: Endlich Fotos machen. Die Kamera trug er in der Tasche, hatte auch am Abend in der Datscha, zu fortgeschrittener Stunde, ein paar Mal auf den Auslöser gedrückt und am Morgen noch zwei verkaterte Bilder von der *Gartenliesel* mit Krähe geschossen. Doch nun rührte er keinen Finger. Er sah die Sängerin bei einem Stück, das sie mit einer besonders langen Ansage eingeleitet hatte, selbst zur Trommel greifen (bevor sie den Schlegel nahm, fuhr ihre Rechte behutsam einmal schräg über das lehmfarbene, mit Strichzeichnungen übersäte Leder), während zwei der Mädchen Maultrommeln spielten und die dritte, bunte Tücher in beiden Händen, Luftsprünge machte.

Der Rhythmus war nicht schnell, eher bedächtig, doch unaufhaltsam. Ak Torgu hielt beim Schlagen die Augen geschlossen, Bleuel glaubte ihre Stirn zittern zu sehen, ihre Lippen bewegten sich stumm. Nun sprangen alle drei Tänzerinnen in die Höhe, erst im Takt, dann immer unbändiger, als wollten sie einander an Kraft und Jugend überbieten. Die Sängerin hatte einen leisen Ton angestimmt, hielt ihn, ließ ihn allmählich anschwellen, hielt ihn länger und länger, musste wohl eine besondere Atemtechnik beherrschen. Die schwarze Peitsche, die sie, als sie die Trommel nahm, über die Lehne des Stuhls gehängt hatte, glitt plötzlich zu Boden. Im selben Moment verstummte die Musik.

Aus Bleuels Kehle hatte sich ein unkontrolliertes Geräusch gelöst; um es zu rechtfertigen, schloss er ein Husten an. Dabei durchzuckte es ihn heiß: die Sängerin war von der Bühne verschwunden.

Doch ehe er auf den Schreck reagieren konnte, ertönte hinter ihm raumgreifendes russisches Gurren. Galina Karpowa war erschienen, bei ihrem Mann untergehakt, den kleinen Ludowik an der Hand. Sie wolle, übersetzte Artjom, mit dem Kind in den hinteren Teil der Anlage, da werde Bogenschießen angeboten; und ob man einem Knaben, der erst in ein paar Wochen seinen sechsten Geburtstag feiern würde, die dort ausgestellten Grabstätten, mit echten Skeletten darin, zeigen könne, oder seien dann Alpträume zu befürchten?

»Man müsste doch jetzt Zugaben verlangen«, brachte Bleuel hervor.

Artjom sah zur Bühne und runzelte die Stirn. Zu den drei Tänzerinnen hatte sich ein Dutzend weiterer gesellt, und dahinter hatte sich ein ganzer Chor aufgebaut, schmetterte und wogte farbenprächtig. Die Karpows gingen zum Schießplatz.

»Aber wir könnten sie suchen, und du holst dir ihr Autogramm. Sie wird sich sicher freuen.«

»Sowas habe ich noch nie gemacht.«

»Und? Du hast doch auch noch nie Kwass getrunken.«

»Und werde es wohl nicht wieder tun.«

»Schau, da ist sie! Deine Chance!«

Und behände schob er sich durch die Menschenmenge, quer über den Platz, strebte linkerseits der Bühne unter die Kiefern. Bleuel folgte ihm willenlos.

Der Waldboden war noch feucht vom Vortag. Zusammen mit einem gedrungenen, eckig frisierten Mann im Trainingsanzug stellte die Sängerin zwischen den rötlichen Stämmen einen Klapptisch auf und zog einen Packen CDs aus einem Leinenbeutel. Artjom rief etwas, der Mann nickte und rief etwas zurück, Artjom wandte sich zu Bleuel um: »Seine Schwester ist gerne bereit, uns ein paar Fragen zu beantworten.«

Ihr Kleid wirkte aus der Nähe weniger silbrig, es war von sehr hellem Grau, mit einem Muster aus blassen, leicht schimmernden Ovalen und in der Taille plissiert. Unter der steifen, mit dunkelviolettem Samt überzogenen Haube war nun ihr Haaransatz sichtbar, dicht und schwarz, durchsetzt mit hellbraunen Strähnen, einen winzigen geflochtenen Zopf schien sie hinter ihr linkes Ohr geklemmt zu haben. Oben auf ihrer Stirn reihten sich Schweißperlen. Sie sah jünger und weitaus irdischer aus als auf der Bühne.

Da stand sie, die Künstlerin, die ihn soeben eine neue Welt hatte erblicken lassen, da stand sie ihm gegenüber, so weit weg von zuhause, so nah, dass er sie hätte berühren können, so nah, dass er, als sie hustete, den Lufthauch spürte. Bleuel hatte unwillkürlich Erleichterung bei dem Wort *Schwester* empfunden, dachte flüchtig wieder an Sonja und fand, dass *ein paar Fragen beantworten* klang, als wären Artjom und er von der Polizei. Oder von der Miliz.

Sein Puls raste, aber diesmal sollte der Dolmetscher ihn nicht retten müssen.

»Sag ihr, ich habe noch nie – nein, sag ihr, ich bin tief beeindruckt von ihrem Konzert.«

»Und dass du extra aus Deutschland gekommen bist, sage ich ihr auch.«

»Ja? Na wenn du –«

Artjom redete bereits auf sie ein. Sie hatte die CDs auf dem Tisch zu zwei Stapeln geordnet und blickte Bleuel aus reglosen Mandelaugen an.

»Sie sagt, sie fühlt sich sehr geschmeichelt.«

»Ach. Sie soll – sie soll wissen, dass ich eine tiefe – dass mir ihre Musik sehr nah gegangen ist –«

Artjom übersetzte simultan, Bleuels Nerven flatterten, doch er kämpfte um Haltung.

»Also ich habe noch nie etwas Vergleichbares gehört.«

Ein kleines, fast schüchternes Lächeln in ihrem Gesicht.

»Sie freut sich über deine Worte und ist froh zu erfahren, dass die schorische Kultur in einem so fernen Land wie Deutschland auf Interesse stößt.«

»Und ich danke ihr von Herzen. Für dieses einzigartige Erlebnis. Und – und – ich wünsche ihr von Herzen alles Gute.«

Mit hochrotem Gesicht und einer angedeuteten Verbeugung wandte er sich zum Gehen. Artjom berührte ihn am Arm: »Hast du nicht vor, ihre Platte kaufen?«

»Oh, doch. Natürlich!«

Die CDs hatten weder Heftchen noch bedruckte Hüllen, es waren selbstgebrannte, im nackten Plastikbett.

»Ich habe ihr gesagt, du willst sie unbedingt signiert haben.«

In Bleuel loderte der Verdacht, dass der Dolmetscher ihn als aufdringlichen Tölpel dastehen ließ. Doch in dem Blick, den die Sängerin auf ihn richtete, ehe sie ihren Bruder um einen Stift bat, sah er weder Spott noch Ungeduld. Sie schrieb langsam und sehr sauber, und sie lächelte dabei. Als sie fertig war, murmelte er ein *»Bolschoje spasiba«* und streckte ihr die Hand hin. Sie zögerte einen Augenblick, dann griff sie mit einem kurzen, herzhaften Lachen zu. Er sah ihr in die Augen und sagte so leise, dass nur sie ihn hören konnte: »Das ist ein großes Wunder für mich gewesen.«

Und obwohl an dem Tisch inzwischen eine Warteschlange murrte, musste Artjom dann auch noch etwas mit ihr besprechen.

»Ich habe sie gefragt, was Ak Torgu heißt.«

Bleuel und er traten wieder auf den Asphalt und wurden von Schaschlikschwaden umfangen. Auf der Bühne stimmte der Chor einen jubelnden Refrain an, ein Teil des Publikums sang mit. Über dem Platz taumelte aufgeregt ein Schwarm Spatzen.

»Und?«

»Weiße Seide.«

»Weiße Seide. Ah ja. Wie seltsam. Ich meine, klingt so ganz anders.«

»Matwej Karlowitsch, du wirkst ein wenig angegriffen. Was könnte dir denn jetzt –«

»– vielleicht doch ein lebendiges Bier«, fiel ihm Bleuel ins Wort und warf einen letzten Blick auf die Menschentraube unter den Bäumen. Er wollte nicht angegriffen wirken. Er wollte nicht reden über das, was er gerade erlebt hatte. Er wollte überhaupt nicht mehr reden, wollte eigentlich auch kein Bier trinken. Er wollte sich nur noch dem köstlichen Gefühl hingeben, das ihn erfüllte.

Konnte es wahr sein? Er wusste es nicht. Er wusste nichts mehr. Nur, dass mit ihm etwas geschah, das er so noch nie erlebt hatte. Er himmelte die Sängerin nicht nur an wie ein frisch gewonnener Fan – nein, was er empfand, ging weit, weit über solche Schwärmerei hinaus. Es gab kein Vertun: Matthias Bleuel war unsterblich verliebt.

Und Ilka?

Ja, Ilka.

Mit Ilka war es ganz anders gewesen.

Die weltgewandte Norddeutsche, die ihm so viel gezeigt und beigebracht hatte. Bewundert und natürlich für unerreichbar gehalten (und jetzt in München gelandet, ausgerechnet sie); und dann hatte er sein Glück kaum fassen können. Eine Einladung zum Abendessen bei Bekannten, und er, Bleuel, doch nur ein scheuer Langweiler aus Badisch Sibirien, noch um ein Vielfaches scheuer und langweiliger als heute – einer, der außerhalb des Arbeitslebens, wo die Kommunikation geregelt, das Thema klar, die Zuständigkeit eindeutig war, kaum den Mund aufkriegte. Und trotzdem hatten sie sich auf Anhieb verstanden. Weil die wenigen Worte, die er redete, plötzlich die richtigen zu sein schienen. Und er wusste, als es zwischen ihnen ernster wurde, fragten sich ihre Freunde entsetzt: Was will sie denn mit dem? Er wusste sogar, was sie, wenn die Frage unüberhörbar wurde, antwortete: »Er hat seinen Zauber.« Seinen Zauber, er. Dazu sah er sich, im zweiten Ostseeurlaub, wie er seinen Heiratsantrag vor Scham nur mit ihrer ausdauernden Unterstützung über die Lippen brachte. Und dennoch, dennoch, Ilka, alle Bewunderung und Dankbarkeit, alle Liebe und Sehnsucht und Verzweiflung – es war doch nie so gewesen, wie es nun war; nicht einmal in der Zeit, als noch von keinem einzigen Irrweg die Rede sein konnte. Es hatte nicht diese plötzliche, allumfassende Erschütterung gegeben. Nicht diese überwältigende, jedem vernünftigen Gedanken vorausgehende Gewissheit. Nicht diese Musik. Bleuel nippte vorsichtig an seinem Bierbecher und fühlte sich sofort betrunken.

Im Hotel wedelte die Frau am Empfangstisch mit einem gestempelten Zettel; seine Registrierung. Dem Gast fielen fast die Augen zu, doch Artjom schien blendender Laune: »Ich habe ihr gesagt, du hast bei mir übernachtet. Jetzt denkt sie, du bist schwul.«

Er pausierte, um sich von Bleuel verständnislos anblinzeln zu lassen.

»Nein, Quatsch, sie denkt gar nichts. Sie hat ihren Job, um nicht zu denken. Genau wie meine Schwester. Ich gebe ihr deine nächsten drei Tage in Auftrag, okay?«

Bleuel schluckte. »Und wenn wir doch gleich sieben Tage nehmen?«

»Aber du bleibst doch nur bis Mittwoch.«

»Bis Mittwoch. Ach ja. Dann – wie du meinst.«

Artjom wandte sich für eine Minute der Frau zu, dann schien alles geklärt.

»Und jetzt schläfst du dich bitte aus, ja?«

»Ja. Mach ich.«

»Bis morgen.«

Der Dolmetscher tätschelte ihm die Schulter (wie einem kindischen Besoffenen, dachte Bleuel), bevor er federnd in den noch hellen Abend verschwand. Und wie ein Besoffener stieg Bleuel die zwei Treppenabsätze hoch. Hielt sich am Geländer fest, die Augen geschlossen. Denn er hörte wieder ganz deutlich die grollende Geisterstimme der Sängerin. So deutlich, dass er versucht war mitzusingen. Aber die fremden Worte zerstoben, sobald er tiefer Luft holte. Dann hörte er nur noch sein Herz klopfen.

Er schlief trotz der Mückenstiche rasch ein und träumte wirr. Erinnern konnte er sich später nur an eine einzige Szene. Darin kamen in ungewisser Umgebung zwei Matthias Bleuels vor: zum einen er selbst, wie er sich kannte, sich zu sehen gewohnt war. Dann ein neuer Bleuel, der, fürs Erste nur ein wabernder Schatten, hinter dem alten erschien, ihm einen Kuss in den Nacken hauchte und »Entschuldige die Verspätung« flüsterte.

Weiße Seide. Welches der beiden Wörter mochte Seide heißen, Ak oder Torgu? Er vermutete Torgu. Und er fand es seltsam, dass zwei so grundverschiedene Lautfolgen dasselbe bedeuten sollten, Ak Torgu und Weiße Seide.

Ja, seltsam.

Wie geschah ihm?

Ihr Lächeln, während sie ihm auf die CD schrieb. Der Bogen winziger Schweißperlen unter ihrem Haaransatz.

Ihre Bühne. Die Peitsche aus Mädchenhaar. Ihre beiden Stimmen. Die Laute, die sie spielte, eine Laute mit nur zwei Saiten, wie er gesehen hatte. Und wie sie die Hand ergriff, die er ihr hinhielt. Ihre Augen – hatte er etwas darin lesen können? Ak Torgu; Ak Torgu.

So schwelgte er still entrückt, während er am Sonntagmittag neben Artjom durch Kemerowo schlenderte und sich die Stadt erläutern ließ. Dass ein Gedanke unheilvoll im Hintergrund lauerte, spürte er immer wieder, doch es galt diesen Gedanken nicht zu denken, ihn mit aller Kraft im Dämmer des Nichtformulierten zu halten, und dies gelang Matthias Bleuel zumindest mehrere Stunden lang.

Er war mit Artjom Straßenbahn gefahren, hatte die ältere Frau, die von einem winzigen Block die Billets abriss und von jedem Fahrgast sieben Rubel kassierte, dankbar angelächelt und stand nun vor einem Denkmal in Gestalt eines gewaltigen roten Hockeyballs, der von drei nicht ganz so gewaltigen hellgrauen Hockeyschlägern in der Luft gehalten wurde.

»Bandy«, erkannte er, und Artjom machte sein »Oho«, um dann zu erklären: »Hinter diesen nüchternen Mauern liegt das Stadion, in dem vor ein paar Monaten die Weltmeisterschaft stattfand. Und weil es das erste Mal war, dass in Kemerowo etwas passierte – also das erste Mal, seit 1996 Deep Purple hier auftrat –, musste natürlich ein Monument her.«

»Auch der erste Kosmonaut, der einen Weltraumspaziergang machte, stammte aus Kemerowo.«

Bleuel hatte das Gefühl, dass nicht er selbst redete, sondern ein kleiner, überdrehter Automat aus ihm sprach.

»O ja, der Genosse Alexej Leonow«, bestätigte Artjom. »Eine Säule mit seiner Büste werden wir in der Straße des Frühlings bewundern können.«

Sie wandten sich von dem Hockeyball ab und gingen Richtung Hauptbahnhof. Während wieder eine Tram, leuchtend gelb lackiert, an ihnen vorüberknirschte, schloss der Besucher die Augen, und als das Knirschen abebbte, holte er tief Luft: »Mal was anderes – diese Sängerin gestern auf dem schorischen Fest. Meinst du, du kannst herausfinden, ob sie dieser Tage nochmal hier in der Gegend auftritt?«

»Na endlich. Ich habe mich schon die ganze Zeit gefragt, wie lange du es wohl zurückhältst, Matwej Karlowitsch.«

Wieder übernahm der Automat: »Hast du eigentlich auch so einen Owitsch, den ich dir anhängen kann?«

»Einen Wiktorowitsch. Aber einen nur schwach ausgeprägten.«

»Wieso schwach ausgeprägt?«

»Nun, ich will ihm nicht unrecht tun. Immerhin hat er mal stellvertretend eine Clownschule geleitet. In Rottenburg.«

»Ob der Tauber?«

»Bitte verzeih meine schlechte Aussprache. Rottenburg am Neckar meinte ich.«

»Ach!«

Bleuel musste sich zusammenreißen. Es fehlte nicht viel, und der Unheilsgedanke wäre ans Licht getreten. So nah, dachte er. Keine 50 Kilometer von Stuttgart.

»Ich habe sogar mal versucht, bei ihm zu lernen. Leider aussichtslos, beiderseitig. Aber wir haben uns verziehen.«

Der Gast erinnerte sich, wie mühelos Artjom am ersten Tag auf dem Theaterplatz seine Pirouette gedreht, das Bein über den Strauch geworfen hatte, mit kerzengeradem Kreuz und unbewegten Armen, den Blick beiläufig nach oben gerichtet, auf das Plakat mit dem Ensemble.

»Aber kommen wir zurück zu deiner eigentlichen Frage. Ich werde mich einfach bei Ak Torgu selbst erkundigen.«

»Du hast ihre Adresse?«

»Ihre Mailadresse.«

Und warum, Herr Bleuel, soll es komisch oder unpassend sein, dass sie E-Mail hat?, rasselte in Bleuels Kopf der Automat.

»Ihre Mail –«

»Klar, wir kennen uns schließlich seit Jahren.«

Wieder die Pause, um einen verdatterten Bleuel auszukosten, und wieder *Nein, Quatsch.* »Ich habe sie mir geben lassen, als ich sie fragte, was ihr Name bedeutet.«

Bleuel konnte sich nicht helfen: in ihm brannte der Neid auf den Dolmetscher, der Neid darauf, dass es Artjom freistand, mit ihr zu reden, was er wollte, das Gefühl seiner eigenen Ohmacht – dass er nicht fähig war, sich selbst mit ihr zu unterhalten, dass er sich ausgerechnet dem größten Wunder, das ihm im Leben widerfahren war, nur in Anwesenheit eines Vermittlers sollte nähern können.

Obwohl, vielleicht sprach sie Englisch. Dass jemand E-Mail hatte, zeigte doch – nein, nur keine falsche Logik;

dass jemand mailte, zeigte gar nichts, und für jedes Ausweichmanöver war es zu spät. Der schlimme Gedanke hatte sich losgerissen und versperrte den Weg.

Ihm blieben nur drei Tage. Nicht einmal ganze drei Tage, Mittwoch früh ging sein Flug. Was gestern zu dieser Stunde noch ein Trost gewesen war, fühlte sich nun an wie sein Hinrichtungstermin. Was konnte man in drei Tagen erreichen? *Du hast deine Chance gehabt, Bleuel.*

»Also, ich schreibe ihr nachher eine Mail und grüße sie ganz herzlich von dir. Einverstanden?«

»Einverstanden«, flüsterte er.

Drei Tage Galgenfrist. Drei Tage, die er noch hatte. So konnte man es auch sehen. So musste man es sehen. Das Wichtige war, dass er sie getroffen hatte. Dass es sie gab, dass er hier war, dass er sie erlebt hatte. Und dass er sie wiedertreffen musste. Dies allein zählte. Alles andere würde er sich in Ruhe überlegen. Fürs Überlegen, für die Entscheidung, was weiter zu tun war, würden drei Tage doch ausreichen.

Ein frohes Beben durchlief ihn. Er spürte, er war stärker als der Unheilsgedanke. Oder nein, nicht er, sondern der Zauber, der ihn durchdrang.

Sie blickten über den so breiten wie morschen Kusnezkij Prospekt auf das minzgrüne Bahnhofsgebäude.

»Eine Zweigstrecke der Transsib«, wusste Bleuel.

»Zweigstrecke? Du meinst wohl ein totes Ende«, sagte Artjom, und Bleuel dachte: Wie er alles hier abtut. Nur gut, dass er als Dolmetscher nicht nach denselben Prinzipien arbeitet wie als Stadtführer.

Damit fand sein siegreicher, aber furchtbar nervöser Kopf ein wenig Ablenkung. Er dachte an Stuttgart. An die Art, wie viele Stuttgarter über Stuttgart redeten: ein irgendwie verklemmter, vorgeschobener, tiefen Zweifel kaschierender Stolz. Dagegen die unerschütterliche Gewissheit der Münchner – nicht zu fassen, wie oft sie, egal, worum es in einem Gespräch ging, »München« sagten. München, München, wie ein magisches Wort, von dem sie sich Kraft versprachen.

Und nun Kemerowo. Offenbar nicht nur von ähnlicher Größe, sondern auch ein ähnlicher Fall wie Stuttgart. Die sibirische Variante. Artjom, der nicht müde wurde, seine eigene Stadt für öde und abgelegen zu erklären, der dem Gast gegenüber kein gutes Haar an ihr ließ, war gewiss eine Ausnahme. Ein Ausrutscher. Aber strahlte nicht, auch abgesehen vom Gemaule des Dolmetschers, alles, was Bleuel von Kemerowo bisher zu sehen bekommen hatte, ein *Ich weiß, ich bin nichts Besonderes* aus? Klar, es gab den auftrumpfenden Prunk der Amtsgebäude, der Putin-Plakate und anderer Transparente, auf denen, wie Artjom im hysterischen Ton eines mit Stromstößen bedrohten Kleinfunktionärs übersetzte, *Kusbass, Russland ist stolz auf dich!* stand oder ein Fünfjähriger seiner aufatmenden Nation versprach, er werde später Bergmann, genau wie sein Vater. Doch stärker als solche Fanfarenstöße empfand Bleuel den Eindruck einer leicht geduckten, misstrauischen Bescheidenheit. Als käme es der Stadt verdächtig vor, wenn jemand, der nicht zufällig hier lebte, sich für sie interessierte. Dabei gab es Gründe, fand er. Ja, sie war grau und rau und alles andere als der Nabel der Welt. Aber es ließ sich doch neben dem Tristen, dem hoffnungslos Hässlichen, dem lächerlich Pompösen, dem erstarrt Vergammelnden auch immer wieder Rührendes und sogar Schönes entdecken. Hier ein unerwartet kühn geschwungener Laternenpfahl, da ein extravagant gedrechselter Ampelmast; im Kontrast manch alte Fassade von anmutiger Schlichtheit; und all die blühenden Rabatten auf den breiten, oftmals zu Fußgängeralleen ausgebauten Mittelstreifen der Straßen. Bleuel hatte ein sehr großes Herz an diesem Sonntag, und Kemerowo passte genau hinein.

Auf einer Freifläche, Ecke Sowjetskij Prospekt und Kirowstraße, hatten Imker aus der Umgebung unter blauen Zelten ihre Ware aufgetischt. Der Besucher staunte über einen Karton voll toter Bienen (»Vielleicht gegen Rheuma«, sagte ihm Artjom, holte aber diesmal keine Erkundigungen ein) und kaufte, nachdem er an mehreren Ständen gekostet hatte, ein Glas Honig der Sorte »Taigablüten« als Mitbringsel für Herrn Fengler.

Sie gingen am Hotel vorbei und durch den kleinen Vergnügungspark, der, wie Bleuel erfuhr, immerhin »Park der Wunder« hieß. Die Vorstellung, ein märchenhafter Zufall könnte wollen, dass gerade hier und heute Ak Torgu abermals aufträte, versuchte er zu verdrängen. Und er achtete darauf, nicht erkennen zu lassen, dass er in dem Park schon einmal gewesen war. Schließlich hatte er damals »Nickerchen« gesagt. Damals, wie das klang in diesem Zusammenhang.

»Meine Damen und Herren, halten Sie sich fest: der Kai. Immerhin die Idee einer Promenade am Wasser. Und unter der Woche kann man hier noch fast in Ruhe spazieren gehen.«

»Sag, was du willst, Artjom, aber ich finde, eure Stadt hat ihre sehr schönen Seiten.«

»Dann will ich doch lieber gar nichts sagen.«

Nichts zu sagen, schien auch Bleuel das Beste. Auf den breiten, fast unbewegten schwarzen Fluss blicken und in den klaren Himmel. Zusehen, wie das Tageslicht golden wurde, wie die Sonne sich über die Brücke senkte, hinter der er die Chemiewerke wusste. Und an Ak Torgu denken, die unter demselben Himmel lebte. Ihr Lachen, als sie seine Hand ergriff. Ihre Hand, als sie über das Fell der Trommel strich. So weit weg von daheim. Endlich.

Doch er war zu schwach zum Schweigen. So geborgen er sich in seiner Erleuchtung vom Vortag fühlte, so sicher vom Schicksal am unwahrscheinlichsten Ort gefunden: stumm in den Abend zu gehen, würden seine Nerven nicht mitmachen. Er hatte den ganzen Tag kein einziges asiatisches Gesicht erblickt.

»Ist denn dein Vater heute noch in Deutschland?«

»Ich fände es interessanter, wenn wir uns jetzt über die Schorin unterhalten würden.«

»Nein, bitte.«

»Wie, nein?«

»Die Schorin – das ist – das kann ich gerade nicht.«

»Ich soll ihr aber mailen?«

»Da, da, da!«

»Matwej, was ist los mit dir? Redest du in Zungen?«

»Was?«

»Sagt man nicht so? Wenn aus jemandem der heilige Geist oder Ähnliches spricht.«

»Bei mir dürfte es nicht gerade der heilige Geist sein.«

Wie schon zuvor am Stadion war Bleuel allerdings kaum selbst Herr der Worte, die aus ihm hervorquollen.

»Also ja. Mein Vater ist noch in Deutschland. Und er kann auch nicht wirklich woandershin, denn er hat keinen Pass.«

»Ein Staatenloser?«

»Ein sowjetischer Dissident. Kleines Licht, keine Sorge. Du wirst seinen Namen nie in der Zeitung gelesen haben. Aber wenn man Leute wie ihn hier rausließ, war es Brauch, ihre Pässe einzubehalten. Gehen wir über die Brücke?«

»Gerne.«

Das Nordufer der Tom war auf dieser Höhe nicht bebaut. Hinter einem sumpfigen Wiesenstreifen, den eine Straße säumte, erhob sich, im Abendlicht rötlich schimmernd, eine Felswand zu einem bewaldeten Plateau. Sie stiegen durch ein mit Graffiti übersätes Betontreppenhaus hinauf. Am höchsten Punkt des Felsens spreizte sich ein Gipfelkreuz in erbarmungslosem Neongrün.

»Ein guter Platz, um sich zum Saufen zu treffen. Du hast das schützende Kreuz über dir, den Fluss und die Stadt unter dir, den Wald zum Pinkeln hinter dir. Und wenn du die Schnauze voll hast, kannst du einfach springen.«

Sie waren nicht allein, die ersten Saufgemeinschaften schienen sich bereits ans Werk gemacht zu haben; und offenbar pflegte man nicht zu Fuß zu kommen, am Waldrand stand ein halbes Dutzend Autos.

»In Deutschland hat er Clowns ausgebildet?«

»Er lässt dir keine Ruhe, was? Ein paar hundert Sachen dürfte er gemacht haben. Soweit ich weiß, ist er Heilpraktiker gewesen, Gärtner, Modellbauer, Feuerschlucker, Origamimeister. Aber mittlerweile verbittert er, fürchte ich. Lebt nur noch unter Russen, hat sich von den Deutschen abgekehrt.«

»Warum?«

»Schwer zu sagen.«

»Ist er immer noch in Rottenburg?«

»Nein. Es hat ihn auf die Alb verschlagen. Frag mich nicht, wie das Fleckchen heißt, ich vergesse es immer wieder.«

»Und da kann man unter Russen leben?«

Artjom hatte mit der Fußspitze eine leere Wodkaflasche aus dem Gras geangelt und trat sie über die Felskante. »Vielleicht schreibt mal jemand ein Buch über ihn. Verdient hätte er es.«

Bei diesen Worten klang er, als wäre er unzufrieden, selbst kein Leben zu führen, über das jemand ein Buch schreiben würde. Sie setzten sich auf eine Bank mit Panoramasicht auf die Industrielandschaft. Abendstimmung mit Feuer speienden Schloten: ein Anblick von archaischer Schönheit, fand Bleuel und war schon wieder sehr gerührt. Artjom wickelte einen Stapel gefüllter Pfannkuchen aus, den er an einem Stand im Park der Wunder gekauft hatte, dazu Dosenbier der Marke Baltika. Ein Abendessen in einem Restaurant namens *Völkerfreundschaft*, in dem ein Tisch im Bojarensaal reserviert sein sollte, hatte Galina Karpowa absagen müssen, weil der kleine Ludowik im Fieber lag. Auf dem Plateau pfiff ein kühler Wind. Bleuel hatte nicht umsonst den ganzen Tag die Trekkingjacke mitgeschleppt, um die Hüften gebunden.

»Hast du in Deutschland bei ihm gewohnt?«

»Kurze Zeit ja, zu Beginn. Es war – ach, ich gebe dir ein Beispiel. Einmal hatte er ein befreundetes Paar zu Besuch und musste einen Witz loswerden, den er aufgeschnappt hatte: Was macht ein Türke, wenn er an der Straße eine Mülltonne stehen sieht? Er tapeziert sie und zieht ein. Da blickte die Freundin sich im Zimmer um und sagte: Ein Russe würde nicht tapezieren.«

»Du bist nicht seinetwegen nach Deutschland gegangen?«

»Ich kannte ihn kaum. Hatte ihn zuletzt erlebt, als ich neun war. Dann verschwand er. Briefe von ihm kamen erst Jahre später. Natürlich wollte ich ihn treffen. Aber nach Deutschland bin ich gegangen, um Deutsch zu lernen. Es war dann gut, ihn zu wiederzusehen. Gut, aber zu spät. Irgendwie. Vielleicht sind wir uns auch zu ähnlich, im Grunde, und es war, als schaute man nach zehn Jahren Kerker zum ersten Mal in den Spiegel und würde mit dem Anblick nicht fertig. Ich weiß es nicht. Lassen wir es. Zum Wohl, Matwej.«

»Zum Wohl.«

Den ersten, mit saurem Quark gefüllten Pfannkuchen hatte Bleuel bewältigt, ohne sich zu bekleckern.

»Bevor ich von hier wegging, hatte ich mein Diplom in Deutsch und Englisch an der weltberühmten Universität Kemerowo gemacht. Das war nicht lange nach dem Ende der Sowjetzeit, und mir schwebte, wenn ich mir überhaupt etwas dachte, vor, Übersetzer zu werden. Mit meinem Abschluss durfte ich dann bei euch im ersten Semester anfangen.«

»Du hast in Deutschland studiert?«

»Studiert und abgebrochen. Ein paar Mal die Fächer gewechselt, auch ein paar Mal die Stadt, immer seltener hingegangen, nur immer schön an die Rückmeldung gedacht, sonst wäre ja mein Aufenthaltsrecht erloschen. Statt Uni dies und das gemacht. Kann man aber alles unter dem Oberbegriff *Deutsch lernen* zusammenfassen.«

Bleuel hatte plötzlich Bedenken, weiterzufragen, also sagte er nur: »Acht Jahre.«

»Exakt. Und du bist von deiner Frau geschieden?«

»Nein, nein. Also ja. Bin ich. Aber jetzt – ich wollte dich was anderes fragen: Meinst du, sie spricht Englisch?«

Schon fast eine Routine: Bleuels Stammeln, Artjoms Grinsen. Aber täuschte sich Bleuel, oder sah das Grinsen diesmal nicht so gütig aus wie sonst?

»Deine Frau?«

»Die Schorin.«

Artjom gab ein kleines Prusten von sich, ehe er sagte: »Auch das werde ich sie in der Mail fragen.«

Dann schwiegen sie und aßen. Bleuel rätselte, was sie ihm auf die CD geschrieben haben mochte. Wohl mehr als nur ihren Namen, denn ihr Name war ja kurz, und auf der CD hatte sie zwei Zeilen hinterlassen. Eine Widmung? Von der kyrillischen Schreibschrift konnte er, egal wie sauber, kaum einen Buchstaben entziffern. Wie dumm, dass er Artjom nicht gleich gefragt hatte. Und noch dümmer, dass er nicht wissen konnte, was Artjom ihr über ihn gesagt, ob er ihn überhaupt mit Namen vorgestellt hatte. Obwohl, vielleicht wäre das zu aufdringlich gewesen. Er würde es nachholen. Der Satz »Ich heiße Matthias Bleuel« zählte zu den Phrasen, die er sich eigentlich schon im Flugzeug aus *Russisch Wort für Wort* eingeprägt hatte. Unbedingt im Hotel noch einmal schauen. Während Artjom ihr die Mail schrieb. Und ihn hoffentlich nicht zu aufdringlich dastehen ließ. Und hoffentlich, hoffentlich prüfte sie dann bald ihren Posteingang. Montag. Montagmorgens rief doch die ganze Welt ihre E-Mail ab.

Er hatte fertig gegessen, und wieder wurde ihm das Schweigen unerträglich. Mit einem Schwenk seiner nun freien rechten Hand wies er auf Fluss und Schlote und sagte: »Das sieht doch großartig aus.«

Artjom beugte sich vor und blickte seinerseits eine Weile in die Tiefe, ehe er antwortete: »Ach, Matwej. Schön, dass du es so siehst. Aber die Tom ist ein mittelmäßiger Fluss. So wie hier alles mittelmäßig ist. Ob oder Jenissej, das sind richtige Flüsse. Da musst du hin, wenn du nach Sibirien willst. Hier bist du nur weg aus der einen Welt, aber noch längst nicht in einer andern angekommen.«

Bleuel blinzelte lächelnd in den Sonnenuntergang, der den geschmähten Anblick in das satteste Orange hüllte.

»Artjom Wiktorowitsch?«

»Ja?«

»Meinst du, sie lebt in Kemerowo?«

Auch in dieser Nacht waren seine Träume grell, doch wieder konnte er sich an wenig erinnern. Nur dass Artjom der Sohn des Kosmonauten Leonow war. Und dass Ilka auf dem Empfangstisch des Hotels Anilin einen pornografischen Tanz aufführte. Dieser zweite Traum fiel ihm erst beim Frühstück ein. Zum Glück war er allein, die andern Gäste standen zeitig auf; auch Personal war nicht in Sicht, bis auf eine gebeugte Dauergewellte in der Küche, ihr Gehör absorbiert vom Brutzeln der Eier, die sie für Bleuel in die Pfanne geschlagen hatte. Er stieß seinen Entsetzensschrei unbemerkt aus.

Die nackte Ilka, die sich zu schwülen und doch unverkennbar an Ak Torgus Musik angelehnten Klängen auf dem Tisch im engen Aufgang spreizte, die Augen geschlossen, den Mund halb geöffnet, ihre Hände über ihren Rumpf und ihre Schenkel gleiten ließ, sich die Brüste knetete, schließlich den Oberkörper nach hinten senkte, das Becken bäumte, die Beine weit auseinanderbog und dem Betrachter, der auf den Stufen stand, im Rhythmus der Musik ihre offene Vulva entgegenstieß. Und als der Betrachter, der den Blick nicht abzuwenden vermochte, eine quälende Weile lang zu sprechen versucht und keinen Laut hervorgebracht hatte, lachte sie spöttisch, ging auf dem Tisch in die Hocke und presste unter lautem Stöhnen etwas aus ihrer Scheide hervor – eine kleine, aus schwarzem Haar geflochtene Peitsche.

Der Frühstücksraum setzte ein Gegengewicht zur dezenten Gestaltung der Hotelzimmer, mit schweren, dreischichtigen Tischdecken in überladenem Blumendekor, denen die Gardinen in nichts nachstanden. An der Rückwand lief auf einem großen Flachbildschirm russisches Musikfernsehen und bettete Bleuels Schrei in eine schwitzige Rocknummer.

Mehr noch, als dass er zu solchen Traumbildern überhaupt fähig war, erschütterte ihn, dass er offenbar darüber hinweggeschlafen hatte. In panischem Selbstekel aus den Kissen fahren, den Rest der Nacht händeringend durchs Zimmer geistern, im Morgengrauen mit wachsbleichem Gesicht am Fenster stehen: so hätte man die Schuld vielleicht abgelten können. Stattdessen aber hatte er den Wecker gehört, ohne sich zu erinnern, hatte geduscht und sich angezogen, ohne sich zu erinnern, und erst beim Frühstück überfielen ihn die Bilder, und er fand sich auf einen Schlag von oben bis unten besudelt.

Dabei konnte es doch nichts Reineres geben als seine Gefühle für Ak Torgu! Nichts daran war Hintergedanke, Berechnung oder Ehrgeiz, geschweige denn Obszönität. Was ihn erfüllte, war die Liebe in ihrer unschuldigsten, unverfälschtesten, unverhofftesten Form – so frei von allem Schmutz, wie es nur die Liebe am Beginn eines neuen Lebens sein konnte! Sein Herz raste, sein Bauch wütete. Mit den marternden Ilkavisionen hatte er sich in den letzten Wochen schon fast abzufinden gelernt. Aber das, all das, gehörte doch ausschließlich dem alten Matthias Bleuel an! Der neue Matthias Bleuel, der Bleuel, der gerade erst entstand oder überhaupt denkbar wurde, der sollte sich damit nicht herumschlagen müssen, der sollte jeden Irrweg hinter sich lassen!

Alles Hadern vergebens: die schwarze Peitsche aus der Scheide gezogen, der Unratkübel ausgeschüttet.

Nein!

Er begehrte auf. Nur für die Dauer eines Alptraums hatte das Widerwärtige die Oberhand gewonnen. Nun aber herrschte erneut das Tageslicht, also jenseits dieser schweren musterüberfrachteten Gardinen, und es galt, um das neue Leben zu kämpfen, es galt, jeder Anfechtung zu trotzen!

Schmerzlich sehnte er sich zurück in den Kiefernwald von Tomskaja Pisaniza. Wäre er dort geblieben, einfach nicht mehr von ihrer Seite gewichen, mit ihr gegangen!

Was für eine Vorstellung.

Doch wenn er bis auf weiteres zur Untätigkeit verdammt war, so wollte er zumindest ihre Platte hören. Ob es im Hotel eine Möglichkeit dazu gab? Er wandte den Kopf zum Fernsehschirm und gleich wieder ab. Wie teuer mochte es sein, in Kemerowo einen kleinen tragbaren CD-Spieler zu kaufen?

Ein Kraftakt, das Essen anzurühren. Eins der beiden Spiegeleier zwang er trotzdem hinunter, immerhin hatte sich die Frau extra für ihn noch einmal an den Herd gestellt; ein paar Löffel Joghurt schaffte er auch und eine Tasse Tee, aber weder den kalten Schinkenbraten noch die Tomaten, die sauren Gurken oder die Erbsen. Er sah auf die Uhr und stellte erleichtert fest, dass er es eilig hatte. Schnell die Zähne putzen und die Entscheidung für oder gegen die Jacke treffen; um elf war er wieder mit Artjom verabredet.

»Herr Bleuel! Von wo rufen Sie mich an?«

»Aus Kemerowo.«

»Wie bitte?«

»Aus Kemerowo.«

»Aus Kemerowo! Das ist wunderbar! Sind Sie wohlauf?«

»Ja, vielen Dank. Es geht mir gut. Sehr gut. Und Frau Karpowa ist ganz reizend, und sie hat sich sehr gefreut.«

»Na prächtig!«

»Herr Fengler – der Grund meines Anrufs – ich habe ein Anliegen.«

»Sie haben was?«

»Ein Anliegen. Ich – aus Gründen, die hier – ich würde gern länger bleiben.«

»Länger in Kemerowo?«

»Ja, ich habe – etwas sehr Wichtiges – es tut mir leid, dass es so kurzfristig ist, aber ich bitte um ein paar Tage unbezahlten Urlaub.«

»Sie wollen noch bleiben?«

»Ja. Es sei denn, es passt nun gar nicht –«

»Bleiben Sie doch noch den Rest der Woche.«

»Ich muss – es ist – einen Rückflug, der infrage kommt, gibt es leider frühestens wieder nächsten Mittwoch.«

Bleuel war von seiner spontanen Lüge so verblüfft, dass er dreimal ansetzen musste, ehe es ihm gelang weiterzusprechen.

»Natürlich werde ich mich mit Herrn Hüning wegen meiner Vertretung abstimmen.«

»Tun Sie das, Herr Bleuel, tun Sie das. Es wird sich alles regeln lassen. Haben Sie schon viele Fotos gemacht?«

»Ich werde auf jeden Fall noch –«

»Und wenn Sie zurück sind, berichten Sie mir.«

»Ja. Sehr gerne. Ich bedanke mich sehr –«

Doch Fengler hatte schon aufgelegt, oder die Verbindung war abgebrochen. Es wird sich alles regeln lassen, dachte Bleuel, und er lächelte sein Handy an. Wie gut, dass er den Alten persönlich an den Apparat bekommen hatte.

Augenblicke später war Artjom von der Toilette zurück. Sie saßen auf bordeauxroten Kunstlederwülsten in einem kalt beleuchteten Café, nach dem Besuch des Stadtmuseums.

»Wir haben etwas Zeit gewonnen«, strahlte Bleuel.

»Das hört sich gut an. Ich muss nur gestehen, mir ist nicht ganz klar, wovon du –«

»Nein, entschuldige. Ich bin ein bisschen aufgedreht. Weißt du, ich habe noch nie so – jedenfalls, ich meine: *ich*. Ich habe Zeit gewonnen. Das heißt, ich bleibe ein bisschen länger hier.«

»Oho.«

»Aber das braucht dich natürlich nicht zu kümmern, du hast deine Arbeit als Dolmetscher ja so gut wie hinter dir.«

Artjom hob die Schultern. »Fürs Erste fühle ich mich von Galina noch bezahlt.«

»Doch nur noch für heute und morgen.«

»Mal sehen.«

»Nein, nein, nein, das kommt nicht infrage. Frau Karpowas Großzügigkeit habe ich wirklich schon über Gebühr strapaziert. Und deine noch mehr.«

»Findest du?«

»Ich bin dir zu ewigem Dank verpflichtet.«

»Matwej, übertreib doch nicht immer.«

»Auch abgesehen davon steht fest, du hast deinen Job gemacht, und basta.«

Artjom hatte begonnen, Brotkrümel vom Tisch zu schnippen. »Und was würde hier ohne mich aus dir werden?«

»Ich würde mich schon durchschlagen.«

»Mit durchschlagendem Erfolg. Verzeih, Wortspiele in der Fremdsprache sind ja immer zugleich eine Versuchung und eine Plage.«

Neben Bleuels Teller lag noch das Handy. Er schaltete es ab und packte es weg. Bei der Bewegung erzeugte die kunstlederne Sitzfläche ein lautes, unflätiges Geräusch.

»Artjom. Wenn du Zeit und Lust hast, noch ein Weilchen für mich der rettende Engel zu bleiben, dann freue ich mich. Sehr. Und dann würde natürlich ich dich dafür bezahlen. Du könntest mir einfach sagen, was dein Preis ist.«

»Jetzt wirst du aber wirklich leichtsinnig.«

»Nein, ich meine es ernst. Vielleicht habe ich mich blöd ausgedrückt.«

»Trinken wir Wodka?«

»Lieber nicht. Ich bin das nicht gewohnt, ich sollte mit dem Alkohol pausieren.«

»Ich habe nur zweihundert Gramm bestellt. Dafür kann man hier schon als Weichei vermöbelt werden. Von blutjungen Kellnerinnen in weißen Miniröckchen.«

»Es ist noch nicht mal Abend.«

Doch die blutjunge Kellnerin stand, das Tablett mit der kleinen Karaffe und den zwei Gläschen in der Hand, bereits neben dem Tisch.

»Na dann trinken wir auf Herrn Fengler.«

»Auf Herrn Fengler«, nickte Artjom.

»Und auf Frau Karpowa.«

»O ja, auf die gute Gala.«

Sie tranken.

»Wie geht es übrigens dem fiebernden Kleinen?«

»Stimmt, das sollte ich dir sagen: der Tisch in der Völkerfreundschaft ist nun für morgen Abend reserviert.«

Bleuel lächelte. »Ein Abschiedsessen.«

Artjom saß zurückgelehnt, mit seinen Haaren beschäftigt, und ließ sich Zeit, ehe er fragte: »Du willst wirklich noch bleiben?«

»Muss ich doch.«

»Warum?«

»Bin doch gerade erst dabei anzukommen.«

»Findest du?«

Bleuel sagte nichts, lächelte nur noch breiter und zog dabei die Brauen in die Höhe.

»Und wenn sie nicht antwortet?«

Lächeln hin oder her, im Kopf des Besuchers begann der Gedanke zu spuken, Artjom könnte eine Rückmail von Ak Torgu unterschlagen. Es lag in seiner Macht. Daran war nichts zu ändern.

»Schaust du denn nachher nochmal, ob sie geantwortet hat?«

»Wenn du willst, können wir gleich zusammen in den Internetsalon gehen.«

»Ja, ich will.«

»Matwej, verzeih, aber du spinnst.«

»Ja.«

»Entschuldigung, ich meine: du spinnst, wie ich noch nie jemanden habe spinnen sehen. Nicht mal mein Väterchen.«

Nun wollte aus Bleuel das Kichern herausbrechen, doch er beherrschte sich, um die Diagnose nicht in so plakativer Weise zu untermauern. Artjom hatte ausgetrunken und musterte ihn halb medizinisch, halb fragend.

»Ich glaube, ich werde dir als Dolmetscher erhalten bleiben. Ich muss doch wissen, wie es mit dir weitergeht.«

»Das freut mich sehr. Und wie gesagt –«

»Schon gut. Alles zu seiner Zeit. Gehen wir erstmal ins Netz.«

»Ich zahle!«

Der Internetsalon war ein düsterer Schlund mit Marmorfußboden; von der sonnendurchfluteten Wessennjaja-Straße aus hatte man das Gefühl, in eine Dunkelkammer zu treten. Im Eingang langweilte sich ein schwarz gekleideter Wachmann, im Innern verlor sich eine Handvoll blasser Studenten. Bleuel fröstelte.

Doch sie hatte geantwortet! Für das Interesse sei sie dankbar, dem Besucher aus Deutschland sende sie herzlichste Grüße und würde sich über eine weitere Begegnung freuen. Den nächsten Auftritt habe sie am Sonntag in Taschtagol.

»Glückspilz.«

Bleuel empfing einen Rippenstoß. Er nickte stumm. Für einen Moment musste er an Frau Windisch denken, in Fenglers Vorzimmer.

»Taschtagol. Ist das weit von hier?«

Artjom klickte sich durch andere Post.

»Naja, es gehört noch zu Kemerowo Oblast – wie heißt es auf Deutsch? – Gebiet Kemerowo. Können also nicht viel mehr als 300 Kilometer sein. Es liegt ganz im Süden, in Bergschorien.«

»Bergschorien?«

»Frag mich nicht, warum, aber wir sagen nicht Schorien, sondern Bergschorien. *Gornaja Schorija.* Eine ziemlich hügelige Gegend, soweit ich weiß.«

Gedämpftes Klappern von Maus auf Kunststofftischplatte. Tiefer im dämmrigen Raum erlitt eine blondierte Studentin einen Hustenanfall und wedelte dabei hektisch mit den Händen. Und obwohl Bleuel, in Gedanken versunken, nichts gesagt hatte, brummte Artjom nach einer Weile: »Du hast Recht. Wir müssen dringend unsere Kenntnisse über die Schoren aufbessern. Aber eins nach dem andern. Was soll ich ihr zurückschreiben?«

Die nächsten beiden Tage hatte Bleuel Durchfall, so heftig, dass er sein Hotelzimmer kaum verlassen konnte. Nur einmal zitternd bis zur Apotheke, zwei Häuser weiter, Imodium kaufen, und er war heilfroh, dass es ihm dort gelang, sich verständlich zu machen. Dann gleich zurück ins Bett, zitternd unter die Decke, und sofort wieder aufschrecken, ins Bad, und zum Einstieg zwei Tabletten auf einmal.

Für den späten Nachmittag hatte sich Artjom mit einer Überraschung angekündigt, und Bleuel war zu schwach gewesen, ihm zu sagen, dass er in seinem Zustand lieber allein blieb. Ein ums andere Mal ließ er Ak Torgus CD laufen, in einem Abspielgerät, das er am Vorabend zum

Glück noch gekauft hatte und mit dem er sogar seinen Ekel vor der Art Kopfhörer, die man sich wie Ohropax in die Gehörgänge schieben musste, überwand. Er lauschte ihr wie einer Offenbarung. Und jedes Mal verfluchte er die Bazillen, wenn sie ihn wieder unter ihr Joch zwangen und er sich die Stöpsel in letzter Sekunde aus den Ohren riss.

Nicht alles auf der CD klang wie auf der Bühne. In einigen Stücken kam kaum Gesang vor, dafür blubberten Bässe und flackerte Elektronik – normalerweise nicht Bleuels Fall, aber verbunden mit dem Kehlkopfgrollen oder den gespenstischen, ungewohnten Melodien vermochte er auch dieser Richtung einiges abzugewinnen. Wobei Ak Torgu ohnehin nichts falsch machen konnte. Voller Freude fand er das Lied wieder, das mit dem fernen Geheul begann: es war die Nummer elf. Gleich noch einmal. Noch zwanzigmal.

Er würde sie wiedersehen, und er wusste, wann!

Taschtagol. Die neuen Worte, bisher vor allem Ortsnamen. *Podjakowo, Tomskaja Pisaniza, Taschtagol. Gornaja Schorija.*

Ak Torgu.

Priwjet! Menja sowut Matwej Karlowitsch Blejel.

Der federnde, hypnotische Takt ihrer Laute. Sich umfangen lassen von dem dunklen, aus unbekannter Tiefe tönenden Schnarrgesang – dann aufschweben mit dem Wechsel in ihre Bruststimme, die so klar war wie der Himmel über den Felszeichnungen und den Geisterpuppen im Kiefernwald. Bleuels Körper krank und schwach im Hotelbett. Und doch suchte kein einziges Bild des

Widerwärtigen ihn heim. Die Musik beschirmte ihn. Er konnte ohne Sorge die Augen schließen. Bis der schraubende Schmerz ihm ein weiteres Mal durch die Eingeweide fuhr.

»Was machst du für Sachen, Matwej?«

Er stand plötzlich im Zimmer, Bleuel erinnerte sich nicht, ihn eingelassen zu haben. Allerdings erinnerte er sich ebenso wenig daran, wie er seine Hose wieder angezogen hatte, und er trug sie dennoch.

»Artjom, ich –«

»Oh, behalte doch bitte Platz. Soll ich dir einen Tee machen? Ich lasse dich auch gleich wieder in Ruhe, ich wollte dir nur die Hausaufgaben vorbeibringen.«

»Was?«

Er legte ein paar Blätter auf dem Nachttisch ab und trat in den kleinen Vorraum, wo gegenüber der Garderobe und neben der Tür zum Bad ein Tisch mit einem Wasserkocher stand. Bleuel ließ sich auf die Bettkante sinken. Hausaufgaben.

»Ich bin ein bisschen in der Bibliothek gewesen, vielleicht hilft es dir weiter.«

Mangels einer Tasse hatte Artjom den Teebeutel in einem Zahnputzglas aufgegossen. Er blieb tatsächlich keine fünf Minuten. Bleuel war erleichtert. Die Knöpfe wieder in den Ohren, nahm er die Blätter zur Hand. Schwarze Tinte, eine gestochene Handschrift. *Heimatkunde: die Schoren.*

Er erfuhr, dass es neun Himmel gab, und er lernte die Brüder Ulgen und Erlik kennen. Ulgen, der Gute, thronte am neunten Himmel, Erlik beherrschte die Unterwelt, das Reich der bösen Geister. Die Mittelwelt hatten sie gemeinsam erschaffen: Sonne, Mond und Sterne, das flache Land und die Flüsse gingen auf Ulgens Konto, Erlik setzte die Gebirge hinzu. Ulgen rief die Tiere ins Leben, für den Menschen aber brauchte er des schlimmen Bruders Hilfe; er hatte den Körper geformt, doch nur Erlik gelang es, ihm eine Seele zu geben. Das blieb nicht ohne Folgen. Wenn jemand gestorben war, musste ein Schamane die vom Körper getrennte Seele aus dem Haus treiben, denn binnen sieben Tagen konnte sie sich in einen *Usüt* verwandeln, einen Geist, der danach trachtete, von einem lebenden Menschen Besitz zu ergreifen, anstatt sich in die Unterwelt zu verabschieden.

Seit den *Sagen des klassischen Altertums* in der Jugendbuchausgabe hatte Bleuel sich nicht mehr mit Mythologie beschäftigt. Die germanischen Versatzstücke in manchen Songtexten, die ihn durch seine Metal-Phase begleitet hatten, zählten nicht, fand er. Und nun diese Dosis Geister und Himmelsschichten, in Ak Torgus Musik gebettet und leider von den Konvulsionen seines Gedärms zerrissen. Fremde neue Welt.

Er tauchte aus dem Bad wieder auf, entschied sich dagegen, schon jetzt eine dritte Tablette zu schlucken, und las weiter. Er machte die Bekanntschaft der Großen Wölfin, die als Urmutter des schorischen Volks galt – und nicht allein des schorischen, sondern sämtlicher Turkvölker. Was man alles nicht wusste, dachte er. Die Schoren waren ein Turkvolk. Und die Turkvölker stammten aus Sibirien. Er dachte an Türken, die er kannte, an einen überschwänglich grüßenden Gemüsehändler in der Königstraße, an Frau Akyün aus der EDV (ob Akyün auch etwas Weißes bedeutete?) und an Herrn Kemal, den Leiter der Näherei in Ankara, mit dem er auf Englisch telefonierte, der aber, unweigerlich kurz vor dem Auflegen, immer einen Satz auf Deutsch sagte: »Jedem Tierchen sein Plaisirchen.«

Das Volk der Schoren zählte knapp vierzehntausend Seelen. Etwa jeder fünfhunderttausendste Mensch auf Erden war also Schore, errechnete Bleuel und lächelte über den Gedanken, dass demnach zumindest ein Schore in Stuttgart leben würde, wenn sie sich gleichmäßig über alle Welt verteilten. Taten sie aber nicht, die meisten waren im Gebiet Kemerowo gemeldet, einige auch im angrenzenden Chakassien und in der Republik Altai. Von alters her lebten sie nomadisch, als Jäger und Viehzüchter, und seit dem Mittelalter waren sie für ihre Schmiedekunst berühmt.

Er trank den Rest vom Tee und nahm das letzte Blatt zur Hand, es trug die Überschrift *Musik*. Viel hatte Artjom darauf nicht notiert. »Die zweisaitige Laute heißt Kai-Komus.« Und: »Jeder Schamane muss sich eine Trommel verdienen. Ohne taugt er nichts. Die erste Schamanentrommel soll Erlik gebaut haben.«

Bleuel blickte nach der Uhr. Halb zehn abends. Eine festliche Tafel in einem Restaurant namens Völkerfreundschaft. Bojarensaal! Er sah Galina Karpowa und ihre Mitarbeiterinnen vor sich, und er sah Artjom, der die Lücke am Tisch füllte, indem er einen täuschend echten, stotternden und eckigen Matthias Bleuel darbot; die anfängliche Empörung der Damen über diese Unverfrorenheit schlug binnen Sekunden in Lachtränen um. So soll es sein, dachte der Kranke zufrieden. In seinen Ohren stimmte Ak Torgu zu gewittriger Trommelbegleitung ein Lied an, das er besonders seltsam fand. Denn hier sang sie weder aus der Brust noch aus der Kehle, sondern schrill verstellt, aufgekratzt. Vielleicht war es ein Spottlied.

Das Medikament begann nur zögerlich zu wirken, was daran liegen mochte, dass er es zögerlich einnahm. Er hatte die Vorstellung, der Durchfall würde ihn von innen reinigen. Ein halbes Dutzend Mal ließ er sich in der Nacht zur Toilette treiben, die Trommeln und das Echo von Ak Torgus Spottgesang begleiteten ihn.

Im Lauf des nächsten Tages wurde ihm besser, und am Abend stand er nackt vor dem Spiegel im Bad, betrachtete sein 42-jähriges Gesicht. Viele Spuren, fand er, hatte das Leben darin bisher nicht hinterlassen. Die Haut wurde schlaffer, noch unwesentlich, das Haar dünnte sich langsam aus. Sonst? Nach wie vor zurückhaltender Bartwuchs und nach wie vor nicht viel grau. Matthias Bleuel, ein so gut wie unbeschriebenes Blatt. Er rasierte sich.

Doch anstatt sich dann entschlossen abzuwenden und etwas Frisches anzuziehen, verharrte er weiter vor dem Spiegel und musste an einen Satz denken, den Ilka zu ihm gesagt hatte, ganz am Anfang: »Wenn du nicht Matthias wärst, wärst du ein Tanzbär.« Wieso denn ein Tanzbär?, hatte er gefragt, und sie hatte gelacht: Das weiß ich doch nicht, so was weiß doch Gott allein. »Aber du wärst ein sympathischer und nachdenklicher und, ja, auch ein ziemlich gepflegter Tanzbär.«

»Reiß dich los«, murmelte er sich zu.

»Überraschung: aus Taschtagol machen wir einen Wochenendausflug. Aber dafür brauchst du Gummistiefel.«

Des Dolmetschers Kunstpause; diesmal ließ Bleuel sie mit einem abgeklärten Lächeln verstreichen.

»Allerdings sind Gummistiefel Saisonware, und jetzt haben sie nicht Saison. Keine Sorge. Ich habe ein bisschen herumtelefoniert und weiß, wo wir welche bekommen können.«

Ein Bus, bei dem Artjom darauf bestand, dass er nicht, wie Bleuels Sprachführer behauptete, *Aftobus* hieß, sondern *Marschrutka*, brachte sie an den Stadtrand. Was hieß Stadtrand, da, wo sie ausstiegen, ahnte man nicht mehr, sich in der Nähe einer größeren Ansiedlung zu befinden; die Gegend sah nach einer geschundenen Wald- und Wiesenlandschaft zu den Seiten einer Überlandstrecke aus. Sie folgten einem schmalen Pfad, der sich zwischen zwei Schnellstraßen durch Gestrüpp wand. Der Himmel war bewölkt, Ausdünstungen eines dem Blick verborgenen Chemiewerks machten den Schleimhäuten des Besuchers zu schaffen.

»Wenn uns hier Leute begegnen«, sagte Artjom, »sei so gut und sprich sie nicht an.«

»Ich weiß schon. Du willst mir ein Kontrastprogramm vorführen, weil du nicht akzeptieren kannst, dass mir eure Stadt wirklich gefällt.«

»Wie kommst du denn darauf?«

»Tja. Übrigens habe ich meine Hausaufgaben gemacht. Vielen Dank nochmal fürs Vorbeibringen.«

»Das ist brav. Heimatkundelehrerin Frau Torgu wird sehr zufrieden sein mit Matwej Karlowitsch, dem Neuen in der Klasse.«

»Neun Himmel, eine stolze Zahl.«

»Ich habe noch eine andere Version gefunden, nach der es sechzehn sind. Aber ich wollte dich nicht überfordern.«

Bleuel, der an diesem Morgen im Hotel erstmals seinen Frühstücksteller leergegessen und die gebeugte Küchendame mit hartnäckigen Wiederholungen eines Mantras aus den Worten *»wkusna – saftrak – choroscho – atlitschna«* zermürbt hatte, fühlte sich so stark, dass er voranging. Er bog einen Dornenzweig aus dem Weg und hielt ihn fest, bis Artjom die Stelle passiert hatte. Auf der Schnellstraße dröhnte eine Lastwagenkolonne.

»Gerade kann ich mir fast nicht mehr vorstellen, dass es in dieser Gegend noch Geister geben soll.«

»Hier gibt es auch keine, das garantiere ich dir. Wenn, dann haben sie sich irgendwo in die tiefere Wildnis verzogen. Aber mit deinen Gummistiefeln wirst du ihnen schon auf die Schliche kommen. Da vorne ist es.«

Sie überquerten die Straße, über der noch eine von der Kolonne aufgewirbelte Staubwolke hing, und traten durch ein offenes Gittertor. Auf dem Schottergelände dahinter verteilten sich mehrere flache Hallen. Unter freistehenden Wellblechdächern war Metallschrott angehäuft, finster blickende Männer im Drillich lehnten an den Kabinen ihrer Lastwagen oder Gabelstapler. Artjom wandte sich an einen, der schon eine Bierdose in der Hand hielt und deshalb anscheinend als friedfertig gelten konnte, und handelte sich ein müdes Armwedeln in Richtung eines zweiten Gittertores ein. Neben diesem zweiten Tor stand ein Wächterhäuschen. Bleuel sah einem Bewaffneten in olivgrüner Uniform ins Gesicht und senkte widerwillig den Blick.

Sie gelangten in eine Halle voller Arbeitskleidung und schienen die einzigen Kunden zu sein. An den Wänden hingen schwere Grubenklüfte, Regenzeug, Helme und Schutzhandschuhe, in den Regalen waren Seile, Kletterhaken und Taschenlampen säuberlich gereiht. Ein blasses Mädchen löste sich von der Kassentheke, um die Ankömmlinge mit gelangweilter Stimme zur Rede zu stellen. Artjom deutete auf Bleuels Füße.

»I need gumboots«, beeilte sich der Gast zu sagen.

Das Mädchen warf ihm einen missbilligenden Blick zu, und Artjom schob ihn zu zwei Plastikcontainern im hinteren Teil der Halle, beide bis zum Rand gefüllt mit schwarzen Gummistiefeln. Es dauerte eine Weile, bis sie drei Paare in der richtigen Größe zusammengesucht hatten. Keines davon saß richtig.

»Aber das sollen sie ja auch nicht!«, rief Bleuel, gerührt beim Gedanken daran, wie sich, wenn man Gummistiefel trug, die rutschenden Socken anfühlten; eine Kindheitserinnerung. Sie gingen zur Kasse, doch mit dem Bezahlen war es nicht getan. Das Mädchen wurde von seiner Kollegin mit der Quittung hinauf ins Büro geschickt.

»Wir brauchen noch die Unterschrift vom Chef«, erklärte Artjom.

»Ach nein.«

Bleuel beugte sich über die Theke, hinter der die Kollegin ihm, am Computer sitzend, den Rücken zukehrte.

»Listen, sorry. I don't understand. What is happening here? I mean, it's only a pair of gumboots.«

»Matwej?«

»This is exaggerated, isn't it? You don't need to make such a –«

»Matwej, sei so gut und spiel dich nicht auf. Ich erkenne dich nicht wieder.«

»Aber es kann doch nicht sein, dass wir für ein Paar Gummistiefel hier –«

»Doch.«

»No, no. This is ridiculous, it's a waste of –«

»Jetzt lass es endlich bleiben!«

Die Frau hinter der Theke hatte sich nicht gerührt. Bleuel wandte sich schnaufend ab und schritt zwischen den Regalen hin und her, bis das Mädchen zurückkam.

Draußen winkte der Wachmann sie zu sich, die Maschinenpistole locker in der Armbeuge. Er prüfte eingehend zunächst die Stiefel, dann das Dokument über ihren rechtmäßigen Kauf. Nach einem eisigen Blick in Bleuels Augen wandte er sich wieder ab.

»Hast du gesehen? Du kannst ihn lächerlich finden, aber er ist der mit der Knarre. Ich habe kein Problem damit, wenn du mal den Besserwisser rauskehren willst, ich habe ja lange genug unter Deutschen gelebt. Aber solange du hier bist, überlass bitte mir die Entscheidung, wann solche Spielchen angebracht sind.«

»Du willst mir bloß Angst einjagen.«

»Bleuel, ich weiß nicht, was heute mit dir los ist.«

Es versetzte ihm einen kleinen Stich, von Artjom Bleuel genannt zu werden. Doch der Langhaarige hatte Recht: es galt zu klären, was mit ihm los war.

Ein freudiger Übermut erfüllte ihn, das war es. Ein Hochgefühl, wie er es bis zu diesem Tag nicht gekannt hatte. Ihm schien, als stünde er unter besonderem Schutz. Als könnte er tun, was er wollte, als könnte nichts und niemand ihm etwas anhaben. Dem Tanzbären Matthias. Während der Rückfahrt in der Marschrutka verhielt er sich aber unauffällig.

In der Stadt kaufte er einen riesigen Strauß Lilien und schleppte ihn zum Büro *Catalog Services*. Die Tüte mit den Stiefeln hatte Artjom ihm abgenommen. Schon durchs Fenster sahen sie, dass im Büro hektischer Betrieb herrschte. Sonja und Ljuba knieten auf dem Boden, über weiße Pappkartons gebeugt. Eine Lieferung, gerade eingetroffen. Auch Galina Karpowa war zugegen, sie lehnte in einer blassrosa Organza-Bluse an einem Wandvorsprung und gab, die linke Hand in die Hüfte gestemmt, mit der rechten Anweisungen, wie die Ware auf der Kleiderstange zu verteilen sei.

»Matwej Karlowitsch!«, strahlte sie und drückte ihm schmatzende Küsse auf beide Wangen.

»Frau Karpowa – Galina – ich wollte mich bei dir verabschieden. Nachdem es ja am Mittwoch nicht – und mich noch einmal ganz, ganz herzlich für Ihre – deine – eure Großzügigkeit bedanken. Und für deine Gastfreundschaft.«

Seine Augen suchten Natalja, doch sie war nicht da.

Diese Lilien, versicherte Galina Karpowa, seien die schönsten Blumen, die sie je geschenkt bekommen habe.

»Oh«, flötete Bleuel, »und diese Reise ist die schönste Reise, die ich je geschenkt bekommen habe.«

Artjom erlaubte sich ein leises Auflachen.

Als die Chefin Ljuba zur Kammer schicken wollte, Schokolade holen, bat Bleuel, ob vielleicht für einen Moment noch alle an Ort und Stelle bleiben würden. Er zückte die Kamera.

»Für Herrn Fengler, wenn ihr erlaubt.«

Galina posierte lachend erst mit ihren beiden Mitarbeiterinnen, ab Bild Nummer vier auch mit Artjom, vor den Kartons, auf denen unübersehbar das Versandhauslogo prangte.

»Der Exportweltmeister knipst die Beweise«, übersetzte Artjom eine halblaute Bemerkung seiner Schwester.

Als man dann Schokolade aß und Tee trank, wiederholte Bleuel so lange, dass Kemerowo eine Stadt voller Schönheit und Herzlichkeit sei (gewöhnungsbedürftig nur die Menge der bewaffneten Wächter), bis der Dolmetscher sich gezwungen sah, den Satz »Du wirst nicht lockerlassen, bis du es hier zum Ehrenbürger gebracht hast« in beiden Sprachen zu äußern. Galina schimpfte, sie dulde keine Frechheiten gegenüber dem Gast, doch Bleuel klopfte Artjom selig grinsend auf die Schulter.

Es dunkelte, und die Weiler aus einer Handvoll Holzhäusern mit blauen Fensterrahmen huschten immer unwirklicher vor der zitternden Scheibe vorbei. Dann wieder das Fahlgrau der Felder und Wiesen und das zerzauste Schwarz der Bäume. Neben Bleuel war Sonja, in der Hand noch den Plastikbecher mit einer Pfütze Tetrapak-Rotwein, an die Schulter ihres Bruders gelehnt eingeschlafen, obwohl die Wandergruppe einen Gassenhauer nach dem andern jubelte, und zwar ausnahmslos, wie Artjom beteuerte, Lieder aus sowjetischen Zeichentrickfilmen. Den Wein und die Becher hatte die Reiseleiterin mitgebracht, eine sehnige Vierzigjährige mit hennarotem Pferdeschwanz; Swetlana, alle nannten sie Sweta. Sie war beim ersten Halt außerhalb der Stadt zugestiegen, und ihr zu Ehren hatte Oleg, der Fahrer, ein Riese mit Klaviertastengebiss, noch rasch einen Eimer Wischwasser im Fußraum des Siebzehnsitzers verteilt.

Dass man Lieder sang, erleichterte Bleuel, da erwartete niemand von ihm, dass er einstimmen konnte. Zuvor hatte ein Kennenlernspiel seine Laune gedämpft: reihum wurde eine Kette aus den Vornamen aller Anwesenden gebildet, jeweils mit einem alliterierenden Adjektiv dazu, und er, ganz am Ende der Runde, verstand so gut wie nichts, musste sich nicht nur alle Attribute, sondern auch alle Namen von Artjom einflüstern lassen, ehe er, nach viel zu langem Überlegen, einen »mobilen Matthias« hinzufügte.

Außer Artjom, dem Fahrer und ihm gab es keine Männer in der Gruppe; das Wandern schien in Sibirien Sache trällernder, rosiger junger Frauen zu sein. Versammelt hatte man sich am Freitagabend vor einem vernarbten Plattenbau, der über dem Erdgeschoss eine von Bleuel stolz als *Städtischer Touristenclub* entschlüsselte Aufschrift trug. »Touristen sind bei uns Rucksacktouristen«, hatte Artjom erklärt. Der ausgeblichene, grobschlächtige Sack auf Bleuels Rücken war seine Leihgabe. Und die Exkursion, die der Club an diesem Wochenende veranstaltete, hieß »Schorische Legenden«.

Die Scheibe vibrierte heftiger, die Karosserie ächzte und zuckte, offenbar passierte man ein Stück unbefestigter Straße. Im nächsten Moment ging ein gewaltiger Stoß durch den Bus, ein Kreischen durch die Gruppe, und ein braun gelocktes Mädchen (die Nüsse knackende Natascha, wenn Bleuel sich richtig erinnerte) fiel von der erhöhten Rückbank auf den Boden. Der Hüne am Steuer rief etwas mit dröhnender Stimme und bekam ein vereintes »Hurra!« zur Antwort.

»Er gratuliert uns zum ersten ernstzunehmenden Schlagloch der Reise«, sagte Artjom.

Schon seit der Abfahrt hatte der Fahrer seine Passagiere nach demselben Ritus alle paar Minuten zu etwas beglückwünscht, bis hin zum Unternehmen Daimler Benz, in dem der Bus vor Jahrzehnten gefertigt worden war, was Bleuel als Bewohner der Stadt Stuttgart auch noch ein persönliches Hurra eintrug. Seit der zweiten Runde Wein war er für die andern nicht mehr Matwej, sondern *Motja*. Artjom versicherte, das habe so seine Richtigkeit; er selbst sei nun Tjoma. Das Hochgeschrei nach dem Schlagloch ging nahtlos in die nächste Zeichentrickhymne über.

»*Pesnja bremenskich musykantow*«, sagte Tjoma, »das Lied der Bremer Stadtmusikanten: Nichts ist schöner, als mit Freunden durch die weite Welt zu ziehn.«

»Etwas Besseres als den Tod finden wir überall«, wusste Bleuel zu entgegnen.

Sonja hatte sich den verschütteten Fusel mit Küchenpapier, so gut es ging, vom Pullover getupft und begann zu sprechen. In ihrer unaufgeregten Art, so leise, dass man sich entscheiden musste, ob man sie hören wollte oder nicht. Dabei blickte sie knapp an Bleuel vorbei aufs dunkle Fenster, doch was sie sagte, war an ihn gerichtet. Artjom beugte sich weit vor, um übersetzen zu können. Ringsum ging der Stadtmusikantengesang weiter. Die Straße war wieder fest geworden.

»Mein Bruder behauptet, nicht nur die geheimnisvolle Ak Torgu, sondern auch die hiesigen Geister hätten es dir angetan. Wenn du möchtest, kann ich dir das Wenige erzählen, das ich von ihnen weiß.«

Für eine Erwiderung blieb keine Lücke im zweifachen Redefluss.

»Es gibt gute und böse. Diejenigen, die ihren festen Platz in der Mittelwelt haben, etwa als Hüter von Bergen oder Wäldern oder Flüssen, begegnen den Menschen meist wohlwollend. Es sei denn, du erzürnst sie, dann werden sie dich natürlich bestrafen. Manche sind leicht reizbar, andere gutmütig. Auf Missachtung reagieren sie alle empfindlich. Solche Geister gehören zur Landschaft wie die Seele zum Körper, sie entstehen zusammen mit dem Ort, an dem sie wirken. Von anderer Sorte sind die *Aina*, das sind die Geister der Unterwelt, und die *Usüt*, die sich zwischen Unter- und Mittelwelt bewegen. Allerdings wird der Neuling sich schwertun, die verschiedenen Arten von Geistern auseinanderzuhalten. Und Irrtümer können tödlich sein.«

»Da kann aber der Schamane helfen«, warf der Neuling ein.

»Oder die Schamanin. Die Usüt sind Verstorbene in den ersten vierzig Tagen nach ihrem Tod. Um ihrer Verwandlung in Aina zu entgehen, versuchen sie, in den Körper eines Lebenden zu schlüpfen. Solange sie das nicht schaffen, sind sie unsichtbar, aber oft verrät sich ihre Anwesenheit durch eine Luftbewegung oder einen Wirbelwind. Wenn es ihnen noch nicht gelungen ist, in ein Haus einzudringen, tummeln sie sich mit Vorliebe im Wald oder am Feldrand.«

An dieser Stelle brandete Applaus auf, anscheinend als Zeichen, dass die Liederstunde vorbei war. Nach dem Klatschen raschelte auf allen Sitzen Proviantpapier.

»Auch die Aina steigen manchmal in die Mittelwelt auf. Sie sind darauf aus, den Menschen die Seele zu rauben und sie mit in die Unterwelt zu nehmen. Nachts ist die Gefahr am größten. Wenn du schläfst, tritt deine Seele durch die Nase aus und flattert um dich herum. Eine leichte Beute. Hält man einem Schlafenden ein Stück glühender Kohle unter die Nase, ist seiner Seele der Rückweg in den Körper versperrt.«

Sie hielt inne, bückte sich nach einer weißen Plastiktüte. Dann fügte sie noch etwas hinzu: »Die ganze Nacht ist gefährlich, aber in der Stunde des Sonnenuntergangs sind die Geister besonders aktiv. Da soll man unbedingt wach und wachsam sein.«

Sie nahm die Tüte auf den Schoß.

»Tjoma?«

»Ja, Motja?«

»Das war doch nicht alles, sie hat doch gerade noch mehr gesagt.«

Artjom seufzte.

»Ich merke, du willst mich nicht schonen. Also gut. Sie hat sich für ihren kleinen Bruder entschuldigt, der ein hochnäsiger Idiot sei und sich lieber einen halben Tag planlos in der Bibliothek verausgabe, als erst einmal sie zu fragen.«

»Ah.«

Es erstaunte Bleuel, dass Sonja älter sein sollte als Artjom.

»Und woher weiß sie so gut –«

Er ließ die Frage unvollendet, denn die Geschwister waren nun gemeinsam mit der Plastiktüte beschäftigt, und an die Stelle von Aina, Usüt und Altersunterschieden traten graues Brot, Räucherkäse, Gurken und Tomaten.

Die Fahrt zog sich noch mehrere Stunden hin, die Bleuel zumeist in süßlichem Halbschlaf verbrachte. Wenn man hielt, an Tankstellen oder schwach beleuchteten Landstraßencafés (hinter den Gebäuden je zwei Plumpsklos mit signalfarbenen Wänden, und die Frauen zogen es vor, sich ins Gebüsch zu tasten), blieb er meist sitzen. Eine Gelegenheit, zu der auch er aus dem Bus stieg, war, als draußen alle die Finger zu den Sternen streckten und *»Sputnik, Sputnik!«* riefen. Da konnte man sich ein Stück vom Kiosk entfernen, auf eine grasbewachsene Holzbrücke über einen lärmenden Bach treten und zu einem Himmel aufschauen, an dem vor lauter Sternen und Sputniks kaum Platz für die schwarze Leere blieb.

»Ak Torgu«, raunte Bleuel und verharrte, den Kopf im Nacken, so lange, bis er ganz sicher war, in dem kosmischen Gefunkel, sein ganzes Blickfeld ausfüllend, ihre Gesichtszüge zu erkennen. »Da bin ich«, sagte er dann, »da bin ich!«

Zurück im Bus schmerzte sein Genick so sehr, dass er sich nicht mehr nach hinten lehnen konnte. Nach links ging es auch nicht, weil die Scheibe zu stark zitterte. Zu seiner Rechten schlief Sonja an Artjoms Schulter ein, der wiederum den Kopf gegen den Kopf seiner Schwester neigte. Bleuel zögerte, doch nachdem er noch einige Male die Alternativen erprobt hatte, wusste er, eine andere Möglichkeit, als seinerseits den Kopf gegen Sonjas Schulter zu legen, gab es nicht. Aus ihrer Kehle drang ein Laut, der wie ein Protest begann, aber als Schnurren endete.

Er schloss die Augen und kehrte zurück zu den Geistern, dachte an die Nase und an die umherflatternde Seele. Aber die Sonne war ja längst untergegangen. Wie konnte ein schmeichelnder Klang wie *Aina* etwas Böses bedeuten? So, wie Ak Torgu Weiße Seide heißen konnte.

Es wurde hurra geschrien, weil man die Grenze zu Bergschorien überquert hatte. Tiefer Wald umschloss die ansteigende Fahrbahn. Ein Halt in der Finsternis wurde fällig, weil das Mädchen, das beim ersten Schlagloch vom Sitz gefallen war, sich seitdem zu viel Alkohol zugemutet hatte.

Spät in der Nacht parkte der Bus an einem asphaltierten Hang, vor einem flachen, minzgrün getünchten Betonquader inmitten verstreuter Holzbauten. Eine Wohnung in einem Haus aus wuchtigen Zedernstämmen war das Quartier, zwei Zimmer im Erdgeschoss, leergeräumt und mit Matratzen ausgelegt.

»Willst du deine Hose nicht ausziehen?«, fragte Artjom neben ihm, doch Bleuel, der außer Pullover und Socken alles anbehalten hatte, tat, als wäre er, sobald sein Kopf das Kissen berührte, eingeschlummert. In Wahrheit fand er erst wieder Schlaf, als es draußen schon hell war. Und als sich gegen zehn Uhr alles um den Frühstückstisch drängte, aß er kaum, denn er brütete noch über dem Bild eines Matthias Bleuel, der sich aus einem nächtlichen Busfenster beugte, um einem zweiten Bleuel, der draußen im Wald stand, zuzuflüstern: *Einer, meiner, deiner.* Was sollte das heißen? Gab es dafür eine ähnlich läppische Erklärung wie im Traum von neulich für Ludwig Carport? Und welcher der beiden Bleuels war welcher? Der von draußen hörte sich die Reime aus dem Bus eine Weile an und sagte dann: »Wetten, ich bin trotzdem schneller als du?«

Von der Talstation Scheregesch trug ein Sessellift die Gruppe in die Mustagberge. Zu Bleuels Füßen strichen Nebelschwaden über halb verblühte, drahtige Gräser und

Büsche, über Farne und Krüppelzedern, während abseits der Liftstrecke die Bäume sich hoch und düster gegen die Steigung reckten. Artjom ließ endlich vom Versuch ab, den Sessel zum Schaukeln zu bringen.

»Hast du das Schild unten am ersten Mast gesehen? *Besteigen verboten.*«

»Wie soll ich das gesehen haben?«

»Es stand da in deiner Muttersprache.«

»Auf –«

»Deutsch, ja.«

Auf Deutsch. Ein ganzer Sessellift, vielleicht irgendwo im Allgäu zerlegt, nach Sibirien geschafft und wieder zusammengebaut, einschließlich Verbotsschild: Beobachtungen, bei denen jedes Logistikerherz höher schlagen müsste. Doch nicht in diesem Moment. In diesem Moment auf sein Heimatland zu stoßen, fühlte sich für Bleuel an, als würde ihm aus dem Sessel vor ihm auf einmal der Kollege Thomas Hüning zuprosten. Eben entwischt und gleich wieder eingeholt. Ausgerechnet hier. Beklemmend. Es gab doch nichts, was die Russen nicht auch selbst anfertigten, warum also gerade am Mustag-Hang ein alter deutscher Lift?

»Lustig, oder? Du sagst ja gar nichts.«

Artjom hatte Recht. Es war lustig. Weiter nichts. Man sollte sich nicht so anstellen. Er sog die kühle Luft ein wie ein Gegenmittel, blickte auf seine Füße und in das satte, feuchte Grün. Aus dem Sessel vor ihnen, in dem Sonja neben Sweta, der Reiseleiterin, saß, wehten ein paar Takte eines Liedes herüber. Bleuel erkannte die Melodie, es war dieselbe, die Sonja in Herrn Karpows

BMW gesummt hatte. Aber er würde sie nicht noch einmal danach fragen.

Auf der Kuppe hing der Nebel dichter, und schon wenige Meter hinter der Liftstation wucherte die Bergwiese fast mannshoch.

»Zeig der Taiga deine Stiefel«, feuerte ihn Artjom an, und diesmal lachte Bleuel wieder mit und zog die nach Vollbremsung riechenden schwarzen Schäfte aus dem Rucksack, während einige Wandermädchen schon in Turnschuhen und Hotpants ins feuchte Gras ausschwärmten. Mit durchdringender Stimme mahnte Sweta zur Umsicht, gab bekannt, dass sie im Alltag Ärztin sei, hielt ihren winzigen Rucksack aus bordeauxrotem Kunstleder in die Höhe und versicherte, da habe sie alles drin, was man im Notfall brauchen würde.

Der Pfad war zunächst so schmal, dass man sich zum Gänsemarsch reihen musste, und führte leicht abschüssig durch sanft gewelltes Gelände. Zum ersten Mal stellte sich Bleuel die Frage nach seiner Kondition. Mit Ilka war er phasenweise Joggen gewesen, aber das lag ja ein ganzes Leben zurück; seither hatte er sich kaum noch über die Distanz zwischen Theodor-Heuss-Straße und Hauptbahnhof hinaus aus eigener Kraft bewegt.

Und wenn schon. Er durfte seine ersten Schritte ins Land der Schoren tun, und sollte ihn sein Körper dabei im Stich lassen, so würde ihn gefälligst seine entzückte Seele weitertragen.

Er ging irgendwo in der Mitte. Wenn die junge Frau vor ihm, die zu ihrer knappen schwarzen Turnhose einen ampelgrünen Schlumpf mit der Aufschrift *Gas* trug, ihre

Nase in eine Blüte tunkte, blieb er in höflichem Abstand stehen. Nach einer Weile rückten die Bäume dichter zusammen, das Gras wurde niedriger, der Weg bequemer. Der Neuling konnte ausweichen, sich zurückfallen lassen.

Taiga, dachte er. Auch eins der großen Worte. Taiga sprach es sich aus, hinten betont, hatte Artjom gesagt. Wann war es ihm zum ersten Mal eindrücklich begegnet, vielleicht mit zwölf Jahren? Recht früh jedenfalls für etwas, das ein paar tausend Kilometer hinter dem Eisernen Vorhang lag und das man aller Wahrscheinlichkeit nach nie zu Gesicht bekommen würde.

Nun aber war er da.

Hier.

Liebesnächte in der Taiga.

Nein, o nein, weg damit! Warum musste ihm dieser Schundbuchtitel jetzt einfallen? Hatte er das überhaupt gelesen? Vielleicht mit zwölf. Begleitlektüre zu den ersten echten Erektionen. Weg damit! Raus aus dem Kopf!

Die Taiga.

Die kühle Luft, die Wirklichkeit.

Der Nebel hatte sich gehoben, und zwischen den Stämmen machte sich hier und da ein Findling breit. Ein besonders großer, um den herum ein siamesisches Zwillingspaar von Kiefern seine Wurzeln krallte, war mit Sprüchen bepinselt. Nacheinander posierten fast alle Frauen vor dem Stein und ließen sich mit ihren eigenen Kameras knipsen. Doch Artjom übersetzte die Beschriftungen nicht, sondern fasste einen kleinen Vortrag zusammen, den Sweta offenbar gehalten hatte, während Bleuel in Gedanken versunken gewesen war.

»Die Mustagberge sind das Quellgebiet des Flusses Mundybasch. Wir schlängeln uns jetzt eine Weile an den Bachläufen empor. Die Gipfel, auf die wir es abgesehen haben, heißen die Kamele und der Grabhügel.«

Die neuen Wörter. *Scheregesch, Mustag, Mundybasch.*

»Und um ein bisschen nachzuwürzen, hat sie noch gesagt, diese Berge sind zwar nicht hoch, aber wir sollen sie nicht unterschätzen. Vor ein paar Wochen erst ist hier eine Wandergruppe bei dreißig Grad und blauem Himmel losgelaufen, und oben bei den Kamelen hat sie ein Schneesturm überrascht. Sechs von ihnen sind erfroren.«

»In ihrem Rucksack hat sie ja alles drin, was wir für den Notfall brauchen.«

»Bleuel, du machst schon Witze wie ein Russe.«

»Was soll das heißen? Und wieso nennst du mich Bleuel, Tsche … Tscherym …?«

»Tscheremnych.«

»Ach ja. Mist.«

»Bitteschön, bitteschön. Und du willst nicht, dass ich dich Bleuel nenne?«

»Weil ich hier nicht Bleuel bin.«

»Aha? Das wusste ich nicht.«

»Wieso, du sagst doch auch, du bist hier Tjoma.«

»Verstehe. Tut mir leid. Ich fand nur manchmal, gerade in letzter Zeit, dass Bleuel so gut passt. Aber ich gewöhne mir das im Handumdrehen wieder ab.«

Der Weg begann anzusteigen, Gummistiefel und Turnschuhe schnalzten im Morast, und man hörte Wasser plätschern, sah es aber noch nicht. Mal ballte sich der Nebel, mal zerfloss er in dünne Schwaden, ab und zu brach auch die Sonne durch, ließ das Gras funkeln und die Nadelbäume rötlich, die Birken golden glänzen.

Sibirien. *Gornaja Schorija*. Eine Heimat.

Die Welt, in der Ak Torgus Ahnen lebten, seit Jahrhunderten, Jahrtausenden. Die raue Weite, in der sie umherzogen und sich niederließen. Wo sie die Wege machten und dem Land die Namen gaben. Wo sie jagten und kochten und nähten, wo sie sangen und die zweisaitige Laute spielten und Schamanentrommeln bauten. Wo sie den Sommer feierten, dem strengen Winter trotzten und sich im Nebel zurechtfanden. Wo sie schorische Witze rissen und ihre Liebesnächte verbrachten. Wo sie ihre Kinder bekamen und ihre Toten beisetzten. Und wo sie wohl auch Eisenerz förderten, sonst hätten sie ja keine Legenden der Schmiedekunst werden können.

Die Taiga. Die tiefere Wildnis. Hier beginnt das Unermessliche, dachte Bleuel aufgeregt, und ein paar Schritte weiter vielleicht schon das Unerschlossene. Das, was kein Logistiker mit einplant. Das, was keine Staats- oder Sowjetmacht je wirklich zu fassen bekommen hat.

»Schau mal, Motja, ein Geist.«

Er schrak zusammen, denn er hatte nicht bemerkt, dass Artjom wieder so dicht hinter ihm war. Der Dolmetscher deutete auf den Stamm einer Zeder, in den man ein langes Gesicht mit streng verzogenem Mund geritzt hatte. Sonja trat hinzu, die Kamera baumelte ihr am Handgelenk, und sie sagte, solche Gesichter seien Geister, die den Jägern Glück brächten. Bleuel näherte sich, streckte den Arm aus und berührte dann doch nicht die Rinde, sondern blickte an dem Stamm vorbei auf die Bäume in der Umgebung, die sich, zerzaust oder verdreht, aus undurchdringlichem Farngebüsch im schimmernden Dunst erhoben. Schien nicht jeder dieser Bäume selbst ein Geist zu sein? Birkengespenster, Zederndämonen. »Da bin ich«, flüsterte er, und: »Lasst euch nicht stören.« Die Geschwister waren weitergegangen. Ehe Nebel und Vegetation die Wandergruppe ganz verschluckt hatten, riss er sich los und stapfte hinterher.

Der Quellbach tänzelte durch ein Bett aus dunklen, flach gewaschenen Steinen, und Bleuel fühlte sich wie im Märchenwald. Der bemooste, glucksende Pfad, das Dickicht ringsum, die beseelten Silhouetten der Bäume, die, so kam es ihm vor, jeden Augenblick aus ihrer Starre erwachen konnten. Hier ein riesiges, tropfenbehangenes Spinnennetz, da ein wimmelnder Ameisenhaufen. Hin und wieder sprang eine Blüte leuchtend gelb oder rosa aus dem tiefen Grün der Farne und Kräuter hervor. Und immerzu das Wasser in seinem Lauf über tausend verwinkelte Stufen. Doch gerade als der Neuling so weit war, dass er über dem Bachrauschen das Geschnatter der Gruppe völlig auszublenden, sich ganz dem Zauber der verwunschenen Landschaft hinzugeben vermochte, änderte sich die Szenerie schlagartig.

Der Wald war einem riesigen Geröllfeld gewichen. Was hieß Geröll, manche der Brocken waren so groß wie Autos. Scharfkantig und mit hellen Flechten übersät, schillerten sie im bleichen Licht fast neongelb.

»*Kurume* heißen diese Seine, die Ursache sollen Erdbeben sein«, rief ihm der balancierende Artjom über die

Schulter zu. Bleuel sah in den rosigen Beinen der Mädchen, bis über die Knie mit Schlamm bespritzt, beim Klettern die Muskeln arbeiten und hatte den Eindruck, dass es keines Schneesturms bedurfte, um von so einer Reise mit sechs Toten zurückzukehren. Zwar war die Luft hier trockener als unten im Wald, dennoch hatte er in seinen Stiefeln gegen die *Kurume* keine Chance. Er musste sich einen abgeflachten Block suchen, um abermals die Schuhe zu wechseln, und sich dann mit der Aussicht anfreunden, dass seine fast neuen Clarks diesen Einsatz nicht in vorzeigbarem Zustand überdauern würden. Ein steiniger Weg, dachte er, und ihm wurde wieder warm ums Herz. Ohne Netz und doppelten Boden, fügte er hinzu und musste, weil er den Rucksack zu schwungvoll aufgesetzt hatte, für einen Moment um sein Gleichgewicht ringen. Einen dankbaren Blick zurück auf die Zedern, die das Geröllfeld wie ein schwarzer, wild gezackter Zaun begrenzten, gestattete er sich noch.

Das T-Shirt klebte ihm am Leib, die Jacke hatte er mit in den Rucksack gestopft, sich den Pullover um die Hüften gebunden. Halblaut und keuchend wiederholte er *»Kurume«* und die neuen Ortsnamen, während er sich, hinter allen anderen, von Brocken zu Brocken vorarbeitete. Der Schweiß rann ihm in die Augen. Nein, er war kein trittfester Wanderer, aber das konnte noch werden. Und was ihm an Erfahrung und Training mangelte, machte er durch Demut vor der Taiga wett.

Als er endlich den Blick wieder hob, sah er, nicht mehr allzu weit entfernt und umgeben von Farnwiese und Gehölz, eine Reihe von Felstürmen in den milchigen Himmel ragen. Entweder die Ruine einer zyklopischen Burg oder das Profil eines schlafenden Drachen konnte man, fand er, darin erkennen.

»Es sind aber die Kamele«, sagte Artjom.

Aus den Kehlen der jungen Frauen gellte es immer wieder *»Krasiiiiwyj!«*, was, wie Bleuel erfuhr, »Schön!« hieß. Hoch über der Gruppe kreisten ein paar große schwarze Vögel, und er dachte: Große schwarze Vögel sind in Wirklichkeit meist nur Krähen. Jedem Tierchen sein Plaisirchen.

Man rückte den Türmen nicht näher, sondern hielt sich ein Stück unterhalb der Bergkuppe westwärts, bis ein flacherer Gipfel in Sicht kam. Der Grabhügel. Gekrönt von einem monströsen Gipfelkreuz, das glänzte wie in Alufolie eingeschlagen und an beiden Balken so viele spitzige Fortsätze trug, als wäre es dafür gebaut, den felsigen Fabeltieren nebenan die Schädel einzuschlagen.

»Ein heiliger Ort der Schoren, seit Urzeiten. Das war Grund genug für unsere in Gottes höchsten Gnaden stehende Kirche, in ihrem heiligen Jahr 2000 hier dieses Weltwunder zu errichten.«

Bleuel nickte stumm. Diesmal protestierte nichts in ihm gegen Artjoms Wortwahl. Und doch gelang es ihm kaum, den Blick von dem kriegerischen Glaubenszeichen wieder zu lösen.

»Die Gurke hier ist vielleicht nicht der Leib des Herrn, aber du kannst dir gerne ein Stück von ihr abschneiden«, so half ihm der Langhaarige aus dem Bann.

Während sie aßen, schlenderten sie auf die Sonnenseite des Grabhügels hinüber.

»Bei besserem Wetter könnten wir jetzt eine unvergessliche Aussicht auf das Altaigebirge genießen. Heute aber müssen wir mit diesem Spektakel vorliebnehmen.«

Ohne den Kopf zu drehen, wies er mit der Linken wedelnd hinter sich. Bleuel wandte sich um und sah, wie einige der Frauen, Sweta voran, den Betonsockel des Kreuzes erklommen, um es zu berühren und zu küssen. Zwei, nein drei von ihnen hatten ihre T-Shirts ausgezogen und boten ihre christliche Inbrunst im Bikinioberteil dar.

»Russland heute«, sagte Artjom, und Bleuel ergänzte innerlich: kann einem viel fremder sein als Bergschorien.

Auf dem Rückweg mied man das Geröllfeld, indem man zunächst auf der Höhe blieb und den Abstieg weiter westlich begann, wo die scharfen Steine von Gras und jungen Zedern überwuchert waren. Bleuel, noch immer verhalten im Umgang mit der Kamera, schoss ein paar Fotos von den Kamelen im Gegenlicht und freute sich wie ein Heimkehrer, als er die Quellbäche des Mundybasch wieder gluckern hörte.

Zurück im Zauberwald. Und auf einmal klang ihm Ak Torgus Lied im Ohr, so deutlich, als hätte er die Stöpsel drin und trüge das kleine Abspielgerät am Gürtel; nein, viel deutlicher: als hätte sie selbst sich, ihre Stimme, in seinen Kopf gesetzt. Das dunkle Lied, das mit dem fernen Geheul begann. Die ersten Zeilen konnte er mitflüstern, obwohl er kein Wort verstand.

Tschagys ak pörü menn
Menn oradam edum tschysta

So war das. Wenn nur die Wandermädchen nicht alle paar Augenblicke in schrilles Gelächter ausbrechen müssten! Allein sein mit der Stimme in seinem Kopf, mit dem Wasser, den Bäumen, dem Nebel, das wünschte er sich. Allein sein mit den Gesichtern der Taiga.

Er hatte wieder eins gefunden. Ein Gesicht in einem Stamm. Grob und lang. Er trat beiseite, ließ zwei Mädchen vorbei, wartete, bis er der Letzte der Gruppe war. Dann stützte er sich an dem Stamm ab, setzte den rechten Fuß ins Farngebüsch neben dem Pfad, zog den linken nach, und beide waren durchnässt. Er hatte vergessen, die Gummistiefel wieder anzuziehen. Adieu, Clarks! Er konnte darüber lachen, lautlos, während in ihm Ak Torgu vom Kehlgesang in die Bruststimme wechselte. Tiefer hinein ins Grün; kein steiniger Weg. Ein zweites Baumgesicht. Rundlicher als das erste und mit grimmig verzogenem Mund. »Ich komme, um zu huldigen«, stammelte der Gast, senkte den Kopf und tastete sich weiter, durch hüfthohes, würziges Sumpfgras.

Etwas Unklares, das er aus dem Augenwinkel sah. Vielleicht nur ein Zweig, der sich im Wind bewegt hatte. Doch als er den Kopf in die Richtung drehte, erblickte er den dritten Stamm: eine riesige Lärche, das Antlitz in der Rinde fast unkenntlich, aber, wenn man es einmal identifiziert hatte, erschreckend zornig. Um hinzugelangen, überwand er ein gestürztes, faulendes Baumskelett. Drüben tat er drei hastige Schritte, doch seine Füße fanden im Gras keinen Widerstand. Er sank ein. Beim dritten Schritt schon bis zu den Knien.

Und Schluss. Er kam nicht mehr vorwärts, mit aller Anstrengung nicht. Also versuchte er es rückwärts und verlor fast das Gleichgewicht. Angst beschlich ihn, doch stärker war das ungläubige Staunen: darüber, dass der weiche Grund sich mit solcher Kraft um ihn schließen konnte. Er steckte fest. Und nicht nur das, er spürte, wie es unter ihm weiterarbeitete. Wie sich die Erde, nass und zäh, über seine Kniescheiben zu schieben, an seinen Schenkeln emporzukriechen begann.

Halt suchen! Er griff hinter sich, doch das Baumskelett lag außer Reichweite. Alles, was er zu fassen bekam, war zu seiner Linken der hochgeschossene Stängel einer Pflanze mit großen, bräunlich verfärbten Blättern, die wie Ruderboote aussahen. Der Stiel knickte, riss aber nicht. Bleuel hielt ihn mit beiden Händen umklammert.

Und nun?

Sich irgendwie wieder herausziehen. Versuchen, aus der Vertikalen zu kommen, sich möglichst flach hinlegen, nach weiterem Halt tasten, ohne die Ruderbootpflanze loszulassen.

Doch all das hatte er nur gedacht, gerührt hatte er sich nicht. Er verharrte, die Finger um den Stängel. Eiskalt war der Sumpf, reichte ihm bald bis zum Gürtel. Und er schien immer noch weiter zu sinken, wenn auch sehr langsam.

Aber in sein Gesicht strahlte die Sonne. Und außer dem Schmatzen des Schlamms, dem Blätterrascheln, dem fernen Rauschen des Bachs und ein wenig Vogelzwitschern herrschte Ruhe um ihn her. Und in ihm begann Ak Torgu von neuem mit ihrem Lied.

Ich bin hier, um zu huldigen, dachte er. Vielleicht bin ich schon angekommen. Vielleicht war es so vorgesehen.

Das Land der Schoren empfängt mich und nimmt mich zu sich. Da bin ich. Ich werde Taiga.

Aber er sollte sie doch wiedersehen!

Siehst du sie denn nicht, Tölpel aus Badisch Sibirien?

Er hörte sie so deutlich, wie er sie noch nie gehört hatte. Und er konnte mitsingen, aus voller Kehle, auch noch die dritte und die vierte Zeile:

Menn tschosag'm kydas'n
Schüm kelebegele koschta

Sie war doch bei ihm, er musste nur die Augen schließen, dann gab es keinen Zweifel. Und die Kälte an den Beinen spürte er auch nicht mehr. Oder kaum noch.

Es musste so vorgesehen sein. Er war am Ziel. Tief einatmen, die würzige, feuchte Luft. Und die Finger von dem Stängel nehmen.

Wetten, ich bin trotzdem schneller als du?

Wer hatte das zu wem gesagt?

»Gut, dass du singst, sonst hätten wir dich ja hier nie gefunden. Obwohl, vielleicht hätten es ein paar Hilferufe auch getan. Hallo? Nein, beweg dich nicht, halt dich einfach nur fest. Beweg dich nicht! Wer weiß, was dieser Morast für Tücken birgt. Matwej, was machst du bloß? Nächstes Mal gehst du nicht so weit weg zum Pinkeln, hast du verstanden? Keine falsche Scham, das kann hier tödlich sein. Ach, ich sollte aufhören zu quatschen. Aber so verhält es sich leider mit mir: wenn ich mich aufrege, quatsche ich. Wenn ich mich nicht aufrege, auch. Es ist immer dasselbe. Was erzähle ich, wir kennen uns ja schon ein wenig. Andererseits, was wissen wir voneinander? Zum Beispiel hätte ich nie gedacht, dass du so dumm sein könntest, hier vom Weg abzuweichen. Sonst hätte ich dir auf keinen Fall meinen Rucksack geliehen. Unglücksrabe. Eins meiner Lieblingswörter im Deutschen, wenn es dich interessiert. Interessiert es dich? Sag jetzt bloß nichts Falsches. Unglücksrabe! Übrigens brauchst du jetzt nicht mehr zu singen. Wir sind ja da, wir sind da, und wir holen dich hier raus. Hallo? Lass mal gut sein jetzt. Bitte. Was singst du da überhaupt? Nein, nein, hör auf mit dem Mist, halt dich einfach nur fest!«

Dabei hielt er selbst den Eingesunkenen fest, an den Handgelenken, so fest, dass dessen Finger ertaubten.

»Das Lied der Bremer Stadtmusikanten«, antwortete Bleuel leise, anstatt weiterzusingen. Ak Torgu war in seinem Kopf verstummt, als er die Augen wieder geöffnet hatte.

Hinter Artjom, der breitbeinig auf ein paar hingeworfenen Ästen kniete, kauerten Sweta und Sonja auf festerem Grund und sicherten den Retter links und rechts am Hosenbund. Seinen keuchenden Wortschwall begleiteten sie mit aufgebrachten Rufen oder Kommandos. Bleuel zitterte am ganzen Leib, doch davon abgesehen hielt er still, es hieß ja, er sollte sich nicht bewegen. Nun rief auch Artjom etwas auf Russisch, ließ seine Handgelenke los, schnellte zugleich vor, packte ihn unter den Achseln und wurde von den beiden Frauen mit einem Ruck und einem gemeinsamen Schrei nach hinten gerissen. Da gab der Sumpf Bleuel wieder frei. Und er lag rücklings über seinem Dolmetscher im hohen Gras.

»Ich bin den Geistergesichtern gefolgt. Die Jäger –«

»Steh auf, komm mit. Stütz dich hier ab. Ist egal, ich bin eh verdreckt.«

Bleuels andern Arm hatte sich Sweta um die Schultern gelegt. Artjom verzichtete darauf, ihre Tirade auf dem Weg zum Bach zu übersetzen. Sonja ging voran, prüfte den Weg und wandte sich ab und zu um, fotografierte.

»Der gute Rucksack unserer unbesiegbaren Streitkräfte. Hat deine Gummistiefel trocken durch deine Sumpftaufe gebracht. Oh, und hier ist ja noch ein sauberer Pulli.«

Die Sonne schien. Sweta hatte auf einer Lichtung am Bach ein Feuer entfacht, die Wandergruppe flatterte um die Flammen, einige der Mädchen bekreuzigten sich. Artjom kauerte halbnackt am Ufer, Bleuel saß angezogen im seichten Wasser, an einen großen Stein gelehnt.

»Du bekommst natürlich einen neuen Rucksack von mir.«

»Mir würde es reichen, wenn wir den alten wieder halbwegs sauber kriegen. Rück ein Stück, ich will ihn zu dir legen.«

»Das Wasser ist zu kalt. Ich gehe an Land.«

»Deine Schuhe kannst du wegschmeißen.«

»Es war so wunderbar still ohne euch.«

»Wie bitte?«

»Du hast mir das Leben gerettet. Schon wieder.«

Zurück im Quartier wurde der Ausländer unter die heiße Dusche geschickt, danach in Decken gewickelt, mit

Tee abgefüllt und von allen Seiten mit Ermahnungen oder Besserungswünschen überschüttet.

»Spasiba, spasiba, da, da, da«, murmelte er ein ums andere Mal.

Die ganze Nacht musste er pinkeln, aber am Morgen fühlte er sich gesund.

Taschtagol. Mittlerweile war er uneingeschränkt froh, dass die Taiga ihn doch nicht zu sich genommen hatte. Sein Unfall fühlte sich an wie ein Missgeschick, aus dem Freunde ihm herausgeholfen hatten und dem keine weitere Bedeutung beizumessen war. Nicht mehr daran denken; es wurde auch kein Wort mehr darüber verloren. Im Heimatmuseum hatte er den Nachbau einer traditionellen schorischen Wohnhütte bestaunt, auf Pfählen erbaut, das Dach mit Erde bedeckt und mit Gräsern und Sträuchern bewachsen. Zwei lebensgroße Puppen mit Haar aus langen Besenborsten stellten die Bewohner dar. Und im Souvenirladen hatte er ein Mitbringsel für Herrn Fengler gekauft, ein Hütertotem, wie es hieß, zum Schutz von Haus und Familie. Ein flacher Stab aus dunkelbraun lasiertem Kiefernholz, eine Handspanne lang, in dessen eines Ende die Gestalt einer Frau und ins andere die eines Mannes geschnitzt war. Die Gesichter plastisch herausgearbeitet, weitere Körperteile durch Einkerbungen im Holz eher abstrakt angedeutet. Die weiblichen Brüste als Spiralmuster, die Gebärmutter als Kreis mit einem Stern darin. Und das männliche Glied sah aus wie eine Waffel mit zwei Kugeln Eis. Bänder zum Aufhängen waren an beiden Enden angebracht, sodass man wählen konnte, ob Frau oder Mann nach oben wies, je nachdem, wer in Haus und Familie das Sagen hatte.

Gab es überhaupt eine Frau Fengler? Bestürzt stellte Bleuel fest, dass er es nicht wusste. Es musste doch Anlässe gegeben haben, und seien es die Weihnachtsfeiern, zu denen die Gattin des Chefs in Erscheinung getreten wäre. War sie aber nicht. Oder hatte er es nur vergessen?

Alles, was mit Deutschland zu tun hatte, entschwand für ihn in trüber Dämmerung. Obwohl, war ihm nicht erst am Vortag etwas Deutsches begegnet? Doch. Der Lift. An den erinnerte er sich.

In Fenglers Alter war es nicht unwahrscheinlich, verwitwet zu sein. Oder mit einer Dreißigjährigen liiert. Nein. Nein! Nicht Fengler. Er wickelte den Totemstab fest in die kleine Plastiktüte, die er beim Kauf erhalten hatte, und verstaute ihn in einer Seitentasche des Rucksacks. Ein zu schlüpfriges Geschenk für den Alten? Wie spät mochte es sein?

Das Städtchen, in eine Senke gedrängt, wirkte arm und grau, doch Einzelheiten bekam Bleuel nicht mit, weder die kleine Kathedrale noch das Lenindenkmal. Sobald er das Museum verlassen hatte, war er kaum noch Herr seiner Sinne. Wie in Trance stand er daneben, während Artjom und Sonja mit Oleg, dem Busfahrer, verhandelten, der schließlich den Kopf schüttelte und dabei ein bekümmertes Klaviertastenlächeln zeigte.

»Matwej, sie fahren ohne uns nach Hause.«

Keine Reaktion.

»Matwej Karlowitsch? Genosse Bleuel?«

»Was?«

»Sie fahren ohne uns heim, nach dem Konzert wäre es zu spät.«

»Ah ja. Gut.«

»Gut, sagst du? Nun, du musst es wissen.«

»Nein, nein, ich weiß gar nichts, ich –«

Fast stumm nahm er die Abschiedsgrüße der Wandergruppe hin, zu Swetas sorgenvollem Zeigefinger sagte er *choroscho.*

Er stieg hinter Artjom und Sonja eine lange Betontreppe hoch, auf einen grasbewachsenen Hügel. Oben hatte sich schon einiges Publikum auf Bierbänken vor einem dunklen Bühnengerüst verteilt. Am Mikrofon stand ein dicker Anzugträger und verlas mit rasselndem Atem etwas, das niemanden zu interessieren schien.

Bleuel musste sehr lange warten. Anfangs lief er aufgescheucht hin und her. Später verlegte er sich darauf, im Sitzen den Kopf nach allen Seiten zu drehen. Und irgendwann ließ er die Schultern sinken, sein Blick wurde glasig. Dem Dicken folgten eine nicht minder geschwätzige Dame mit einem enormen Amulett um den Hals und ein paar verschämte Halbwüchsige, die bei einem Wettbewerb gewonnen hatten. Dann sang ein Barde mit langem Bart zur Wandergitarre endlose unmelodische Balladen. Mehrmals hatte Bleuel angesetzt, Artjom zu bitten, ob er sich nach einer Programmänderung erkundigen könnte, und es dann doch nicht getan, aus Angst vor einem niederschmetternden Ergebnis. Aber je mehr Zeit verstrich, desto sicherer wurde er, dass es der Nachfrage nicht bedurfte. Kein Zweifel, es war umdisponiert worden. Sie kam nicht. Der Klampfenzausel, der für seine Lieder unbegreiflichen Jubel einheimste, sollte sie ersetzen.

Was für eine furchtbare Dummheit: sich auf diese Enttäuschung nicht vorbereitet zu haben.

Alles umsonst, alles aus.

Kein Netz, kein doppelter Boden.

Du hast deine Chance gehabt, Bleuel.

Er war verloren.

Als sie dann – und er wusste nicht, woher sie gekommen war, aus dem Nichts, aus der Erde, vom Himmel, und ob das wirklich geschah oder ob ein gnädiger Traum die Herrschaft über seine Wahrnehmungen übernommen hatte – plötzlich doch auf der Bühne saß, die Laute im Schoß, allein diesmal, ohne Tänzerinnen, hielt es ihn keinen Augenblick mehr an seinem Platz. Er drängte nach vorn und hielt erst inne, als er im Durchgang zwischen den Bierbänken auf der Höhe der vordersten Reihe war. Dort wurde er schüchtern. Kaum wagte er noch, zu ihr aufzublicken. Und dass ein rasches Lächeln, ehe sie in die Saiten griff, an ihn gerichtet und ein kurzes Heben ihres rechten Arms ein Winken in seine Richtung sein könnte, kam ihm zwar in den Sinn, aber nur als etwas, das er kategorisch ausschloss.

Sie trug weder das silbrige Kleid noch die dunkle Haube; stattdessen ein sandfarbenes Leinengewand mit einem sehr breiten, bunt gemusterten Webgürtel, und ihre Schultern waren in ein großes grauscheckiges Tierfell gehüllt. Sie ließ ihr Instrument noch einmal sinken, rückte sich das Mikrofon zurecht und sprach hinein.

»Das Lied der Wölfin«, zischte es in Bleuels Ohr, sodass er heftig zusammenzuckte.

Artjom wieder. Er war ihm gefolgt.

»O Gott, hast du mich – was sagst du?«

»Ich sage, sie sagt, sie singt zum Einstieg das Lied der Wölfin.«

»Das Lied der –«

Er brach ab, denn das ferne Geheul erklang. Es musste von Ak Torgu selbst kommen. Außer ihr befand sich ja niemand auf der Bühne. Und weil sie den Kopf ein wenig gedreht hatte, erkannte er in dem Fell um ihre Schultern einen Wolfspelz; der Oberkiefer grub lange gelbe Zähne in ihr hochgestecktes Haar.

Zwei Takte lang nur der spröde, federnde Schlag der Laute. Dann ihre Stimme. Aus unbekannter Tiefe, ein Schnarren der Geisterwelt.

Tschagys ak pörü menn
Menn oradam edum tschysta
Menn tschosag'm kydas'n
Schüm kelebegele koschta

Vor den Augen des Neulings begann es so stark zu flimmern, dass er die Sängerin kaum noch sehen konnte. Das Atmen nicht vergessen. Nein, er vergaß es nicht, er hyperventilierte vor Erregung. Für einen Moment spürte er Artjoms Hand an seinem Arm: der Dolmetscher schien ihn stützen zu wollen, doch Bleuel schüttelte ihn ab.

Und ihr Gesang schoss fordernd in die Höhe, um in

neun oder gar sechzehn Himmeln widerzuhallen. Das Lied der Wölfin, das Lied der Urmutter!

Alyndagy temner
Kujburtschalar anda
Pögünüsch pulaptscha
Kül osch kyr salgynda

Was für ein Glück, ging es Bleuel durch den Kopf: an dieser Schwelle zu stehen, an der Schwelle zu der Welt, der dieses Lied angehörte. Welch ein Glück, so weit weg zu sein, welch ein Glück, sich weiterzutasten – und welch ein Glück, sie zu sehen und zu hören! Ihre Stimme, in ihm, um ihn; sie selbst, Ak Torgu, wenige Meter vor ihm, über ihm.

Das ferne Heulen wieder, zum Abschluss, und der langsamer werdende Rhythmus der Laute, als bremste die Wölfin, unaufhaltsam durch die Nacht streifend, ihre Schritte, weil sie ihr Lager oder ihren Wachplatz erreichte.

Noch waren die letzten Töne nicht verklungen, da brach der Regen los. Ohne Vorwarnung, ohne Windböen oder Eintröpfeln – die Schleusen geöffnet, kein Halten mehr. Statt des fälligen Applauses ein hundertfaches Kreischen, alles sprang auf, versuchte sich zu retten, warf in der Hast die Bierbänke um. Auf der Bühne aber lachte die Sängerin schallend, den Kopf im Nacken, und ihr Lachen war der letzte Klang, den das Mikrofon übertrug, bevor es mit einem dumpfen Seufzer und ein wenig Funkenschlag den Geist aufgab.

Bleuel hätte Artjoms Rippenstoß nicht gebraucht, er wäre auch so nach vorn gerannt. Noch im Laufen zerrte er seine Jacke aus dem Rucksack, schwang sie durch die Luft und schrie: »Ak Torgu! Ak Torgu!«

Sie hatte sich von ihrem Stuhl erhoben und rasch eine Plastikhülle über ihr Instrument gestülpt, aber sie lief nicht fort, sie blieb tatsächlich stehen, am Bühnenrand, blickte lächelnd herab. Artjom rief ihr etwas zu, dann reckten er und Bleuel gleichzeitig die Hände empor, um ihr von dem Gerüst zu helfen. Sie entschied sich für Artjoms Hand. Doch als sie unten war, trat er einen Schritt zurück, und Bleuel konnte ihr unter unartikuliertem Gemurmel seine ausgebreitete Jacke über den Kopf halten.

»Dawajte! Dawajte sjuda!«, Sonja winkte die drei in Richtung des Kiefernwäldchens, das ein Stück hinter der Bühne begann und wo schon die meisten andern Zuschauer Schutz gesucht hatten. Der Regen war so heftig, dass er auch durchs geschlossene Nadeldach in dicken Fäden troff. Es gelang Bleuel, zwei Enden der Jacke an tief hängenden Ästen festzuknoten und auf diese Weise, mit sich selbst als drittem Pfosten, eine Art Baldachin für Ak Torgu zu schaffen.

»Himmel, Arsch und Wolkenbruch!«, jubelte er.

»Wie bitte?«

»Himmel, Arsch und Wolkenbruch.«

»Das kenne ich nicht.«

»Nein? Mein Vater sagte es immer. Karl Bleuel. Wenn er sich aufregte.«

»Soll ich ihr das übersetzen?«

»Nein, nein – sag ihr –«

Er sprach nicht weiter, weil nun sie etwas sagte und dabei auf das improvisierte Regendach wies.

»Sie bedankt sich herzlich, macht sich aber Sorgen, dass du selbst hier völlig durchweichst.«

»Oh, sag ihr, ich bin gestern so nass geworden, mir macht das jetzt gar nichts aus.«

Sie blickte kurz auf ihre verpackte Laute, die sie um den Hals gefasst hielt, dann strahlte sie ihn an: »Very nice from you.«

Sie sprach Englisch! Fast hätte er einen Freudensprung gemacht.

»Oh no, it's such a pleasure for me, such a pleasure! Ak Torgu – I'm so glad. *Ja nje* – nein, warte – *ja nje gowor* – *nje goworju po-russki*, aber I want to learn, yes! I want to learn. Russki. And schor – schor –«

»Schorski!« Wieder lachte sie aus voller Kehle, und dabei fasste sie ihn kurz an der Schulter.

»Schorski, yes, yes!«, rief er begeistert, obwohl seine Arme erlahmten. »And: my name is Matwej. Matthias.«

»Matwej? *Was sowut?* Matthias?«

Artjom hatte eine abgebrochene Astgabel gefunden und spießte die beiden Enden unter die aufgespannte Jacke. Bleuel konnte die Arme senken und die neue Halterung in Bauchhöhe umfassen. Er bedankte sich und atmete durch. Unterdessen waren Ak Torgu und Sonja ins Gespräch gekommen, nickten ständig und sagten immer wieder *»da, da, da«*. Artjom schaltete sich ein, offenbar mit einem gelungenen Witz.

»I will learn, I will learn«, flüsterte Bleuel für sich. Die Sängerin hatte ihm halb den Rücken zugekehrt, weil sie die Geschwister anblickte, stand aber keine Handspanne von ihm entfernt. Er atmete gierig ein, auch wenn der Wolfspelz nach nassem Hund roch. Und sobald sie sich wieder nach ihm umblickte, nutzte er, ohne Rücksicht darauf, dass Sonja noch mit ihr sprach, die Chance, um, so gut es mit dem Ast in der Hand ging, auf ihr Instrument zu deuten: »Kai-Komus!«

Gewonnen! Sie wandte sich ganz zu ihm, hob die Laute dabei hoch: »Ah! Kai-Komus, yes. *Schorski. Sdorowo!* Very good, Matthias!«

»I love it! I love the sound. The way you play it.«

»Thank you very much.« Und sie wies amüsiert auf seine Füße: »*Sapogi*. Very good here. *Sapogi*, yes?«

»Oh. Gumboots. A long story. But it's such a pity you couldn't play more today.«

Sie zuckte mit den Schultern. »*Doschd*. Rain.«

»And your voice! Your two voices. It's just – I never – never in my life –«

»Mister Bleuel im neunten Himmel, entschuldigen Sie die Störung«, ging Artjom dazwischen: »Der *doschd* hat nachgelassen, und es ist Abend geworden. Wir sollten uns mit der Frage beschäftigen, wie wir von hier wegkommen. Also aus Taschtagol.«

Sonja und Ak Torgu redeten schon wieder aufeinander ein.

»Von mir aus können wir auch hier bleiben«, sagte der Glückspilz.

Die Sängerin war unter dem Baldachin hervorgetreten und breitete die Arme aus: »*Priglaschaju was s soboj – pojedete?*«

»Oho, oho, oho!«, machte Artjom, und sie bekräftigte, zu Bleuel gewandt: *»Tschuwaschka.«*

»Tschuwaschka?«

»Nu! Tschuwaschka. You come?«

»Oh, yes. I mean – *da.«*

Wieder berührte sie ihn an der Schulter, auch um ihm zu bedeuten, dass er die Astgabel nun weglegen konnte. Und während die beiden Frauen ins Detail zu gehen schienen, klärte Artjom ihn auf: »Sie sagt, wir sind eingeladen. Nach Tschuwaschka, das scheint ein schorisches Dorf zu sein. Wenn ich richtig verstanden habe, wohnen ihre Eltern dort.«

»Das ist ja wunderbar!«

»Warte, lass mich nochmal kurz bei den Damen reinhören.«

Jetzt bloß nicht aufwachen, dachte Bleuel und blickte hoch, ins tropfende Dunkel der Kiefernnadeln.

»In der Tat. Tschuwaschka. Sie würde sich freuen, sagt sie. Es könne kein Zufall sein, dass der Regen uns zusammengeführt hat. Und so ein weitgereister Mann dabei. Damit hat sie dich gemeint. Da hat sie was erkannt, nicht wahr, Matwej?«

Er brachte kein Wort über die Lippen.

»Wir müssten uns allerdings, sagt sie, auf eine sehr bescheidene Unterkunft gefasst machen.«

»Aber natürlich, aber sicher!«

»Und wenn wir Zeit und Lust haben und das Wetter mitspielt, könnten wir sie morgen zu den Kalten Quellen begleiten.«

»Zu den Kalten Quellen.«

»Ein heiliger Ort. Da kannst du Geister sehen.«

Er hatte sich von der Astgabel getrennt und ergriff mit beiden Händen die freie Hand der Sängerin: »Ak Torgu – I am so – *spasiba, spasiba* –«

»Momentchen bitte. Was ist, wenn wir nicht können, Schwesterlein und ich? Morgen ist Montag.«

»Ja, aber –«

»Catalog Services«, grinste Sonja, »Fengler.«

»Aber man könnte doch Galina – oder könnte man nicht?«

»Galina könnte man einiges«, sagte Artjom und strich sich seine feuchten Haare zurecht. »Andererseits, was haben wir für eine Wahl? Wir sitzen in Bergschorien fest, wir haben unsern Bus verpasst, und unser Schützling Matwej Karlowitsch wäre ohne uns verloren, wie wir wissen.«

Doch in diesem Moment war der Schützling nicht verloren, sondern vertieft: in den Anblick der Sängerin, die begonnen hatte, in ihr Handy zu sprechen.

Traum und Wirklichkeit, Mobilfunk und Wolfspelz. Bloß nicht aufwachen!

Ihr Gesicht – sah es anders aus als vor seinen geschlossenen Augen? Die Wangen wohl etwas voller, die Stirn kräftiger. Aber doch nicht weniger schön! Ihre Augen, in seiner Erinnerung fast schwarz, ein Fehler. Ein eher helles Braun. Haselnussbraun. Gar nicht weit von seiner eigenen Augenfarbe entfernt. Und sie war kleiner, als er sie im Gedächtnis hatte. Zumindest so groß wie er, hätte er gedacht, doch er überragte sie um einen halben Kopf. Matthias Bleuel maß einen Meter achtundsiebzig. Ihre Sprechstimme, leiser als man vermuten würde, wenn man ihren

Gesang kannte. Ihr Lachen aber ansteckend, unerschütterlich. Die Art, wie sie sich, in einer Hand das Gerät, in der andern das Instrument, beim Telefonieren leicht in den Hüften wiegte. Ihr Gewand, Tunika und weit geschnittene Hose Ton in Ton, dazu der Gürtel mit einem Muster aus feinen, durchbrochenen Streifen; Rot herrschte vor, Schwarz, Grün, Weiß und Gelb ergänzten. Ihr Körper – *untersteh dich, dir ein Bild zu machen!* Ihre beigebraunen Mokassins neben seinen Gummistiefeln. Gebettet in Matsch und Kiefernnadeln.

Es war ihr gelungen, ein Auto aufzutreiben, bei Freunden im Ort, bei denen sie hätte übernachten sollen. Einen alten weißen Shiguli, »den direkten Nachfolger des Pferdeschlittens in unsern Breiten«, wie Artjom sagte. Als Nächstes stellte sich heraus, dass weder er noch Sonja noch Ak Torgu einen Führerschein hatte.

Bleuel am Steuer, vorgebeugt und konzentriert. Kein Gedanke an Servolenkung, der Motor laut und schwach, der Schaltknüppel staksig und widerspenstig (auch wenn der ordinäre schwarze Knauf durch eine Art Kunststoffkristall ersetzt war, mit dem ergeben himmelwärts blickenden Antlitz einer Heiligen darin). Und jede Bodenunebenheit bedeutete eine kleine Züchtigung für die Passagiere. Dass sich des Neulings Schuhwerk mit den Pedalen schlecht vertrug, fiel da kaum ins Gewicht. Anfangs hatte er noch den Drang verspürt, sich bei den drei andern für alle Unannehmlichkeiten zu entschuldigen, sogar einzuräumen, dass er sein letztes eigenes Auto vor Jahren verkauft und seitdem so gut wie keine Fahrpraxis gehabt hatte – dass es wegen Ilka gewesen war, die ihren Lancia immer selbst lenken wollte, hätte er weggelassen. Doch er merkte, sie fügten sich in ihr Schicksal, als wären sie Schlimmeres gewohnt. Sie redeten Russisch, angeregt, pausenlos. Diesmal wurde ihm so gut wie nichts übersetzt.

Der Gast als Chauffeur, dachte er: Endlich kann ich ein bisschen von dem abgelten, was ich ihnen schuldig bin.

Nach Tschuwaschka. In ihm verständlichen Sprachen bekam er fast nur Richtungsanweisungen zu hören, und auch die nicht oft. Schließlich befand man sich tief im Unermesslichen, wo man froh sein konnte, wenn es überhaupt eine Straße gab. Das Dorf, so glaubte er verstanden zu haben, lag von Taschtagol aus hundert Kilometer nordwärts, Luftlinie. Doch man hatte keine andere Wahl, als sich in einem weiten westlichen Bogen anzunähern, über die Städte Nowokusnezk und Myski.

Nowokusnezk, Myski: alltägliche Orientierungspunkte für eine nicht unerhebliche Anzahl von Menschen auf der Erde. So sollte man, fand er, die Dinge auch einmal sehen. Nowokusnezk war, soweit Artjom wusste, gar größer als Kemerowo. Und Bleuel wiederholte bei sich leise und froh sein *da bin ich.*

Die Kalten Quellen. Ein heiliger Ort, nähere Erklärungen hatte es nicht gegeben. Wozu auch? Er war ja nun bei Ak Torgu, sie saß leibhaftig schräg hinter ihm. Das Wunder geschah, es geschah in diesem Augenblick, und es würde weiter geschehen, wenn er nur nicht so dumm war, vor Wonne die Fahrbahn aus dem Blick zu verlieren oder den Griff um das störrische Lenkrad zu lockern. Ak Torgu würde ihn zu den Kalten Quellen führen. Hoffentlich spielte das Wetter mit. Fürs Erste rissen große Löcher in der Wolkendecke auf, die Pfützen auf dem brüchigen Asphalt kräuselten sich im Abendwind. Da kannst du Geister sehen, hatte Artjom über die Quellen gesagt. Das glaubte er gern. Sah er nicht schon hier welche? Huschten sie nicht allenthalben vor den Scheiben vorbei, von den dämmrigen Hängen herab oder aus den dunstigen Feldern herauf, Schattenfratzen, dunkle Wirbel? Die ganze Strecke verlief doch durch Geisterland.

An zwei Stellen allerdings brach der Waldsaum plötzlich ab, wich wüsten, kalt erleuchteten Szenerien aus Kratern und Abraumhalden, und am seitlichen Horizont ragten Schlote, Fördertürme oder Hochöfen. Feierliche Gefühle wie vor der Industriekulisse hinter dem Park der Wunder in Kemerowo vermochte Bleuel bei diesem Anblick nicht zu entwickeln. Er beschleunigte den Wagen, so gut es ging, bis man vorbei war, und fand erst wieder Ruhe, als sich kilometerlang keine weitere solche Wunde gezeigt hatte. Die Maßstäbe sind die Rettung, überlegte er. In der unvorstellbaren Weite konnten ganze Ruhrgebiete verschwinden. Und ein Stück abseits der Straße war immer Wildnis.

Die Sonne ging unter. Wie viel Schutz gegen Seelenräuber aus Erliks Reich mochten 80 Stundenkilometer und ein Faradayscher Käfig bieten? Niemand in dem Shiguli schlief. Und was sollte der ketzerische Gedanke – saß in diesem Auto etwa keine Schamanin im Fond?

Ein paar Mal, wie es schien mitten aus dem russischen Gespräch heraus, beugte sie sich zwischen die Lehnen der Vordersitze und fragte: »*Kak dela,* Matthias? You okay?«

»*Spasiba, choroscho*«, flötete er dann. Und als Artjom neben ihm doch einmal die Augen geschlossen hatte, fügte er auf Deutsch hinzu: »Weißt du, ich werde ja gerade geboren.«

Sie lachte und kraulte flüchtig seine Schulter.

»I can hear you sing now«, sprudelte es da aus ihm hervor:

»I sing? Now? Oh, *njet.*«

»Yes, yes, you do. You are singing right now, in this moment.« Eine übermenschliche Anstrengung, sich nicht zu ihr umzudrehen. »I mean, here. Inside me. In my head.«

Es tat ihm weh, dass Artjom, nicht wirklich eingeschlafen, begann, für sie zu übersetzen, und er misstraute dem Tonfall des Dolmetschers. Sie erwiderte etwas auf Russisch, lachte noch einmal, während sie sich wieder zurücklehnte, dann unterhielt sie sich mit Sonja. Er seufzte. In seinem Kopf sang fürs Erste niemand mehr, und in seiner Haut fühlte er sich nicht ganz wohl. Ein Moment der Schwäche. Auf den Gegenverkehr achten, gerade weil es kaum welchen gab!

Und nicht verzagen, es bestand doch kein Grund dazu. Auch wenn er ein Tölpel blieb und sich staubkornklein im Unermesslichen verlor: er hatte doch die Schwelle überschritten. Er war dabei, sich in den neuen Matthias Bleuel zu verwandeln. Er hatte das unverschämte Glück, Ak Torgu getroffen zu haben, und viel mehr als das, er befand in ihrer Obhut – am Steuer dieses wackeren, hochbeinigen Gefährts, von den Geistern der Taiga umflattert, der Taiga, die ihn bei sich haben wollte! Nun brauchte er vor allem Geduld. Geduld auch mit sich selbst. Und Demut. Und Zutrauen.

Es war so dunkel geworden, dass er abbremsen musste; im schwachen Scheinwerferlicht ließ sich der Straßenverlauf nur mühsam erkennen. Er beugte sich noch weiter vor, kniff die Augen zu. Doch plötzlich sprangen zu beiden Seiten der Strecke Leuchtmarken aus der Finsternis. Alleebäume, mit reflektierenden Farben bepinselt. Artjom machte ein Geräusch, als hätte er sich verschluckt, und ließ Laute folgen, die zwischen Lachen und Stöhnen lagen. Bleuel brauchte eine Weile, bis er begriff: jeder der Bäume trug eine aufgemalte Schärpe in Weißblaurot, den Farben der Russischen Föderation.

»Sei ein Patriot, rette Leben im Straßenverkehr«, schlug er vor.

»Ja, Matwej.« Der Langhaarige gähnte. »Du hast das Zeug dazu, dieses Land in eine herrliche Zukunft zu begleiten.«

Ihre Mutter war eine untersetzte Frau mit kräftigem Händedruck, deren Haar, bauschig-seidig und frisch blondiert, im Kontrast zum gegerbten mandeläugigen Gesicht stand. Obwohl es auf Mitternacht zuging, hatte sie Borschtsch und Kartoffeln, Salzgurken und Graubrot aufgetragen. Sie herrschte über das Tischgespräch, und in Artjom schien sie eine neue Leidenschaft fürs Dolmetschen zu erwecken. Hingebungsvoll wie lange nicht mehr ließ er Bleuel an ihren Worten teilhaben, seien es die Trinksprüche, mit denen sie dafür sorgte, dass alle sich gebührend am Wodka der Marke Fünf Seen stärkten (zwischen diesem und dem nächsten Glas, sagte sie, darf keine Kugel durchfliegen und keine Maus durchrennen; und angebrochene Flaschen, sagte sie, könne man den Geistern morgen nicht anbieten) oder ihre Einschätzungen zur Zukunft der schorischen Dörfer (»Wir haben hier das gesamte Periodensystem der Elemente in der Erde, und deshalb werden wir weichen müssen«) und zu ihrer eigenen Zukunft (»Die Ärzte stellten bei mir neulich eine Leberzirrhose fest, aber ich denke, auch Ärzte können sich irren«). Ihr Mann, klein, drahtig und eisengrau, musterte Bleuel mit mild-verschmitztem Lächeln. In seinem einzigen längeren Monolog erklärte er, er habe 37 Jahre im Berg gearbeitet und wolle sich nun, da er es nicht mehr tue, Zeit nehmen, um die Dinge an der Erdoberfläche zu begreifen. Man habe ja das Glück, dass draußen im Garten alles gedeihe, was man zum Leben brauche. Und auf Deutsch könne er ein einziges Wort. Er blickte Artjom an, um sich zu vergewissern, dass er mit der Übersetzung so weit war. Dann streckte er den Oberkörper durch, ließ beide Fäuste auf den Tisch fallen und rief: »Schnaps.«

Er hatte sich als Jurij vorgestellt, sie sich als Tatjana. Und es überraschte Bleuel, dass sie ihre Tochter Katja nannten. Die Gäste saßen auf zwei mit bunten Teppichen bedeckten Holzbänken, Bleuel neben Artjom, Sonja und die Sängerin gegenüber; die Eltern auf Stühlen an den Schmalseiten. Die Schuhe hatte man im Windfang abgestellt, Bleuel war froh, von den Stiefeln befreit zu sein, und seine Sorge um Fußgeruch löste sich in den deftigen Schwaden auf, die dem Suppentopf entstiegen. Der

Raum war im vorderen Teil Küche, begrenzt durch einen mächtigen Ofen, im hinteren Teil Wohn- und Esszimmer. Neben der Tür gab es ein eckiges Emailwaschbecken, das Wasser zapfte man aus einem Plastikeimer mit Ventilschlauch, der sich ein Wandbrett mit einem Becher voller Zahnbürsten teilte. Auf einem Schränkchen in Jurijs Rücken hatte der Fernseher seinen Platz, schräg darüber hing ein gerahmtes Schwarzweißfoto von Tatjana und ihm als jungem Paar, er in einer Uniform der Roten Armee. Vor allem aber waren die Wände, Bleuel wunderte sich, mit christlichen Motiven geschmückt, etwa einem verblichenen Heiligenbild über der Tür und den in ein Quadrat aus Kupferblech gestanzten Umrissen eines orthodoxen Kirchenbaus zwischen den beiden Fenstern.

Die Sängerin hatte während des Essens kaum gesprochen, eher in sich hineingelächelt und Bleuels Blick, gegen dessen Hartnäckigkeit er selbst machtlos war, ab und zu erwidert. Beim Servieren ging sie ihrer Mutter zur Hand, beim Trinken war sie nicht zimperlich. Der Neuling versuchte sich daran ein Beispiel zu nehmen, und fand, dass er im Umgang mit Wodka seit seiner Ankunft große Fortschritte gemacht hatte. Man saß am abgeräumten Tisch, die Gastgeber priesen die mitgebrachten Geschenke (eine Schneekugel mit einem winzigen Eiffelturm darin, die Sonja aus unerfindlichen Gründen im Gepäck gehabt hatte, sowie einige Tafeln Schokolade und vier Dosen Guinness aus einem kleinen Lebensmittelladen in Taschtagol; Bleuels Idee, noch das für Fengler gekaufte Hütertotem dazuzugeben, war von Artjom im Keim erstickt worden), und dann fragte Tatjana, was ihnen die Ehre bringe, den weitgereisten Herrn empfangen zu dürfen. Bleuel setzte zu einer Antwort an, doch Ak Torgu kam ihm zuvor, sprach plötzlich beschwingt und gestenreich, und Artjom kicherte lange Zeit bloß, anstatt zu übersetzen.

»Was sagt sie denn?«

»Du bist ein Forscher, Matwej. Mit deutscher Gewissenhaftigkeit hast du dich durch Tausende Meilen Beton und Dickicht gegraben, um schließlich hier, am Arsch der Welt, die kleine, aussterbende schorische Kultur zu entdecken und zu ergründen.«

»Das hat sie nicht wirklich gesagt!«

»Nun, sie hat – warte kurz.«

Die Mutter hatte wieder das Wort ergriffen und ihr Glas erhoben.

»Oh, Matwej, du bist nicht der Erste, erfahren wir gerade. Ein Völkerkundler aus Japan war vor dir hier. Aber kein Vergleich, sagt sie. Ein bleicher, freudloser Mann, der alte Legenden von ihnen hören, jedoch ihren Wodka nicht anrühren wollte.«

Das sollte ich nach diesem Glas auch nicht mehr tun, dachte Bleuel. Inzwischen gab Sonja etwas zum Besten, worüber laut gestaunt wurde.

»Sie erzählt, wie wir dich gestern aus dem Sumpf gezogen haben.«

Die Sängerin begann zu lachen, ihr Vater stimmte ein, nannte sie einmal mehr Katja und rief dann, indem er sich zu Bleuel über den Tisch beugte: »Schnaps, Schnaps!«

»No, no, no!«, entfuhr es dem Weitgereisten.

»Nu, nu!« Jurij nickte heftig.

»No! I mean: *njet.* Njet Schnaps.«

Auf Artjom konnte er nicht zählen, der klopfte sich die Schenkel und bekam kaum noch Luft. Am besten mitlachen, so gut es ging. Für einen Moment gelang es Bleuel, den Blick von Ak Torgu zu lösen, ihn noch einmal über die Wände, das Waschbecken an der Tür und den grobwollenen braunen Teppich auf den Bodendielen schweifen zu lassen. Der erste Satz, den der Dolmetscher wieder eindeutschte, kam von Tatjana: »Die Taiga hat einen Schoren noch immer satt werden lassen.« Es schien Bleuel, als sei es ein Satz, über den man lange nachdenken müsste, doch zugleich fragte er sich, warum. Um den Gedanken abzuschütteln, sagte er: »Im Sumpf habe ich das Lied der Wölfin gehört.«

»Nicht nur gehört – du hast es gesungen! Tatsächlich, Matwej, das fällt mir jetzt erst auf – stellt euch vor, *wy tolko predstawtje sebe, kogda epo sassassywala taiga, on pel twoju Pesnju woltschizy, Katja!*«

Die Sängerin sah Bleuel mit weit aufgerissenen Augen an.

»Yes, Matthias? You sing my song?«

»Ich – I – I mean – it was inside me. Your voice – in my head. *Wot.*«

Die andern redeten laut durcheinander, Jurij stand zweimal auf, einmal, um vom Fensterbrett die Guinness-Dosen und einmal, um aus einer Schublade hinten beim Ofen eine Maultrommel zu holen. Seine Tochter machte abwehrende Gesten, doch er strahlte, sagte etwas auf Schorisch, dann setzte er das kleine Instrument an den Mund.

Der hüpfende Sesamstraßenklang, erst ein bisschen zu schnell, schwang sich bald in den Schrittrhythmus der Wölfin ein, wie Bleuel ihn von Ak Torgus Laute kannte.

»Dawaj, dawaj«, rief Tatjana, die sich erhoben hatte. Sie wirkte unsicher auf den Beinen und suchte Halt an der Tischplatte. Auch von Sonja kamen antreibende Zurufe, die Sängerin schüttelte trotzdem noch eine Weile den Kopf. Dann sah sie auf, ihr Blick traf den Blick des Geretteten. Und sie lachte wieder, und sei es, weil Bleuels Gesicht puterrot war. *»Dawaj«*, sagte sie nun selbst, nickte energisch, wedelte mit den Handflächen und begann zu singen.

Nein, dachte Bleuel, das geschieht nicht wirklich. Zugleich fand er es dumm, so zu denken, dumm und schwächlich; einem verzagten Logistiker aus Stuttgart gemäß, nicht jedoch dem neuen Matthias Bleuel; dem Bleuel, der die Schwelle überschritten und der nun, zurückhaltend zwar und unsicher, aber vernehmlich genug in Ak Torgus Lied eingestimmt hatte.

Menn tschosag'm kydas'n
Schüm kelebegele koschta

Es hielt Tatjana nicht länger an der Tischplatte, sie kam herum, schien im Begriff, den Gast bei den Schultern zu fassen, ließ die Hände dann doch in der Schwebe. Nach der ersten Strophe brach die Sängerin prustend ab. Bleuel saß wie gelähmt, den Blick aufs Wachstuch geheftet, und bekam kaum noch mit, was um ihn her geschah.

Im Tumult heraus musste Artjom sich nach der Bedeutung der gesungenen Verse erkundigt haben, denn nun beugte er sich sehr nah vor sein Gesicht und fragte, ob er es auch wissen wolle. Bleuel brachte ein Nicken zustande. Und nach einigem Hin und Her mit Ak Torgu baute Artjom die Zeilen zusammen:

Eine einsame weiße Wölfin bin ich
Meine Heimat ist der finstere Wald
Mein Gemüt ist zornig, nehmt euch in Acht
Kommt mir nicht zu nah

»Gut, dass wir uns nicht daran gehalten haben, als du im Sumpf stecktest, was, Matwej?«

Bleuel wollte es sich nicht eingestehen, doch er hätte einen weniger abweisenden Text erwartet.

»Very impressing«, flüsterte er. »The Wolf – the She-Wolf – ich weiß nicht, wie es richtig heißt – mother of the Shors, mother of all Turkish peoples.«

Er hoffte, dass der angetrunkene Dolmetscher, der sich sogleich wieder an die Arbeit machte, mit seinem Gestammel gnädig verfuhr, und blieb lange stumm. Erst als Tatjanas Stimme noch einmal feierlich geworden war wie am Anfang bei ihren Trinksprüchen, traute er sich wieder nachzufragen, worum es ging.

»Du hast«, sagte Artjom, wobei er seinen halben Oberkörper vor Bleuel auf die Tischplatte legte, sodass seine Schwester zwei Gläser vor ihm in Sicherheit bringen musste, »gezeigt, dass du würdig bist, morgen die Kalten Quellen zu sehen und dort nach alter Väter Sitte den

Geistern zu opfern. Und dieses Haus, Matwej Karlowitsch, wird dir von nun an immer offen stehen. Und kein Vergleich mit dem Japaner.«

»Artjom, ich weiß nicht – ich traue dir gerade nicht über den Weg. Du kannst mir ja irgendwas erzählen, und vielleicht machst du es auch. Und du kannst mich vor unsern Gastgebern als den letzten Trottel dastehen lassen.«

»Oder auch als Helden.«

»Ja. Ja. Aber das –«

Doch Artjom hatte sich wieder aufgerichtet, rief noch auf Deutsch: »Habt ihr das gehört?«, dann redete er auf Russisch weiter, bis Jurij sich mit der flachen Hand auf die Brust klopfte und etwas sagte, woraus der Dolmetscher machte: »Ein weitgereister Herr aus Deutschland, ein besoffener Schore aus Tschuwaschka – wir verstehen uns doch, wir verstehen doch alles, wir sind doch alle keine Außerirdischen!«

»Okay«, sagte Bleuel, *»da, da, da. Choroscho. Spasiba. Bolschoje spasiba.* Es tut mir leid, ich – sag mal, wie spät ist es eigentlich?«

Bald drei Uhr war es. Alle Flaschen und Dosen geleert, man erhob sich, schwerfällig und mit erwärmten Gemütern, um schlafen zu gehen. Bleuel musste ein paar beherzte Schritte getan haben, denn er stand so nah vor Ak Torgu, dass er den Schwindel, der ihn erfasste, ganz und gar auf diese Nähe zurückführen konnte. Schüchtern zuckten seine Hände und schnellten ein ums andere Mal zurück, sobald sie ein Stück ihrer Kleidung oder gar ihren nackten Unterarm gestreift hatten.

»*Dobroj notschi*, Matthias. It is good you here.«

»*Dobroj – spasiba, spasiba*, it is – Ak Torgu, you are wonderful!«

Sie drückte ihm die Hände, stellte sich auf die Zehenspitzen und gab ihm einen kleinen Kuss auf die linke Wange. Das Nächste, was er sah, war, dass sie winkend aus dem Raum ging.

Eine Berührung an seiner Schulter. Tatjana, die hinter ihm stand.

»*Dobroj notschi*«, diesmal bekam er es vollständig heraus. Doch sie hielt eine kleine, aufgeklappte Brieftasche in der Hand, schien ihm noch etwas zeigen zu wollen. Er strengte die Augen an und erblickte das Foto eines kleinen Kindes. Um Einzelheiten zu erkennen, war es nicht hell oder sein Kopf nicht klar genug, aber er erinnerte sich an die Ausrufe der Wandermädchen auf dem Geröllfeld und sagte: »*Krasiiiiwyj!*«

»*Krasiwaja*«, korrigierte Artjom, »es ist ein Mädchen.«

Wieder ein Fluss. Nach Tom und Mundybasch nun Mras-Su. Die Tom hatte er nur von oben gesehen, in einem Quellbach des Mundybasch hatte er versucht, den Sumpfschlamm aus seinen Kleidern zu spülen. Mras-Su war der erste sibirische Fluss, den er befahren durfte. Sie kauerten zu acht in einem schmalen Motorkahn, hintereinander, Bleuel an zweiter Stelle, vor ihm nur Sonja und, im aufragenden Bug versammelt, das Gepäck. Alle vom Abend waren an Bord. Außerdem Ak Torgus Bruder mit dem eckigen Haarschnitt, der auch in Tomskaja Pisaniza bei ihr gewesen war und sich nun als Sascha vorgestellt hatte; und der athletische Bootsmann, Jegor, auf dessen Montur aus hüfthohen Gummistiefeln, Tarnanzug und tief in die Stirn gedrücktem Lederhut der Neuling mit einem Anflug kindlicher Ehrfurcht reagierte. Der Kahn arbeitete sich stromaufwärts durch mäßig ruhiges, schwarzblaues Wasser, und von jedem Spritzer in sein Gesicht oder auf seine Hände fühlte Bleuel sich gesegnet. Dabei war der Fluss kalt, und der Fahrtwind wurde beißend, sobald Wolken sich vor die Sonne schoben. An beiden Ufern erhob sich die dunkle, ewige Taiga.

Was für ein Glück! Auf dem Weg zu sein. Auf dem Wasserweg.

Die Folgen des nächtlichen Trinkens beschränkten sich bei Bleuel auf ein dumpfes Gefühl im Nacken, während Artjom, der hinter ihm saß, krank aussah und beschwor, dass es ihm blendend gehe. Auf der Fahrt wurde kaum gesprochen, und Bleuel war froh darüber, er fand im stetigen Sägen des Außenborders und im behäbig-rhythmischen Aufklatschen des Bootsrumpfs gegen die Strömung eine vortreffliche Geräuschkulisse für sein Landschaftserlebnis und seine Festtagsfreude.

Sascha, der Bruder, war es dann, der als Erster wieder das Wort an alle richtete. Er deutete auf drei Schwalben, die über dem Kahn segelten, und erklärte: Die Geister haben uns bemerkt und heißen uns willkommen.

Doch Bleuel sah noch etwas anderes. Erst glaubte er sich zu täuschen, aber nein. Sie war so wirklich wie seine klammen Finger auf dem bebenden Holz und wie die Wasserpfütze um seine Füße. Eine große blaue Libelle. Vom nördlichen Ufer her in weitem Bogen herangeschwirrt, hielt sie, keine fünf Meter entfernt, ein paar Augenblicke mit dem Kahn Schritt.

Hatte nur er sie gesehen? Sein Herz schlug bang, als er sich, so gut es ging, zur Seite beugte und umwandte, um an Artjom vorbei Ak Torgus Blick zu erhaschen. Sie zog die Brauen hoch, lächelte ihm zu. Und er fand, dass sie, in einen schwarzen Kapuzenmantel gehüllt, wie eine Priesterin aussah.

»Sie heißen uns willkommen«, wiederholte er.

Im Wasser spiegelte sich ein leergefegter Himmel, die Taiga leuchtete in der Mittagssonne. Bleuels Aufregung wich einem Gefühl, das tiefe Ruhe und angespannte Erwartung zugleich war und das ihm vertraut vorkam, ohne dass er hätte sagen können, woher.

Er schien ungeahnte sensorische Fähigkeiten zu entwickeln. Obwohl Mras-Su hier fast so breit war wie die Tom in Kemerowo und man bei schwieriger Strömung in der Flussmitte fuhr, spürte er an beiden Ufern besondere Stellen. Kraftorte, ein Wort, das ihm dazu einfiel. Wo mochte er es gehört haben? Eher gelesen. Ein Wort aus der Esoterikabteilung, aus einem Bereich, mit dem er eigentlich nie etwas – der Kahn schüttelte sich, und Bleuel dachte den dummen Gedanken nicht zu Ende. Stellen nahm er wahr, von denen ein eigenartiges Wirken ausging. Was waren die Anzeichen? Vielleicht ein leichtes Zittern der Luft, vielleicht eine plötzliche winzige Farbverschiebung innerhalb des Taigaleuchtens. Vielleicht etwas, das für einen Sekundenbruchteil zwischen Büschen und Wipfeln aufblitzte. – Etwas, das eben da war, und man musste nicht wissen, wie und warum. Wenn einem im finsteren Wald plötzlich ein Bär gegenüberstand, wusste man ja auch nicht, wie und warum. Nicht dass Matthias Bleuel in einer solchen Situation schon gewesen wäre.

Er dachte daran, wie er den Geistergesichtern gefolgt war. Was hatte er dabei empfunden? Das Lied in seinem Kopf. Von der Bedeutung der Verse hatte er keine Ahnung gehabt. Von nichts hatte er eine Ahnung gehabt, er war den Gesichtern einfach hinterhergetappt. Und als den Geistern im Märchenwald plötzlich ein Tanzbär gegenüberstand, da ließen sie ihn in den Boden sinken.

Er wusste nichts, er musste alles lernen – er durfte alles lernen. Hier stand er unter dem Schutz Ak Torgus, die die Geister kannte und mit ihnen umzugehen verstand. Noch einmal drehte er sich um, Artjom zwinkerte ihm zu. Der Bootsmann, der im Heck stand, schwenkte den freien Arm und rief etwas.

»Halt dich fest, Matwej, wir verlassen unsere Flughöhe. Wir sind da.«

Da war er. Setzte die Füße auf neuen, heiligen Grund. Ich will nicht stören, dachte er. Zugleich durchströmte ihn mit jedem Atemzug das Hochgefühl, das der alte Matthias Bleuel nicht gekannt hatte: die Gewissheit, am einzig richtigen Ort gelandet zu sein. Ein unbeschriebenes Blatt. Angekommen am Anfang.

Die Quellen selbst konnte er nicht sehen, sie lagen im Dickicht verborgen. Ihr Wasser schoss als schmaler, heller Schwall unter den Zweigen einer Fichte hervor, die sich gegen den Hang stemmte und voller Stofffetzen hing, und sprang drei Steinstufen herab, um sich auf dem ebenen vordersten Uferstreifen in einen Fächer emsiger Rinnsale zu verwandeln. Kaum war man an Land gegangen (Bleuel wurde kurz aus seiner Seligkeit gerissen und kam sich wie ein Mensch ohne Manieren vor, als er sah, wie der Bootsmann die kichernde Tatjana huckepack von Bord trug), teilten sich die Einheimischen wortlos auf. Die Sängerin und ihre Mutter kümmerten sich um die mitgebrachten Taschen und Tüten, die Männer sorgten für Feuerholz.

»Sammle ruhig ein bisschen mit«, empfahl Artjom, »dann wirkst du nicht wie ein Zaunkönig. Quatsch« – er schüttelte über sich selbst den Kopf – »du weißt schon, was ich meine.«

Was er meinte, schien allerdings für Jurij nicht zu gelten, der hatte sich auf seine Jacke ins Schilfgras gesetzt und pfiff auf einem Halm. Sonja fotografierte. Bleuel arbeitete sich, ein Stück abseits der Kaskade, so gut es ging, die Böschung empor und klaubte ein paar Reiser aus dem Gestrüpp. Das Aufschichten übernahm Sascha, der ihm billigend zunickte. Inzwischen breiteten die Frauen eine orange und weiß karierte Wachsdecke über flache Kiesel, packten Gläser und Teller, Gurken und Äpfel, Wurst, Käse und Piroggen aus. Als sie damit fertig waren, zogen sie sich mit einer übrig gebliebenen Tasche hinter einen Felsvorsprung zurück; Bleuel sah noch, wie Ak Torgu den Mantel abstreifte.

Dann saß sie auf einem schemelgroßen Stein, in einem langen violetten, mit Silberfäden durchwirkten Kleid. Von ihrem Haar war nur der winzige geflochtene Zopf sichtbar, der ihr neben der linken Schläfe baumelte, den Rest verbarg ein dunkles, von einem perlenbestickten Stirnband gehaltenes Kopftuch. Im Schoß hielt sie die Laute.

»Matthias«, lächelte sie, er trat näher, und sie begann Russisch mit ihm zu sprechen. Lernen, schrie es in ihm auf, und zwar sofort! Artjom hatte sich in seiner üblichen Weise schräg hinter ihn gestellt.

»Du sollst wissen, dass Musik nötig ist, um die Aufmerksamkeit der Geister zu wecken. Und dass man beim Opfer darauf achten muss, ihnen nichts aus Plastikschüsseln anzubieten. Sonst sind sie beleidigt.«

»Und keine angebrochenen Flaschen«, murmelte Bleuel.

Sie griff in die beiden Saiten und sang ein Lied, das er noch nicht kannte. Am Anfang klang es wehmütig und zerbrechlich, sie machte ihre Stimme so klein, dass es dem auflebenden Wind ein Leichtes hätte sein können, sie davonzutragen. Doch sie blieb. Und nach zwei Strophen senkte sie sich zum Kehlengrollen und tönte dann so kraftvoll-außerirdisch, dass der Wind sich schon wieder zu legen schien. Der verzauberte Gast kauerte in den Kieseln, in sehr unbequemer Haltung, aber er merkte nicht, wie ihm die Füße einschliefen. Er durfte dabei sein. Er durfte sie wieder hören, sie zaubern sehen, zum Greifen nah. Er fand sie wunderschön. Selbst die Art, wie sich ihre Stirn furchte und ihre Brauen sich in der Mitte fast trafen, wenn sie in den Kehlgesang fiel. Jede Einzelheit ihrer Erscheinung wollte er sich einprägen, noch die kleinste ihrer Bewegungen. Die Frau, die Stimme, die überschrittene Schwelle – was für ein Fest im Leben!

Die Aufmerksamkeit der Geister war geweckt. Man stand am Fluss, im Kreis um das Feuer, das Sascha und Jegor entfacht hatten, und die Hüter der Kalten Quellen schwebten über den Flammen. Tatjana, die ein ähnliches Gewand wie ihre Tochter trug, allerdings in Dunkelgrün, trat mit einer Holzschale in die Mitte. Sie deklamierte Beschwörendes, während sie mit einem eckigen hölzernen Löffel die erste Opfergabe in den Brand träufelte und in den Wind spritzte. Als das getan war, machte sie mit der Schüssel die Runde, und jeder durfte kosten von dem, was die Geister bekamen. Wodka zum Einstieg. In der nächsten Schale befand sich Milch, in der dritten Wurst, in der letzten Brot. So musste es sein, und die Reihenfolge war wichtig. Die Sängerin war zuerst außerhalb des Kreises geblieben, hatte, gegen den Bug des halb an Land gezogenen Kahns gelehnt, die Zeremonie mit bedächtigen Zweiklängen ihrer Laute begleitet, sodass Bleuel es fast versäumt hätte, von der Milch zu nippen. Als das Opfer von den flüssigen zu den festen Gaben überging, war dann sie es, die die Schüsseln hielt, die Formeln sprach, die Speisen darbot. Und die Sonne zauberte mit, ließ Ak Torgus Gesicht wie helle Bronze glänzen und die Silberfäden in ihrem Kleid feenhaft funkeln.

Sie war mit dem zerpflückten Brot herumgegangen und tauschte abermals den Platz mit ihrer Mutter. Tatjana kniete sich hin, um etwas zu entzünden. Ein Bündel Wacholderzweige. Damit schritt sie wieder von einem zum andern, fächelte jeder Nase den herbsüßen Rauch und jedem Gemüt noch ein paar schorische Worte zu. Ihr orangefarbenes Kopftuch glühte im Nachmittagslicht. Doch Bleuels Blick wurde abgelenkt, blieb an der Digitaluhr hängen, die ihr weiter Ärmel beim Wacholderschwenken freilegte, und er musste eine Attacke des Wortes *Quelle-*

Katalog blitzschnell parieren. Tatjana hatte alle gesegnet, warf die Zweige ins Feuer. Von der uhrlosen Tochter erhielt dann jeder drei Stoffstreifen, einen roten, zwei weiße.

»Matwej, du siehst mir nicht aus, als wärst du gerade an Erläuterungen interessiert.«

»Warum?«

»Naja, der deutsche Forscher ist schon ziemlich weit gekommen auf seinem Weg in die Wildnis, oder?«

Was sollte das? Versuchte Artjom ihn zu reizen, wollte er ihm sein Glück verderben?

»Über den deutschen Forscher möchte ich nicht reden.«

»Eben das meinte ich.«

Die andern lösten den Kreis auf.

»Und jetzt?«

»Also doch.«

»Artjom, bitte. Spiel hier keine blöden Spielchen mit mir.«

»Nichts läge mir ferner. Das heißt, du willst Erläuterungen?«

Nein. Er wurde wütend. Und traurig über seine Wut. Er wollte Artjoms Erläuterungen nicht. Er brauchte sie, das war das Problem. Er war noch lange, lange nicht so weit, dass er ohne sie auskäme. Ak Torgu konnte er ja nicht fragen, nicht an dieser Stelle, ein Tölpel ohne Manieren, der sie beim Ritus unterbräche.

Und zur Wut trat die Angst. Dass es immer so bleiben würde. Er auf Artjom angewiesen, immer mit dem Dolmetscher schräg hinter sich, unfähig, ihn jemals abzuschütteln. Dumm und ohnmächtig.

»Es sind Wunschbänder für die Fichte da oben. Wir knoten sie in die Zweige, und die Geister kümmern sich drum. Wenn sie Zeit und Lust haben. Zuerst das rote Band. Da ist der Wunsch vorgeschrieben, Gesundheit für dein Volk und für die Welt im Allgemeinen. Die zwei andern Wünsche hast du frei.«

»Spasiba.«

Zu beiden Seiten des kleinen Wasserfalls kletterten sie den Hang hoch, Bleuel vermied es, in Artjoms Richtung zu blicken. Er fand einen jungen Zweig, an dem noch keine Bänder hingen. Das rote war schnell befestigt. Das erste weiße auch, aber er prüfte noch mehrmals den Knoten. Für das zweite weiße Band fiel ihm dann lange kein Wunsch ein.

Zum Picknick wurde der Rest vom Opferwodka verteilt. Bevor man trank, tauchte man die Fingerspitzen ins Glas und gab dreimal in alle Himmelsrichtungen ab, damit die Geister sich nicht ausgeschlossen fühlten. Bleuel nippte nur. Als er seinen Teller mit Pirogge, Gurke und Käse in der Hand hielt, wurde ihm schlagartig bewusst, dass es für ihn die erste richtige Mahlzeit des Tages war. Zum Frühstück war er am Vormittag kaum in der Lage gewesen. Er versäumte es, dem raubtierhaften Hunger zum Trotz, nicht, wieder sein *wkusna* und *atlitschna* anzubringen. Ak Torgus Erwiderung klang so geschmeichelt, dass ihm ein Wonneschauer über den Rücken lief. Und weil er glaubte, aus ihren Worten ein *schorski pirogi* herausgehört zu haben, sagte er noch zweimal *atlischna*.

Man hatte fertig gegessen, Artjom ging hinter Bleuel in die Hocke und legte ihm beide Hände auf die Schultern.

»Sascha sagt, für sein Gefühl sind die Hüter ganz zufrieden mit uns. Auch mit dir. Und Jurij fragt dich, ob du, bevor wir aufbrechen, noch eine schorische Legende hören möchtest.«

»Oh. Ja, gerne. Sehr gerne möchte ich das. Es ist mir eine –«

»Das dachten wir uns doch.«

Nun schämte er sich, dass er wütend auf Artjom geworden war. Dankbar sollte er ihm sein, nichts als dankbar. Er hatte ihm nichts übel zu nehmen, im Gegenteil. Egal, ob der junge Mann ihn piesackte, ihn vorführte, ihm sonstwas weismachte: ohne ihn wäre er nicht hier.

Von Jurij war zwar das Angebot gekommen, die Legende wollte er aber offenbar nicht selbst erzählen, er lag im Gras und rauchte. Tatjana hatte sich erhoben, ihr Glas in der Linken, tat zwei Schritte auf den Schemelstein zu, auf dem Ak Torgu zuvor gesungen hatte. Dann schien sie es sich anders zu überlegen und begann auf ihre Tochter einzureden. Ak Torgu weigerte sich laut und entrüstet, doch sie hielt damit nicht so lange durch wie am Abend, als es um das Lied aus dem Sumpf ging.

Da saß sie wieder auf dem Stein, strich sich – das Tuch hatte sie abgelegt – das zerzauste Haar glatt und blickte eine Weile stumm aufs Wasser. Eine Liebesgeschichte, sagte sie schließlich; aber erst müsse sie noch ein volles Glas bekommen, um ihre Zunge zu lockern. Artjom fügte hinzu, dasselbe gelte für seine Simultanübersetzerzunge. Sonja schenkte beiden nach. Und Ak Torgu hob an.

»Höre also, weitgereister Gast, da wir schon an ihrem

Ufer beisammensitzen, die Legende von Mras-Su und Kara-Tom. Es war vor langer Zeit, da erstaunte die weiße Felsfrau Kabusi ihre Brüder, die Abakanberge, indem sie eine Tochter gebar, von den heißen Strahlen der Sonne gezeugt. Die Tochter hatte tiefblaue Augen und ein friedliches Gemüt. Dafür bekam sie den Namen Mara-Sas, die Demütige. Und die Menschen nannten sie zärtlich Mras-Su. Das neue Flüsslein wuchs heran, und niemand hörte sie je weinen oder sah sie zürnen. Seelenruhig floss sie ihres Wegs und sang leise vor sich hin: ›Mein Großvater ist der unsterbliche Mustag, meine Großmutter der gute Berg Ögüdün.‹«

Die Erzählerin unterbrach sich für einen Schluck, und Bleuel sah Artjoms Schultern und Mundwinkel zucken. Offenbar löste das Lied des Flüsschens in dem Dolmetscher eine schwer zu zügelnde Heiterkeit aus. Ak Torgu fuhr fort.

»Die Jahre vergingen. Mras-Su war erwachsen geworden. Da vernahm sie im Frühling aus der Richtung des Sonnenaufgangs die kräftige Stimme Kara-Toms: ›Mein liebes Land, ihr grünen Berge! Gebt mir den Weg frei zu Mras-Su, ich will sie hören und sehen.‹

›Gern käme ich selbst zu dir, Kara-Tom‹, antwortete ihm Mras-Su, ›doch höre, was meine Verwandten brummen und dröhnen und kreischen.‹

›Wohin willst du denn, Schwesterlein?‹, brummten die Abakanberge: ›Fließe nach Osten, durch die Steppe Olen-Tschasy. Dort wirst du dem grauen Hem in die Arme laufen. Wenn er dich erblickt, so jung und schön, wird er vor Freude auf einem Bein tanzen. Hem ist ein sehr fleißiger

Mann. Bei ihm wird es dir an nichts fehlen, und du wirst niemals außer Atem kommen.‹

›Nein, geh nicht zu Hem!‹, dröhnte Großvater Mustag: ›Was soll ein junges Mädchen mit einem Greis anfangen? Nimm den Weg nach Westen, zum schlanken Bij. Er ist Kaufmann, und er hat ein ruhiges Gemüt wie du. Ihr werdet schön zusammen fließen.‹

›Bloß nicht zu Bij!‹, kreischte Großmutter Ögüdün: ›Er ist so träge, dass er beim Laufen einschläft. Mit ihm wird dir das Leben zu lang erscheinen. Nein, geh zu Kara-Tom, der dich ruft. Wo dic Liebe ist, da wohnt das Licht.‹«

Zeit für einen zweiten Schluck, und Bleuel hatte ein Flimmern vor den Augen, so stark, dass er nicht beurteilen konnte, ob Ak Torgu zu ihm hergesehen hatte.

»›Ich weiß, wohin ich muss!‹ Mras-Su trieb ihre Wellen fröhlich voran. Doch da legte sich ihr die Witwe Manak in den Weg, um mit dem Berg Schaman zu tuscheln. Mras-Su kam nicht weiter, und je länger sie warten musste, desto höher schwoll ihr Wasser an. Es begann rings umher die schmalen Klüfte zu füllen und die weiten Täler, es jagte die Tiere und die Vögel davon. Doch sosehr Mras-Su die Witwe bat, sie vorbeizulassen, Manak wollte davon nichts hören. Sie schmiegte sich an die Wange des Berges Schaman und säuselte ihm Kosenamen ins Ohr. Schon hoben sich die blauen Wellen Mras-Sus bis zu den Berggipfeln hinauf.

Kara-Tom aber rief: ›Komm doch zu mir, Mras-Su! Zusammen werden wir so stark sein, dass kein Berg uns den Weg versperren kann!‹

Als sie diese Worte vernahm, schöpfte sie neuen Mut,

und zum ersten Mal in ihrem Leben wurde sie laut: ›Nun lass mich endlich vorbei, Alte!‹

Doch die Witwe Manak erwiderte: ›Nein, nein, du willst den Berg Schaman herzen, und das dulde ich nicht. Ein Küken wie du hat noch kein Gefühl dafür, dass man die Liebe nicht teilen kann.‹

›Was soll ich mit deinem Schaman?‹, rief Mras-Su. ›Lass mich vorbei, ich will zum jungen Tom.‹

Da winkte Manak ab: ›Ach, der junge Tom. Der versteht nichts von den Frauen. Besinne dich, Küken, und fließ zum alten Hem. Der wird dich dreißigmal fester liebkosen als Kara-Tom.‹

›Nein! Ich will nicht die Liebe eines Greises.‹«

An dieser Stelle lachte Ak Torgu auf und sagte etwas, das nicht zur Legende zu gehören schien und unübersetzt blieb. Dann erhob sie sich und erzählte das Ende im Stehen.

»Noch lange hätte der Streit zwischen dem Mädchen und der Witwe gedauert, wenn es wen nicht gäbe? Ratet ihr es? Nein, ihr ratet es nicht. Den Menschen! Er kam und zerklopfte Manaks Steine, einen großen Teil der Witwe trug er ab. Und Mras-Su, endlich befreit, stürzte schneller als der schnellste Läufer auf Kara-Tom zu. Sie trafen sich am Altschuk-Kap. Und von jener Stelle an fließen Mras-Su und Kara-Tom noch heute zusammen, fest umschlungen, unzertrennlich. Und glitzern froh im hellen Sonnenschein.«

Bleuel wollte applaudieren, doch in den wenigen Sekunden, die sich Artjoms Version gegenüber dem Original verschob, waren die Sängerin und ihre Eltern schon in eine heftige Diskussion gefallen. Kein Platz für Beifall.

»Ist das« – er suchte nach einem geeigneten Ausdruck – »für unsere Ohren bestimmt?«

»Naja, zum Teil reden sie schorisch. Vor allem deine Angebetete. Tatjana hat ihr vorgeworfen, sie hätte die Legende ohne Respekt erzählt. Und Jurij meint, die Legenden erzählt man und trinkt dabei, man macht es, wie man will. Und dass wir doch alle keine Außerirdischen sind.«

Sascha, der sich mit undurchschaubarem Gesicht ein wenig abseits gehalten hatte, half nun Jegor, das heruntergebrannte Feuerholz zusammenzuschieben.

Bleuel überlegte. »Und Kara-Tom ist –«

»Der Fluss Tom, ganz richtig.«

»Also doch männlich.«

»Auf Schorisch wohl schon. Und die beiden andern Kandidaten für Jungfer Mras-Su sind natürlich auch Flüsse. Hem ist, glaube ich, Jenissej.«

»Und der Mensch in der Legende –«

»Frag mich nicht, Matwej. Bedenke, ich bin nur ein Sprachrohr, habe meine Kompetenzen längst ausgereizt.«

Sie sahen, dass der Bootsmann seinen Hut schwenkte, offenbar als Zeichen zum Aufbruch.

»Oh – ich muss aber – ganz dringend –«

Artjom erwiderte wie ein Kindergärtner: »Na dann mach schnell noch.«

Bleuel beeilte sich außer Sichtweite, der nahe Felsvorsprung bot sich an. Ein paar Schritte weiter erblickte er eine Stelle, an der die Böschung nicht ganz so steil anstieg, und fand eine Lücke im Gestrüpp. Er pinkelte breitbeinig, das rechte Knie gegen den Stamm einer Birke gestützt. Doch das vertraute Gefühl der Erleichterung wich sofort brennender Sorge. War es rechtens, was er tat? Durfte man, so nah am heiligen Ort? Flüsternd bat er die Geister um Verzeihung. Sprang hastig die Böschung wieder hinab. Und wurde mit einem Aufschrei empfangen.

Das hatte er nicht bedacht, das hätte er doch – das würde er nie, das konnte nicht wahr sein. Ak Torgu. Und ihre Mutter. Am Fels in Unterwäsche. Und der Tölpel, der Pinkel, das Gespött der wodkatrinkenden Geister taumelte halb bewusstlos an ihnen vorbei; und bekam doch so viel mit, dass sich ihm das Bild der beiden Halbnackten, schräg von hinten zu sehen, zwischen ihnen die Kleidertasche, unauslöschlich einprägte. Nicht beurteilen konnte er, ob sie nach dem ersten Schreck in Gelächter ausgebrochen waren, ob sie ihm neckisch zugewinkt hatten, und auch nicht, wie Artjom ihn empfing.

Erst auf halbem Weg den Fluss hinab, als die Sängerin »Matthias« rief, sich auf ihrem Platz im Kahn fast so weit vor- wie er sich nach hinten beugte und ihm sagte, es sei eine besondere Freude, dass er heute mitgekommen sei (und ihre Mutter nickte dazu) – erst da gestattete sich Bleuel die Rückkehr unter die Lebenden. Er blinzelte ehrfürchtig in Ak Torgus Gesicht, auf das schimmernde Wasser, den vergoldeten Wald, und er brüllte beinah, um den Motor zu übertönen: ein englisch-russisches Gewirr, mit dem er ausdrücken wollte, dass er die Legende wunderschön gefunden habe, noch schöner aber ihre Art, sie zu erzählen.

»Arshan«, sagte sie dann zu ihm, mehrmals hintereinander, immer lauter und deutlicher, bis auch er wiederholte:

»Arshan«. Sie erwiderte: *»Nu! Nu!«* und ließ den Dolmetscher ausrichten, dass Arshan der schorische Name für die Kalten Quellen sei.

Die neuen Worte. *Arshan. Mras-Su. Kara-Tom.* Wie hieß das Kap, an dem die beiden sich trafen? Wie die sture Witwe? Es war zu viel auf einmal für ihn gewesen, er hoffte, dass er sich auf das eine und andere später wieder besinnen würde. Das Feuer, die geteilten Gaben. Seine Wünsche in den Fichtenzweigen. Die Libelle wieder. Nun musste er kichern, er versuchte den Mund geschlossen zu halten, es schüttelte ihn, als hätte er auf eine Zitrone gebissen. Sonja drehte sich kurz nach ihm um, grinste. Wie weit war der Stuttgarter Logistiker auf seinem Weg in die Wildnis gekommen? Noch nicht weit. Gerade mal so weit, dass es kein Zurück mehr gab. Die Schamanin hatte ihm über die Schwelle geholfen, er hatte schon zwei, drei Schritte tun dürfen, und nun war die Tür hinter ihm zugefallen. Was für ein Glück.

In einem weiten Schwenk steuerte der Bootsmann die Anlegestelle an, eine flache, steinige Uferpartie, auf der die Holzkähne im Dutzend nebeneinander lagen. Der Abendhimmel tönte sich hemmungslos fliederfarben, die Taiga versenkte sich in ihr Dunkel. Und als Bleuel in Tschuwaschka wieder durchs Gartentor trat, erblickte er auf einer Wäscheschnur unter dem Vordach des Hauses den Wolfspelz und die geflochtene Peitsche, nebeneinander hängend.

Er blieb zurück, um über das Fell zu streichen, das sich hart und borstig anfühlte. Auch an die erstarrten Reißzähne legte er zwei Finger und an eins der gelben Glasaugen. Doch die Peitsche ließ eine unangenehme Erinnerung in ihm aufsteigen. Um zu vermeiden, dass sie ganz an die Oberfläche drang, wandte er sich ab und ging ins Haus, zu den andern.

Man hatte schon eine Weile zusammengesessen, bei Tee und Schokolade, in gleicher Runde wie am Vorabend. Sascha war bald nach der Ankunft nach Myski aufgebrochen, wo Frau und Kinder auf ihn warteten.

»Ak Torgu«, hatte Bleuel gesagt, »White Silk. – Katja?«

»*Da, da* – Katja«, hatte nicht sie selbst geantwortet, sondern Tatjana, mit Stolz in der Stimme: »Katja Sabanowa.«

»Katja Sabanowa?«

»Jurij Sabanow!«, hatte Jurij gestrahlt, sich dabei die Hand auf die Brust gelegt, den Kopf geneigt, und war dann aus dem Raum gegangen.

»*Da*, White Silk«, sagte nun die Sängerin: »Ak Torgu, White Silk. And what is Blejel?«

Er bekam Gänsehaut, als sie seinen Nachnamen aussprach. Aber was war Bleuel? Die Frage hatte er sich früher nie gestellt. In der Schule war er Pleuel gewesen, immer noch besser als Matze. Erst Ilka hatte ihn darauf hingewiesen, dass es zu Bleuel einen Dudeneintrag gab. Ein hölzerner Schlägel zum Klopfen von nasser Wäsche war er. Doch wie sagte man das auf Englisch? Er dachte an den Wolfspelz draußen auf der Leine.

»Bleuel is very happy«, antwortete er.

In dem Moment kam Jurij zurück, ruderte mit den Armen und rief: *»Banja, Banja!«*

Der Glückspilz wurde nervös, hatte aber auch wieder lebhaft Ak Torgu in Unterwäsche vor Augen. Nur gut, dass ihr Vater gleich nach seiner Ankündigung einige Dosen Bier auf den Tisch stellte, die er auf dem Heimweg noch im Dorf gekauft hatte. Und Bleuel erfuhr, dass man paarweise in die Banja ging, erst Ak Torgu und Sonja, dann Artjom und er.

»Vorweg aber nicht mehr als ein Bier, hörst du? Ich möchte da drin keine Herzmassage machen. Ich selbst werde allerdings zwei Biere vorab trinken, um auf diese Weise ein Zeichen zu setzen.«

»Ein Zeichen?«

»War das der falsche Ausdruck?«

»Ich weiß es nicht. Ich für meinen Teil kann überhaupt keine Herzmassage.«

»Wer hätte das gedacht.«

Anstelle einer Erwiderung hob Bleuel sein Glas und prostete Artjom etwas zittrig zu. Tatjana und Jurij begannen aufzuzählen, was sie im Garten alles anbauten, und beteuerten, dass die Milch in ihrem Haus ausschließlich von der eigenen Kuh komme. So vertrieben sie den Gästen die Zeit, bis die beiden jungen Frauen mit Handtüchern um die Köpfe und roten, zufrieden ermatteten Gesichtern wieder auftauchten. Sie wurden mit Wasser und Bier versorgt, und Tatjana begann am Herd zu arbeiten.

»Now, Matthias«, rief Ak Torgu: *»Schorskaja banja, dawaj!«*

»Dawaj«, wiederholte er tapfer, trank aus und warf, als er hinter Artjom den Raum verließ, einen sehnsüchtigen Blick über die Schulter, der unerwidert blieb.

Die Banja war ein kleiner schräger Anbau, aus Brettern vom gleichen Holz wie das spitzgieblige Haus, Lärche, vermutete Bleuel. Vom Windfang aus trat man in einen Vorraum, der zwei Menschen gerade genug Platz bot, um sich nacheinander zu entkleiden. Der Neuling wartete mit gesenktem Kopf, bis Artjom seine Sachen über einen langen Wandhaken geworfen und die Tür zur Schwitzkabine hinter sich und einem Schwall feuchtheißer Luft zugezogen hatte.

Drinnen fielen ihm zuerst die glitschigen Bodenplanken auf, dann ein grober Tisch, der die linke Hälfte des Verschlags einnahm und wie eine Werkbank aussah. Rechts hinten rumpelte ein zylinderförmiger Ofen. Artjom stand mit einer großen Kelle davor, goss Wasser in eine Öffnung, das zischend verdampfte. Wasser befand sich auch oben im Zylinder, um das Ofenrohr herum, außerdem, kalt, in einer blechernen Wanne neben der Tür. In zwei kleineren Schüsseln konnte man kühles und warmes mischen, um einander zu übergießen.

»Aber das kommt später«, erklärte Artjom, bleich und schlaksig, im Nebel verschwimmend. »Erst das hier.«

Und er deutete mit der Linken auf die Werkbank, während er mit der Rechten nach einem Bündel belaubter Birkenzweige griff. Bleuel rührte sich nicht gleich. Der Gedanke, dass noch wenige Minuten zuvor Ak Torgu und Sonja sich ebenso nackt wie nun er und der Langhaarige über diese schlüpfrigen Bretter getastet, diesen Ofen bewässert hatten, nahm ihn gefangen. Und zaghaft, zum Glück noch ohne sichtbare Anzeichen, begann die Vorstellung ihn zu erregen.

Die Schwelle. Die Quellen.

Wenn er doch. Ob er wohl.

Ob es ihm gelingen konnte, einmal mit ihr allein zu sein?

Es musste ja nicht gleich.

»Matwej?«

»Ja. Nein. Ich weiß nicht.«

»Ganz einfach. Du legst dich hier hin und wirst ein bisschen von mir geprügelt. Was könnte es Schöneres geben?«

»Tut mir leid, das ist mir zu –«

»Glaub mir, du wirst es lieben.«

Was tat er, was ging mit ihm vor? Er sah sich wieder pinkeln am heiligen Ort, die Heilige in Unterwäsche, von schräg hinten, bläuliches knappes Höschen, weißer BH (daneben die Mutter; gegerbt und bauchig in bordeauxroter Kombination), er spürte ein beängstigendes Kribbeln zwischen den Beinen und gewahrte ein erstes Aufzucken seines schweißfeuchten Glieds. Was tat er? Er legte sich auf den Tisch, auf den Bauch. Das nasse Holz war so heiß, dass die Haut es gerade noch ertrug.

»So ist es brav.«

Der Schlaksige, sein Schatten, hatte das Zweigbündel ins warme Wasser getaucht und begann das Werk an seinen Fußsohlen. Ein Geräusch, als wischte ein Reisigbesen über nachgiebigen Grund. Die Schläge folgten rasch aufeinander, blieben knapp unter der Schmerzgrenze. Und das Schreckgefühl, das in den ersten Momenten jeden Streich begleitete, verwandelte sich in ein beständiges Prickeln. Über die Fersen arbeitete sich Artjom an seinen Waden empor, deckte die Kniekehlen, die Schenkel, den Hintern ein; da hatte Bleuel längst die Augen geschlossen. Die Birkenreiser, frisch benetzt, fegten über seinen Rücken, und wer ihn behandelte, machte er sich kaum noch klar. Die Sängerin mit ihrer Haarpeitsche, die sie fest in den Händen hielt und keinem obszönen Traumgespenst überlassen würde. Und wenn nicht die Sängerin (weil das zu denken vermessen war), dann die Taigageister selbst, die auf ihm tanzten, um ihn als ihren Fang zu begrüßen.

Plötzlich aber wieder Artjoms Stimme: »Der Kosmonaut Leonow.«

»Dein Vater.«

»Was sagst du? Oh, nein«, der junge Mann lachte und tunkte die Zweige in die Wasserschüssel, »der nicht. Was für ein komischer Verhörer. Ich sprach von Alexej Leonow, unserm denkmalwürdigen Helden, der im All spazieren ging.«

Bleuel hustete.

»Nur raus mit dem ganzen Schleim, dafür bist du hier richtig. Also Leonow. Sein Spaziergang im Himmel, März 1965. Ist es dir fest genug?«

»Der wievielte März?« Die Gegenfrage auf einmal so schnell wie einer der Schläge, die er empfing.

»Warum?«

Weil Matthias Bleuel am 18. März 1965 geboren war. Aber das sagte er dann doch nicht. Sondern schwieg. Artjom schlug ihn zwischen den Schultern etwas härter und sprach weiter.

»Das Raumschiff hieß Woßchod 2. Sie hatten die Umlaufbahn erreicht, und Genosse Leonow stieg aus. An einer fünf Meter langen Leine hing er, insofern ist Spaziergang wohl leicht übertrieben.«

»Es war ja zu Sowjetzeiten.«

»Haha, das ganze Riesenland am Gängelband. Sowas meinst du? Matwej, das rührt mich immer besonders, wenn du Sachen sagst, die eigentlich nicht zu dir passen.«

Er peitschte Bleuels linken Arm, langsam bis zur Handfläche hinunter.

»Was hat Leonow gedacht, als er da neben dem Raumschiff schwebte? So weit weg war ich noch nie, hat er gedacht. So weit weg war noch keiner. Dies ist der Moment, auf den mein Leben zugelaufen ist und an dem es nun für immer aufgehängt bleibt. Das hat er gedacht, Matwej. Und vielleicht noch ein bisschen was Patriotisches für die Schulbücher.«

»Bestimmt«, murmelte Bleuel.

»Aber weißt du, was dann passierte?« Artjom wechselte zum andern Arm, beugte sich dafür weit über den Tisch, und irgendein Teil seines Körpers streifte den Liegenden an der linken Hand, die wegzuckte. »Leonow blähte sich auf. Er selbst merkte es gar nicht. Doch als er zurück in die Kapsel sollte, passte er nicht mehr durch die Schleuse. Nicht mit aller Kraft, nicht mit allem Geschrei. Keine Chance. Der Höhepunkt seines Lebens hatte ihn zu sehr anschwellen lassen. Da hing er an seinem Seil, da draußen, da oben, und konnte nicht mehr zurück.«

»Was erzählst du mir da?«

»Nichts als die Wahrheit.« Er hatte aufgehört zu schlagen, strich sich das nasse Haar aus dem Gesicht. »Er hat es dann noch geschafft. Aber nur weil er ein besonnener Mensch und ein Profi war. Er hielt seinen Mund und konzentrierte sich. Alle hochtrabenden Ideen ließ er sausen. Ich bin ein Wurm, sagte er sich. Und er suchte so lange, bis er an sich selbst ein Ventil fand, durch das er Druck ablassen konnte. Dann musste er mit dem Kopf voran in die Schleuse. Und sich so dünn wie möglich machen. Auf diese Weise gelang ihm die Rückkehr, mit größter Mühe und Geduld. So, dreh dich um!«

Bleuel schrak zusammen.

»Was ist denn los?«, lächelte Artjom.

»Ich weiß nicht – ich bin dafür nicht –«

»Aber du musst dich doch umdrehen, sonst kann ich nicht weitermachen. Oder willst du, dass wir jetzt schon tauschen?«

»Nein, also –«

»Ich mache noch einen Aufguss, und dann sehe ich hier deinen schneeweißen Bauch.«

In einem Ton gesagt, der keinen Widerspruch zuließ. Der Patient richtete den Oberkörper halb auf, beschwerlich, seine Arme waren kraftlos, und rollte sich auf den Rücken. Auf seiner von den Streichen geröteten Haut brannte die Tischplatte wie ein riesiges ABC-Pflaster. Artjom war mit der triefenden Rute zurück, hob sie theatralisch hoch über den Kopf, und Bleuel war sich im Nebel nicht sicher, aber ihm schien, dass er rasierte Achselhöhlen hatte. War das mittlerweile bei Männern üblich? Auch in Deutschland? Er hatte es nicht mitbekommen. Und was interessierte ihn Deutschland – war es in Sibirien üblich? Er konnte den jungen Mann ja fragen; wenn man nackt auf einer Werkbank lag und sich peitschen ließ, konnte man den, der peitschte, doch alles fragen.

»Die Legende vorhin an den Kalten Quellen – war das wirklich sie, oder warst es du?«

»Ich weiß nicht, was du meinst.«

»Die Geschichte von Mras-Su und Kara-Tom. Hast du wirklich das übersetzt, was sie erzählt hat, oder hast du irgendwas –«

Die Zweige fegten auf seinen Oberschenkeln. Ein lächerlicher Reflex, das war ihm selbst klar, aber er bedeckte sein Gemächt mit den Händen wie ein Fußballer beim Mauerbau.

»Motja, keine Angst, ich tu dir nichts.«

Doch die Hände wieder wegzunehmen war noch peinlicher, denn unversehens hatte sein Glied sich halb aufgerichtet. Zumindest fühlte es sich so an. Den Kopf zu heben, um nachzusehen, kam nicht in Betracht.

»Die Geschichte –«, wiederholte er mit versagender Stimme.

»Ich verstehe deine Frage nicht. Oder ich will sie nicht verstehen. Denn wenn ich es versuche, scheint sie mir wie eine Beleidigung zu klingen.«

»Nein, nein, das soll sie nicht.«

»Dann ist ja gut.«

Er hatte nur zweimal flüchtig Bleuels Leisten gestreift, ehe er zum Bauch überging.

»Und glaubst du, Mras-Su – nein, entschuldige: Ak Torgu! Was für ein komischer Versprecher. Also Ak Torgu. Die Legende. Ob sie damit wohl irgendwas gemeint hat?«

»Was denn zum Beispiel?«

»Ich weiß nicht. Irgendwas, das sie uns sagen wollte.«

»Ach. Das glaube ich nicht. Ich habe dir eben mit Leonow ja auch nichts sagen wollen.« Er legte die Zweige aus der Hand. »Jetzt tauschen wir aber wirklich. Das heißt, vorher darfst du dich von mir noch übergießen lassen.«

Es hatte zwischen den letzten Sätzen lange Pausen gegeben, genug Zeit, um Bleuels in Form spärlicher Inseln behaarten Brustkorb gründlich zu behandeln. Übergossen wurde er zweimal, und zwischendurch seifte er sich mit Shampoo ein, das auf der Werkbank bereitstand. Das Wasser floss zwischen den Bodenbrettern ab und versickerte in einer Erdgrube. Erfrischt und weichgeklopft griff der Neuling erst zur Kelle, um einen Aufguss zu machen, danach zur Birkenrute, um noch ein Stück weiter über den Stuttgarter Logistiker hinauszuwachsen.

Schon nach einem Gläschen Fünf Seen war dann, trotz einer Grundlage aus Pelmeni mit reichlich saurer Sahne, sein Drang, Ak Torgu allein zu begegnen, unbeherrschbar geworden. Und so zögerte er nicht, als sie nach dem Essen kurz hinausging.

»Ich muss was aus dem Zimmer holen«, sagte er zu Artjom. Ins Zimmer begab er sich dann wirklich (er und sein Schatten waren in einem Raum mit zwei Feldbetten untergebracht, der an die Küche grenzte und durch einen riesigen Wandteppich aus rot-weiß-beigen Blütenornamenten bestach), doch nicht um etwas zu holen, sondern um etwas nachzuschlagen. Als er das getan hatte, schlich er an der Küchentür vorbei in den Windfang.

War es eine gute Idee, dort auf sie zu warten? Wohl nicht. Zu nah dran; wenn etwas geschähe, würden es die andern gleich mitbekommen. Er trat hinaus unters Vordach, die Haustür quietschte ein wenig. Und er hatte nicht daran gedacht, dass er keine Schuhe trug. Die Erde war klamm.

Doch da sah er sie. Leise vor sich hin pfeifend kam sie heran, zwischen den dunklen Gemüsebeeten.

»Ak Torgu.«

»Oh. Matthias?«

»Da, da. I wanted – Ak Torgu, it's – wait –« Sie war stehen geblieben, zwei Schritte vor ihm, er räusperte sich wie ein Konfirmand beim Glaubensbekenntnis: *»Ja teb – tebja lub – ja lju –«*

»Matthias?«

»Sorry, sorry, – but I love you.«

Sie lachte leise, sagte noch einmal Matthias und dann etwas Längeres auf Russisch.

»It's – I really – I never felt this way before«, stammelte er weiter.

Wieder sprach sie russisch mit ihm. Legte den Kopf ein wenig schief, runzelte die Stirn, lächelte aber dabei. Er sah ihr Gesicht im schwachen Widerschein der Glühbirne aus dem Windfang, die Haustür stand halb offen.

»I love you«, wiederholte er. Und um sich selbst zu beweisen, dass er diesen Todesmut nicht nur in der Fremdsprache aufbrachte, fügte er noch »Ich liebe dich« hinzu.

Sie lachte, etwas lauter diesmal, ergriff seine beiden Hände und schaukelte sie leicht hin und her. Blickte ihn mit schief gelegtem Kopf an.

»Sorry. Sorry«, seine Stimme klang nach Frosch im Hals. Dann küsste er sie auf den Mund.

Seine Lippen auf den Lippen Ak Torgus. Seine Zunge und Ak Torgus Zunge. Ein Tasten. Ein paar Augenblicke. Und er war viel zu aufgeregt, um wirklich mitzubekommen, was der neue Bleuel da erleben durfte oder tat.

Sie nahm ihn bei der Hand, bis zur Tür, dort ließ sie ihn los, im Flur deutete sie kichernd auf seine feuchten Socken. Nun fiel ihm sein russischer Satz wieder ein: *Ja tebja ljublju.* Zu spät, ihn laut zu sagen, er konnte ihn nur unhörbar hauchen, während sie die Küchentür aufstieß. Ob es klüger wäre, ihr nicht gleich hinterherzutappen, fragte er sich erst, als er es schon getan hatte.

Die vier andern unterbrachen ihr Gespräch. Artjoms Blick hielt er nicht aus, und Sonja schien ihn noch amüsierter zu mustern als ihr Bruder. Er beeilte sich zurück an seinen Platz am Tisch. Ak Torgu wusch sich die Hände. Tatjana hob ihr Glas, und der Banjameister übersetzte: »Man soll die Rückkehrer immer feiern.«

»Auf die Kalten Quellen!«, prostete Bleuel zurück, weil sein Anflug von Verzagtheit plötzlich in lärmende Freude umschlug.

Ja tebja ljublju. Was hatte es zu bedeuten, dass die russische Sprache aus der schlichtesten Liebeserklärung einen solchen Zungenbrecher machte? Egal! Glücklich sah er die Sängerin an, die zwar einen Punkt irgendwo über ihm an der Wand zu fixieren schien, aber das mit freundlicher Miene.

Artjom hatte Bleuels Toast offenbar nicht übersetzt, und Jurij begann von etwas ganz anderem. *»Jewro«*, hörte und sah der weitgereiste Gast ihn mehrmals überdeutlich in seine Richtung artikulieren.

»Der *Euro*, eure Währung, drüben in der kleinteiligen Welt«, klärte der Dolmetscher auf: »Er hat gehört, dass alle Länder bei euch dasselbe Geld benutzen, aber er kann sich das nicht vorstellen.«

»Doch, doch, das ist heutzutage – also viele konnten sich das bei uns auch nicht vorstellen. Aber mittlerweile kommen wir ganz gut damit zurecht.«

Und er erläuterte dem nachsichtig lächelnden Vater der Zauberin, dass bei den Münzen immerhin jedes Land der Eurozone seine eigenen Rückseiten gestalte, dass aber dennoch alle Münzen in allen Ländern gültig seien. Und weil das erst recht nicht vorstellbar war, ging er nach dem dritten Glas Wodka ins Zimmer hinüber, um seinen Geldbeutel zum Beweis zu holen; dass er auf dem Rückweg eine Weile im Flur verharrte, an die Wand gelehnt, in der betrunkenen Hoffnung, Ak Torgu könnte ihm gefolgt sein, blieb sein Geheimnis. Und am Ende hatte er Jurij eine Münze mit dem Bundesadler geschenkt und als Gegengeschenk eine präparierte Zobelpfote erhalten, bei der es sich, wie bei dem Schnitzstäbchen für Fengler, um ein Hütertotem für Haus oder Wohnung handelte.

Haus oder Wohnung oder Nescht.

Man ging vor Mitternacht zu Bett, und einen weiteren Kuss durfte er an diesem Abend nicht erleben, immerhin noch einen langen und warmen Druck ihrer beiden Hände, und er flüsterte den Zungenbrecher dabei, doch seine Stimme versagte, allenfalls konnte die Angebetete seine Mundbewegungen lesen.

»Dobroj notschi.«

»Du hast mich betrogen!«

Vielleicht sagte Ilka es ihm nicht zum ersten Mal, vielleicht hatte er es bloß nicht mitbekommen, das Rauschen in seinen Ohren war so stark. Nun jedenfalls schrie sie es, »du hast mich betrogen!«, aber nicht wie jemand, der vor Wut laut wird, sondern wie jemand, der es mit einem Schwerhörigen zu tun hat.

Er erschrak. Stimmte doch nicht, er hatte sie nicht betrogen; diese eine Sache, nach dem Betriebsfest, ein paar schlüpfrige Worte und ein verunglückter Zungenkuss mit Frau Akyün aus der EDV, das war doch nichts dergleichen gewesen, da hatte er doch missachtet, dass er noch das Antibiotikum wegen der gerade überstandenen Mandelentzündung nahm, und in der Kombination hatten zwei kleine Biere ihn um den Verstand gebracht.

Ilka wollte das nicht gelten lassen: »Du hast mich betrogen!«

Ihre Augen glühten.

Also saß er weinend in der Banja, auf der Werkbank, seine Füße berührten den Boden nicht, und in der Hand hielt er ein Messer, mit dem man sonst Birkenzweige schnitt. Hier aber ging es nicht um Zweige, hier ging es um den Strunk.

Strunk, das Wort hallte in seinem Kopf wider; er war sich nicht sicher, ob er es jemals zuvor selbst benutzt hatte. Hier aber war klar, was es meinte, und dass es keinen andern Ausweg gab. Er wischte sich die Tränen weg, die gleich wieder nachschossen. Er nahm den Strunk, der dabei halb anschwoll, in die Linke und brauchte nicht genau hinzusehen, es ging auch so, mit einem einzigen sauberen Schnitt trennte er ihn ab – das Birkenmesser war scharf wie eine Machete.

Und da stand er, sein Körper so trocken, dass die Gliedmaßen bei jeder Bewegung raschelten wie Papier; stand vor zwei Feuern am Flussufer, die Hände um die Opfergabe gefaltet. Wohin damit? Die Flamme links vor ihm züngelte fliederfarben – Ak Torgu! Die Flamme rechts hellrot – Ilka. Die Formeln, die aufzusagen waren, die Geste des Darbietens, den Winkel, in dem man die Knie zu beugen hatte, um das Opfer in den Brand gleiten zu lassen: all das wusste er. Nur nicht, in welche Flamme. Die Aufregung. Er musste sich kurz sammeln, sich konzentrieren. Die Augen schließen. Doch in seinen Händen begann es zu rascheln. Er riss die Lider wieder auf, da hatte sich der Strunk seinem Griff schon entwunden, hob sich in die Luft, blauschillernd, um eilig davonzufliegen, die steile Böschung empor, über die Wipfel der Zedern, der Birken, der Ebereschen, und außer Sicht, von zwei schlanken, gläsernen Flügelpaaren getragen. Vor Bleuel aber brannten die Flammen still und pastellen weiter, und zwischen seinen Beinen tropfte das Blut auf die Bodenplanken, floss in einem dünnen Rinnsal ab und sickerte in die Erde.

Der innere Aufruhr des Erwachten ließ auch nicht nach, als er sich wieder fast sicher war, dass er Frau Akyün aus der EDV nie in fragwürdiger Weise angerührt hatte. Sein Atem ging heftig, sein Puls raste. Der Wandteppich sah im Dämmer aus, als dürfte man ihn nicht zu lange betrachten, weil einem sonst aus dem Blütenmuster eine riesige Fratze an den Hals spränge. Bleuel musste hinaus aus dem Zimmer, schnell. Er konnte von Glück sagen, wenn er Artjom noch nicht geweckt hatte; wer wusste, wie laut er in den ersten Momenten der Wirrnis gewesen war. Die Dielen ächzten unter seinen Schritten, der Dolmetscher schlief oder tat so.

Der dunkle Flur; kein Lichtschalter, den er sich gemerkt hätte. Aber es ging auch ohne, zu seiner Rechten erkannte er die krumme Treppe ins Obergeschoss, wo die andern schliefen (die andern, Punkt; Präzisierungen verboten), links war die Küchentür, von dort noch zwei Schritte, dann zwei Stufen hinab zur Tür zum Windfang.

Seine Stiefel. Ohne sie konnte er diesmal nicht weiter. In den Vorraum fiel ein fahler Schimmer von draußen, da fand er sie schnell. Als er ins Freie trat, fragte er sich, wo er das Messer gelassen hatte.

Ein klarer mondloser Himmel, an den Rändern schon blass, über steilen Giebeln und schwarzen Wipfeln. Bleuel ging auf einen schmalen Lattenbau am Rand eines wuchernden Sauerampferbeets zu. Im Fensterchen, ganz oben in der Tür, kein Glas, sondern graue Folie. Im Innern fast Finsternis. Noch immer war er ein wenig außer Atem, und der Geruch aus dem von flachen Balken eingefassten Loch über der Grube ließ ihn würgen. Was wollte er an diesem Ort? Die Pyjamahose hatte er schon heruntergelassen, in die Hocke gegangen war er noch nicht. Vielleicht half es, sich zu übergeben. Den Kopf nur ein bisschen tiefer über die Grube neigen, und es gäbe kein Halten mehr. Doch das tat er nicht. Dann sollte er wohl pinkeln. Aber schwierig: der Strunk war halb geschwollen.

Der Strunk. Wo kam er her? Er hatte ihn doch abgetrennt. Nein, hatte er nicht, der Traum war ausgestanden. Wahrscheinlich. Um ganz sicherzugehen, gab es nur eine Methode. Er musste prüfen, ob er sich die Heilung nur einbildete.

Die Banja, die Birkenzweige.

Ak Torgu auf der Werkbank, auf dem Bauch. Bläuliches Höschen. Über eine Hinterbacke etwas höher gerutscht als über die andere.

Ja, es reagierte. Das Birkenbündel in seiner Hand. Dafür brauchte man nicht in die Hocke zu gehen. Weitermachen, nicht zu schnell und fest genug, so, wie es sein sollte. Über ihre Schenkel, ihren Rücken, ihre Schultern. Gleichmäßig, in rascher Folge. Und wenn er die Handflächen erreicht hätte, würde sie sich umdrehen.

Es war so weit. Feierlich Luft anhalten. Ilka hatte sich umgedreht. War aber nicht liegen geblieben, sondern kauerte breitbeinig auf der Werkbank. Legte beide Hände zwischen ihre Beine, schob mit Daumen und Mittelfinger der Linken ihre Schamlippen auseinander. Zog mit der Rechten etwas aus ihrer Scheide hervor. Die Haarpeitsche. Bleuel wand sich, verbiss sich ein Wimmern. Doch nicht die Haarpeitsche. Nein! Einen dunklen Holzstab mit Schnitzereien. Das Totem aus Taschtagol. Zwei Kugeln in der Waffel. Es überlief ihn wie ein Schüttelfrost, er presste die Lider zusammen und schloss aus dem Tropfgeräusch auf dem Holz, dass ein Großteil dessen, was der Strunk ausgestoßen hatte, das Loch verfehlt haben musste.

Hektisch fingerte er nach dem Korb mit Zeitungsresten und einer Küchenrolle, den er rechts neben der Grube wusste, wischte blind über die einfassenden Balken, langte noch einmal nach dem Papier, wischte auch über die Bodenbretter und über die untere Hälfte der Tür.

Als er dann schwitzend zwischen den taufeuchten Beeten zurückstolperte, glotzte ihm hinter dem Banjaverschlag ein riesiges Tier entgegen.

Eine Kuh, nichts weiter. Eine helle Kuh mit einem Strick um den Hals, an dem Tatjana sie durchs Morgengrauen führte. Tatjana, die in der andern Hand einen Milcheimer trug und Bleuel mit heiserer, aber fröhlicher Stimme etwas zurief. Er erwiderte *»Sdrastwujtje«* und beeilte sich hinein. Er war schon an der Zimmertür und hatte sich längst in der Küche die Hände gewaschen, als er merkte, dass er die Gummistiefel noch anhatte.

Sie fuhren im Shiguli nach Myski, wo sie Ak Torgu bei ihrem Bruder absetzen, das Auto stehen lassen und in einen Zug umsteigen sollten. »Dann kannst du in Stuttgart behaupten, du wärst mal mit der Transsib gefahren«, schlug Artjom vor. Bleuel biss die Zähne zusammen. Nein. Nein, nein, nein. Stuttgart gab es nicht, Stuttgart spielte keine Rolle mehr. Das Schlimme war, dass die Zeit verrann. Was hatte er erreicht?

Den Kuss.

Der Kuss war Wirklichkeit, auch wenn er sich kaum erinnern konnte. Aber Wirklichkeit war auch das Ortsschild mit der Aufschrift Мыски, das sie gerade passiert hatten und dessen Bedeutung sich dem lauernden Fahrer durch das M am Anfang erschloss. Der fast überschwängliche Abschied am Gartentor der Sabanows war ebenfalls Wirklichkeit, das *Komm bald wieder, dieses Haus steht dir offen*. Doch der Kuss hatte sich nicht wiederholt, und Ak Torgu, die sich mit halb geschlossenen Augen neben Sonja im Fond zurücklehnte, würde binnen Minuten entschwinden, und dann? Bleuel fiel ein, dass er noch immer nicht wusste, was sie ihm auf die CD geschrieben hatte. Ein ums andere Mal versuchte er etwas zu sagen, brachte aber nichts über die Lippen; und nachdem sein Transsibsatz unbeantwortet geblieben war, schwieg auch Artjom.

Sie mussten nicht einmal mehr abbiegen. Vor einem Betonklotz in blätterndem Hellblau, den nur eine Pappelreihe und ein ungepflasterter Gehweg von der Durchgangsstraße trennten, rief die Sängerin plötzlich *»Wot, wot, wot«*. Bleuel bremste und ließ sich auf einen von Kratern durchsetzten Parkplatz hinter dem Gebäude dirigieren.

Sie stand beim Wagen, im Nieselregen, hielt ihr eingewickeltes Instrument am dünnen Hals. Er wartete, den Rucksack auf dem Rücken, ihre Reisetasche in der Hand, bis Artjom und Sonja sich von ihr verabschiedet hatten und unter die Pappeln geflüchtet waren.

»Matthias«, sagte sie, »Ak Torgu«, sagte er, sie sahen sich an, er sie flehend, sie ihn mit einem Lächeln, das ihm halb gerührt, halb spöttisch vorkam. Und er flüsterte *spasiba*, immer wieder, während sie in ihrem Mantel nach dem Schlüssel suchte. Als sie ihn gefunden hatte, sagte auch sie *spasiba*, wandte sich zur Haustür, er folgte ihr mit der Reisetasche und mit einem Kloß im Hals.

»I want«, brach es plötzlich aus ihm hervor, »I want so much to kiss you again.«

»Want what?« Sie hatte die Laute gegen die Mauer und sich gegen die Tür gelehnt.

»Kiss you«, wiederholte er so schnell es ging, damit ihm sein Schamgefühl nicht zuvorkam.

»Njet! Njet!«, rief sie empört. Und dann lachte sie schallend und zog ihn dabei an sich, umarmte ihn mit großer Kraft, reckte sich, küsste ihn.

Kein zaghaftes Antasten wie am Abend im Garten. Ein Kuss hart und ausdauernd, ein Kuss, über den er erschrak und der ihm die Luft nahm. Ein Kuss, nach dem sich sein Gaumen und seine Zunge fast wund anfühlten.

Ak Torgu drückte ihm einen Zettel in die Hand: »Here my telephone.«

Und ehe er noch etwas sagen konnte, war sie mit Kai-Komus und Reisetasche hinter der scheppernden Tür verschwunden.

Artjom und Sonja winkten; sie hatten unter den Pappeln einen Autofahrer gefunden, der sie für hundert Rubel zum Bahnhof bringen würde.

»Da sitzt er, unser Schützling, starrt verzückt ins Grüne hinaus, und wir können nicht wissen, was in ihm vorgeht, aber wir ahnen, dass er heftig phantasiert.«

Sie hatten das Zugabteil für sich allein. Bleuel reagierte nicht auf Artjoms Worte, wandte nicht einmal den Kopf. Der junge Mann fuhr fort: »Da sitzt er und starrt hinaus in seinen Abenteuerurlaub. Freut sich wahrscheinlich über die weltmeisterliche Weite unserer sibirischen Landschaften. Eine Weite, in der man Straflager so groß wie Städte verstecken kann. Und gut möglich, dass er sich ungezogene Gedanken über eine schorische Sängerin macht. Gut möglich, dass er in diesem verlängerten Wochenende hängen geblieben ist und dass es uns auch mit der größten Mühe nicht mehr gelingen wird, ihn zurück durch die Luke zu kriegen. Doch, doch, natürlich machen wir uns da Sorgen, Schwesterlein und ich. Sorgen und Vorwürfe. Dass wir nicht gut genug aufgepasst haben auf unsern komischen Vogel. Dass wir ihn erst auf dumme Ideen brachten und ihm dann zu viel Auslauf ließen. Da sitzt er und starrt hinaus, und wir können nicht wissen, was er sieht. Sein Forschungsgebiet. Da sitzt er, mit seinen Gummistiefeln an den Füßen – hast du es dir gemerkt, Matwej? *Sapogi* –, aber wir können nicht wissen, ob er uns hört. Vielleicht hört er das Lied der Wölfin, vielleicht will er gar nichts anderes mehr hören. Gut möglich. Ich quatsche und quatsche, und er starrt aus dem Fenster, als wäre ich ein zufälliger Bekloppter, der mit sich selbst redet und den man am besten nicht beachtet. Aber Matwej« – nun erhob er seine Stimme und legte eine Hand auf der Schulter des Träumenden ab – »kann es denn sein, dass du nicht einmal die wichtigsten Enthüllungen aus den Banjagesprächen erfahren willst, die deine Angehimmelte mit meiner Schwester geführt hat? Hm?«

»Doch. Doch.«

In Bleuels Stimme schwang Zweifel mit. Zu spät.

»Also die Kleine heißt Kiné.«

»Welche Kleine?«

»Ihre Tochter. Du hast sie doch auf dem Foto gesehen. Auf dem Foto, das Tatjana dir gezeigt hat.«

Das Kinderfoto in ihrer Brieftasche. Er hatte nicht mehr darüber nachgedacht, hatte es fast vergessen. Was er nun verspürte, da er es um die Ohren gehauen bekam, war ihm selbst unklar. Er hing in der Luft.

»Ki – Kilé?«

»Kiné. Ein schorischer Name. Im Juni ist sie drei geworden.«

»Und sie – ich meine – wir waren doch –«

»Die letzten Tage hat die Schwägerin sie gehütet. In Myski.«

»In Myski.« Bleuel rieb sich das Gesicht.

»Du willst wissen, wer der Vater ist.«

Er antwortete nicht. Artjom machte trotzdem weiter: »Ein Tuwiner. Ist dir das ein Begriff? Tuwa, ein Stück südöstlich von hier, an der mongolischen Grenze. Wo sie noch mit Dolch im Gürtel herumreiten und der Nationalsport Ringkampf ist. In ihren friedlicheren Momenten üben die Steppenbewohner die Kunst des Kehlkopfgesangs aus. Dabei hat sie ihn auch kennen gelernt. Er ist ein besonders muskulöses und eifersüchtiges Exemplar.«

Bleuel hatte mit gesenktem Kopf zugehört und verharrte noch eine Weile in dieser Haltung, den Blick auf den schmutzigroten PVC-Boden des Abteils geheftet. Dann straffte er sich plötzlich und sagte: »Du lügst.«

»Matwej?«

»Du lügst mich an.«

»Aha? Seltsam. Welchen Grund sollte ich denn dazu haben?«

Weil du mich beherrschen willst, dachte Bleuel, wandte aber stumm den Kopf wieder zur Scheibe. Sonja, die quer auf der Sitzbank gegenüber lag, die Beine angezogen, die Füße auf einer leeren Plastiktüte, und sich mit dem Display ihrer Kamera beschäftigte, nuschelte ihrem Bruder etwas zu. Artjom erwiderte etwas, dann seufzte er tief.

»Also gut. Ich gestehe, dass ich in diesem Fall ein bisschen ausgeschmückt habe. Selbstverständlich aus ehrenwerten Motiven, auch wenn du, Matwej, diese Motive nicht begreifen willst. In Wahrheit weiß Sonja so gut wie nichts über den Tuwiner, nicht einmal seinen Namen. Nur dass er Kehlkopfsänger ist, dass er in dieser Eigenschaft hin und wieder mit einer größeren Truppe tingelt und ziemlich weit herumkommt. Dass er in deinem Alter ist. Und dass er daheim in Tuwa Frau und Kinder hat.«

»Du sagst das alles nur, um mich zu quälen.«

»Huch! Was soll denn dies nun? Erst zwingst du mich zur ungeschminkten Wahrheit zurück, und jetzt bist du noch stinkiger als vorher und willst gar nichts mehr hören.«

Ich wollte von Anfang an nichts hören, dachte Bleuel und sah zum Fenster hinaus, wo gerade ein Rudel monströser Baumaschinen in einer klaffenden Erdwunde wütete. Obwohl das Fenster geschlossen war, drang beißender Pechgeruch ins Abteil.

Die Stimmen von Tuwa. Irgendsoetwas. Vage meinte er sich an Plakate zu erinnern, es musste in Stuttgart gewesen sein, vor vielen Jahren. Lange vor Ilka. Oberton, Unterton, irgendsoetwas. Er hatte ja keine Ahnung gehabt. Vielleicht war der Mann, der Ak Torgu ein Kind gemacht hatte, dem alten Matthias Bleuel viele Jahre zuvor einmal über den Weg gelaufen. Und der neue Matthias Bleuel konnte sich nicht helfen, er hatte von diesem Mann nun das Bild eines grimmigen Ringers im Kopf, mit nacktem, eingeöltem Oberkörper, mit Krummdolch im Pumphosenbund, den Schädel kahlrasiert bis auf einen schwarzen Zopf in der Mitte. Er hasste Artjom dafür.

»Vom Schamanismus soll ich dir also auch nicht erzählen.«

»Doch. Doch.«

Und er erfuhr, dass Ak Torgu tatsächlich zur Schamanin geweiht werden sollte, in ein paar Jahren, so hatten es ihr, unabhängig voneinander, zwei Heiler und Seher verkündet; der eine hatte sogar, ohne sie zu kennen, von einem Mal auf ihrem Bauch gewusst, in Gestalt einer Wolfsspur, und erklärt, das sei ein untrügliches Zeichen.

Wieder schaltete sich Sonja ein. Bleuel betrachtete dabei ihre Füße auf der Sitzbank, in knöchelhohen hellbraunen Wanderschuhen, von denen, wenn sie stand oder ging, nur die Sohlen und Spitzen unter dem Schlag ihrer Jeans hervorsahen. Er hatte Sonja nie anders als in Schlaghosen gesehen. In der laufenden Saison hatte Fengler keine mehr im Angebot. Nach Jahren. Auf die zweite große Zeit der Schlaghose schien eine Rückkehr der Karotte folgen zu sollen. Ausgerechnet. Würde Sonja umsteigen? Kaum vorstellbar. Sonja und Schlaghose, das passte so gut, als ginge es gar nicht anders. Hoffentlich hatte sie sich einen Vorrat angelegt, um über die mageren Zeiten hinwegzukommen. Ich muss Schuhe kaufen, dachte Bleuel.

»Du glaubst vielleicht, es sei eine Ehre oder feine Sache, Schamanin zu werden. Ak Torgu findet aber, es ist eine Last, sie freut sich nicht darauf. Die Kollegen sagen, sie muss es tun, und sie wird sich nicht entziehen können. Gewarnt durch das Beispiel ihrer Urgroßmutter.«

»Urgroßmutter?« Er bekam die Lippen kaum auseinander, vor Ärger darüber, dass Artjom an dieser Stelle wieder seine Kunstpause setzen musste.

»Sie wurde von den Geistern gefressen, weil sie die Gabe hatte, sich aber weigerte, mit der Trommel zu arbeiten. Darüber gerieten die Geister so sehr in Wut, dass sie ihr ein großes Loch in den Brustkorb bohrten.«

Wolfsspur, dachte Bleuel, und er musste kurz aufstehen, um im Rucksack auf der Gepäckablage nach der Zobelpfote zu tasten, die er zu dem hölzernen Totem in eine der Seitentaschen gelegt hatte.

»Kannst du Sonja fragen, ob sie in der Banja dieses Bauchmal gesehen hat?«

Artjom fragte.

»Meine Schwester findet es problematisch, über Dinge zu reden, die sie in der Banja gesehen hat.«

»Anders als über Dinge, die sie in der Banja gehört hat.«

»Ja.«

Wieder rieb sich Bleuel das Gesicht. Es kostete ihn Überwindung weiterzusprechen, zugleich konnte er nicht anders.

»Nochmal kurz – der Vater ihres Kindes. Du sagst ja, er ist mit einer andern – hat sie denn mit ihm noch –«

»Sie trifft ihn auf Musikfestivals, ein-, zweimal pro Saison. Und in ein, zwei Jahren soll er der Kleinen das Reiten beibringen.«

»Während die Große sich zur Schamanin machen lässt.«

»Sehr hübsch, Matwej. Aber jetzt hast du uns mal wieder genug gelöchert.«

Und um keinen Zweifel daran zu lassen, dass er den Spieß umgedreht hatte, wandte nun Artjom den Kopf ab und starrte beiseite. Weil er am Gang saß, konnte er sich dabei in kaum etwas anderes vertiefen als die Pressspanmaserung der Abteiltür. Bleuel blickte auf ein Panorama von verfallenden Holzhäusern mit Plastikfolien in den ehemals blauen Fensterrahmen und dachte: Von den Geistern gefressen.

Kemerowo, ein grauer Häuserblock in der Nogradskaja-Straße. Die Wohnung, in der er am Freitag seinen Koffer gelassen und die Sachen fürs Wochenende in Artjoms alten Rucksack umgepackt hatte, war diesmal gekapert. So kam es Bleuel vor, denn am Küchentisch saß vor einem leeren Glas ein Mann mit rotem Gesicht und unerträglicher Stimme. Er hatte, als Sonja die Wohnungstür aufschloss, einen heiseren Schrei ausgestoßen und redete nun im Schwall, ohne sich von seinem Platz zu rühren. Die Geschwister schienen entschlossen, ihn nicht zu beachten, während sie ihr Gepäck im Flur und in einem der drei anliegenden Zimmer abstellten. Selbst als Sonja an ihm vorbei ins Bad ging, tat sie, als wäre er nicht da. Der Neuling, der im Eingang seine Gummistiefel ausgezogen hatte, war zu solcher Illusion unfähig. Auch er musste ins Blickfeld des Mannes, denn sein Koffer stand am Rand eines Regals neben der Küchentür, und so trat er für einen Moment auf die Schwelle und murmelte, den Kopf leicht neigend, sein *Sdrastwujtje*.

Der Sitzende streckte den Zeigefinger nach ihm aus und wurde noch lauter. Er hatte vorquellende Augen, mochte fünfzig Jahre alt sein, ein verschwitztes graukariertes Hemd spannte sich über seinen Oberarmen, seinem Nacken und seinem Bauch. Natürlich verstand Bleuel kein Wort, er brachte es aber nicht fertig, sich abzuwenden. Der Zeigefinger war wieder gesunken, weil die flache Hand mehrmals auf den Tisch hauen musste, um ein rasselndes Gelächter zu untermalen.

Artjom berührte den Weitgereisten von hinten am Arm, schob ihn sachte aus dem Türrahmen, um drei, vier Worte in die Küche hineinzustoßen, in einem schneidenden Ton, den Bleuel von ihm noch nicht gehört hatte. Der Mann am Tisch steigerte sein Gelächter.

»Frag nicht, Matwej. Komm mit deinem Koffer hier rein, da kannst du in Ruhe zusammenpacken.«

Bleuel folgte ihm in das Zimmer, in dem schon das Gepäck der Geschwister lag. Ochsenblutdielen, verblichene Blümchentapete, eine beigefarbene Schlafcouch (darüber an der Wand eine große Deutschlandkarte in geografischen Grün- und Brauntönen), ein Schreibtisch, ein furnierter Kleiderschrank, noch ein paar kleinere Möbel.

»Euer Vermieter.«

»Was habe ich eben gesagt?«

»Du hast *Frag nicht* gesagt. Also habe ich nicht gefragt.«

»Zeig mal den Rucksack. Ist ja fast wie vorher.«

»Nein, nein. Da hängt der Schlamm noch drin, siehst du, hier unten, da an der Seite auch. Ich gebe dir Geld für einen neuen, hab ich doch gesagt.«

»Hör auf, bitte. Den tun wir einmal in die Waschmaschine und fertig, der hat schon ganz andere Sachen erlebt.«

»Über Geld müssen wir sowieso reden.«

»Sonja kriegt 1400 Rubel von dir, für die Sumpftour, damit hat es sich.«

Sie standen sich inmitten des Zimmers gegenüber, Artjom an der Lehne des Schreibtischstuhls abgestützt, Bleuel mit Blick auf Deutschland; sobald er sich darüber klar wurde, wandte er den Kopf zum Fenster. Das schien der Langhaarige gemerkt zu haben, denn er ließ die Lehne los und stellte sich so hin, dass Bleuel, wenn er ihn anschauen wollte, im Hintergrund wieder die Karte sah.

»Du musst fürs Übersetzen bezahlt werden.«

Artjom zuckte mit den Schultern

»Ich werde dich bezahlen, ich bestehe darauf.«

»Du kannst mich nicht bezahlen.«

»Natürlich kann ich –«

»Nein.«

Bleuel wechselte nun seinerseits die Position, trat ans Fenster.

»Ich verstehe es gut, wenn du keine Lust mehr hast. Aber für all das, was du bis hierher –«

»Von dir nehme ich kein Geld, Matwej.«

»Unterbrich mich bitte nicht immer.«

Schließlich fiel es ihm schwer genug, dieses Gespräch in diesem Moment zu führen. Dem Dolmetscher dankbar zu sein, nichts als dankbar, wie es sich gehörte. Seinem Lebensretter, seinem Schatten, dem Menschen, der glaubte, dass er Bleuel zu viel Auslauf gelassen hatte.

»Tausend Rubel pro Tag«, sagte er, ohne überlegt zu haben, wie viel das war.

Artjom prustete und schüttelte den Kopf. »Versuch es gar nicht erst.«

»Und was denkst du dir?«

»Du willst wirklich wissen, wie ich die Sache sehe?«

Nein, dachte Bleuel, will ich nicht.

Aber selbst schuld.

»Es ist höchste Zeit, dass du anfängst, nach dem Ventil an dir zu suchen.«

Nicht darauf antworten, ermahnte er sich vergeblich und hörte sich sagen: »Genau deshalb bin ich ja immer noch hier. Weil ich mein Ventil gefunden habe.«

Ganz am Anfang stand er. Noch weit davon entfernt, sich zurechtzufinden. Aber er durfte nicht verzagen. Und sich keine Angst einjagen lassen.

»Matwej, wirklich. Für so einen – wie sagt man? Irgendwas mit Trip, oder? – für so eine Macke hättest du dir jedenfalls nicht gerade diesen Ort –«

Er kam nicht zum Ende, denn die Zimmertür knallte gegen den Kleiderschrank, und der Schreihals stand breitbeinig im Raum. Eigens für seinen Auftritt hatte er sich etwas Silberblinkendes an die Brust geheftet, offenbar einen Orden. Er blickte hin und her, lachte, schlug sich auf die Schenkel. Stieß seinen Froschaugenkopf in Artjoms Richtung und machte dazu Gesten, die Bleuel obszön vorkamen. Der Langhaarige, wieder in dem schneidenden Ton, sagte etwas auf Russisch, dann plötzlich auf Deutsch: »Wann gehst du Arschloch endlich zugrunde?«, sodass Bleuel zusammenzuckte und die Worte für einen Augenblick auf sich bezog. Aber nein, sie mussten gegen den Mann aus der Küche gerichtet sein, und den schien die Fremdsprache in seiner undurchschaubaren Wut noch anzustacheln. Er ballte die Fäuste, und es sah aus, als wollte er auf Artjom losgehen. Stattdessen riss er schimpfend den Rucksack mit Bleuels Sachen vom Boden und bearbeitete mit der rechten Faust die Schlammspuren. Der Gast hatte Angst um seine Zobelpfote, doch mehr als *»Njet, njet!«* brachte er nicht hervor, während Artjom in einem Atemzug den Satz hinausschrie: »Bald wirst du krepieren, Dmitrij Andrejewitsch, dann kümmern wir uns drum, dass du so schnell wie möglich so tief wie möglich unter die Erde kommst, und dann feiern wir hier alle, ja, ja, Arschloch, keine Sorge, wir begraben dich in diesem Rucksack!« Und er fuhr auf Russisch fort, bis Dmitrij Andrejewitsch mit dem Rucksack nach ihm warf.

»Chwatit!«

Im Türrahmen hatte sich eine Frau aufgebaut, die klein, stämmig und schwarz gelockt, aber eindeutig Artjoms Mutter war. Die Nase, der Mund, das Kinn. Der Sohn legte den Rucksack, den er aufgefangen hatte, auf der Couch ab und machte eine wegwerfende Handbewegung. Sein Gegner pochte auf den Orden an seiner Brust und setzte zu einem neuen Redeschwall an, doch als die stämmige Frau noch einmal fauchte, verließ er den Raum.

»*Dobro poshalowat*«, sagte sie nun mit ausgebreiteten Armen zum grüßenden Bleuel und blickte erst ihm in die Augen, dann hoch zur Decke. Ihre Einladung zum Tee schlug er aus, obwohl er sie auf Anhieb sehr sympathisch fand und der Wüterich nicht in die Küche zurückgekehrt war, sondern sich in ein anderes Zimmer verzogen zu haben schien. Bleuel brauchte Zeit zum Nachdenken.

»Den Weg finde ich alleine«, beteuerte er, nachdem er das Geld für die Reise mit dem Touristenclub an die in eine fliederfarbene Hausanzug-Schlaghose umgestiegene Sonja losgeworden war. Er verabschiedete sich mit Handschlag und Verbeugung von ihr und von der Mutter, mit einem Kopfnicken von Artjom, und trat mit seinem Koffer ins Treppenhaus, ohne zu verstehen, was sich in der Wohnung gerade abgespielt hatte.

Im Hotel Anilin scheiterte er mit dem Versuch, seine Registrierung um mehr als sieben Tage auf einmal zu verlängern. Er erhielt dasselbe Zimmer wie zuvor und stellte, als er auf der rosa Überdecke lag und abwechselnd die zuckrige Küstenlandschaft an der Wand zu seiner Rechten und die beiden Saurier-und-Raumschiff-Drucke zu seiner Linken betrachtete, mit einem Gemisch aus Rührung und Stolz fest, dass es nun in Sibirien schon Orte gab, die ihm vertraut vorkamen.

Zeit zum Nachdenken. Doch obwohl es noch Nachmittag war und er großen Hunger hatte, schlief er nach wenigen Minuten ein und erwachte am Morgen in seinen Kleidern.

Im Frühstücksraum aß er seinen Teller leer, und die bucklige Eieranbraterin schenkte ihm zum ersten Mal ein Lächeln. Auch nachdem er Messer und Gabel abgelegt hatte, kam ihm kein Traum aus der Nacht in den Sinn.

Das war gut.

Ebenfalls gut, sogar sehr gut: dass er Ak Torgus Telefonnummer hatte. Schlecht nur, dass wieder kein Wunder geschehen und er über Nacht des Russischen mächtig geworden war.

Und noch schlechter, dass er seine Zuversicht am Frühstückstisch liegen gelassen zu haben schien; bis zurück ins Zimmer hatte sie ihn jedenfalls nicht begleitet. Er stand ohne sie vor dem zerwühlten Bett.

Wie sollte es weitergehen?

Was hatte er zu tun?

Da bin ich. Ja, da war er, kein Zweifel, und so war es richtig, vollkommen richtig. Der Kuss. Und der zweite Kuss. Aber was nun? Er in Kemerowo, sie in Myski. Bestimmt 200 Kilometer auseinander. Ein sibirischer Katzensprung. Er hatte ihre Nummer, es fiel ihm schwer, sie nicht sofort anzurufen. Aber würde ihm das Anrufen leichter fallen? *Priwjet! When will we meet again? Where can I see you? Ja tebja ljublju. I miss you so much. I'm longing for you.* All das auf dem Trockenen, ohne sie dabei zu sehen, ohne Blicke und Gesten, auf die man reagieren konnte. Das machte ihm Angst. Angst, aufdringlich zu wirken, Angst, ihre Antworten nicht zu verstehen, Angst, ein Tölpel zu sein. Und das Kind. Das kleine Mädchen. Kiné. Wollte sie, dass er es erfuhr, hatte sie damit gerechnet, darauf gebaut, dass Sonja es Artjom und Artjom es ihm sagen würde? Hatte sie gedacht, er wüsste es schon, als sie ihn vor dem Haus in Myski küsste? Wohl kaum, denn wann hätte Sonja es bis dahin weitersagen sollen. Hatte sie ihn nur geküsst, weil sie wusste, dass er es noch nicht wusste? Aber ihre Telefonnummer hatte sie ihm gegeben. Das war sehr, sehr gut. Handy oder Festnetz? Handy, hoffte er. Festnetz fand er unwahrscheinlich. Handy hieße, er könnte ihr eine Nachricht schreiben. *Thank you, thank you, thank you. I miss you so much.* Die kleine Tochter. Der Ringer aus Tuwa. Nein, von ausgeschlafen und zuversichtlich keine Spur mehr; Bleuel fühlte sich, als wäre sein Gehirn zu einem seiner Füße in einen der lächerlichen Gummistiefel hineingequetscht worden.

Wo konnte er neue Schuhe finden? Wie man in Kemerowo einkaufte, war ihm noch schleierhaft. Er hatte sich keine Geschäfte gemerkt. Die Apotheke nebenan, klar. Auch Galina Karpowas Büro würde er vielleicht alleine wiederfinden, die Halle mit der Arbeitskleidung irgendwo am Stadtrand gewiss nicht. Dumme Gedanken. Er musste Artjom anrufen. Aber es war erst halb neun. Sicher zu früh nach den letzten Tagen. Und er wollte nicht zu abhängig wirken. Nicht so abhängig, wie er war.

Er griff zu dem kleinen CD-Spieler, doch der ließ sich nicht mehr anschalten. Hoffentlich nur die Batterien. Er puhlte sie aus dem Gerät, steckte sie in die Jackentasche, weil er immer unsicher war, welche Sorte er brauchte. Dann floh er ins Freie, die Kirowstraße hinab, um den noch schlummernden Wunderpark herum zum Kai, es war ein kühler, aber freundlicher Mittwochmorgen. Zum ersten Mal fiel ihm auf, dass es sich bei einem sechsstöckigen beigefarbenen Quader am östlichen Rand des Parks um eine Geburtsklinik handeln musste. Auf einem Riesenplakat an der Fassade hielt unter einer gewaltigen OP-Lampe eine Frau in Weiß mit geübtem Lächeln ein wie Mumien eingewickeltes neugeborenes Zwillingspaar in den Armen.

Die Promenade war fast menschenleer, nur auf einigen Bänken wurden Räusche ausgeschlafen. Der schwarze Fluss. Kara-Tom, dachte Bleuel, und »Mras-Su« seufzte er, und noch einmal »Mras-Su«, aufs Geländer gestützt, zur Brücke blickend.

»Aber nein, *gospodin tschushoj,* da irren Sie sich mal wieder gewaltig.«

Artjom, aus dem Nichts neben ihm aufgetaucht.

»Hast du mich verfolgt?«, fragte Bleuel.

»Hast du mir aufgelauert?«, bekam er zurück.

»Morgenspaziergang.«

»Na sowas. Wie sich unsere Gewohnheiten gleichen, Matwej.«

»Ich will dich nicht stören, Artjom Wiktorowitsch.«

»Natürlich nicht. Gut geschlafen?«

»Aber eins wollte ich dich noch fragen.«

»Eins?«

»Wo kann ich hier in der Gegend Schuhe kaufen?«

»Ah. In Taschtagol.«

»In Taschtagol?«

»Ein Witz. Noch ein bisschen morgenschlaff, in ein, zwei Stunden werden sie besser. Dann haben auch die Schuhgeschäfte auf, und ich zeige dir, wie du es machst.«

»*Bolschoje spasiba.* Und noch etwas. Ist das hier eine Handynummer?«

»Zeig.«

Bleuel gab ihm den Zettel und vermied es, ihm in die Augen zu blicken. Auch noch, als Artjom verdächtig lange nicht geantwortet hatte.

»Nein, das ist keine Handynummer. Das ist überhaupt keine Telefonnummer. Es ist – kaum zu glauben. Ein alter KGB-Code. Der Code für Angehörige der Urbevölkerung, die es mit dem Kommunismus nicht genau genug nahmen.«

»Was?«

»Ach, Matwej. Ich bin ein grauenhaft schlechter Lügner. Also gut, es ist eine Handynummer.«

Wieder eine Halle, düster, abweisend, aber nur eine Viertelstunde Fußweg vom Kai. Ob ein Schild außen auf Geschäftstätigkeit hindeutete, konnte Bleuel nicht beurteilen, vielleicht waren auch Schaschlikbude und Kiosk neben dem Eingang die Anzeichen. Im schwach beleuchteten Innern drängten sich die Läden wie Basarstände, oft sparten die vollgestopften Regale nur ein winziges Thekenfenster mit einer Verkäuferin dahinter aus. Manche boten Kleidung an, manche Spielwaren, manche bestickte Schürzen und Matrjoschkas in den Farben des Kemerower Bandy-Teams, manche Computer und Elektronik, manche eine Mischung aus alldem. Als Bleuel ein Seufzer entfuhr, sagte Artjom: »Ein Ausflug in die Eingeweide unseres Städtchens, der den deutschen Forscher natürlich nicht mehr schrecken kann. Nächste Woche nehmen wir uns dann den Chinesenmarkt vor.«

Und damit im Schuhgeschäft, das in der hintersten Ecke der Halle zu liegen schien, die eisige Angestellte auftaute, musste wieder die Sumpfanekdote herhalten. Bleuel blieb ruhig, bis ihm die Dame, noch immer glucksend, auf Artjoms Anweisungen hin drei Paar Slipper vorlegte, eins dunkelblau-, eins dunkelrotglitzernd, das dritte aus weißem Wildlederimitat, und alle mit sehr spitzer Spitze.

»Was soll denn das?«

»Du willst doch hier dazugehören.«

»Aber doch nicht wie ein Zuhälter rumlaufen.«

»Soll ich ihr das übersetzen?«

»Nein, nein. Bitte. Verdammt.«

»Oho.«

»Ich möchte was Schlichtes. Braun oder schwarz, aber nicht so glänzend. Und vorne rund.«

Er verließ den Laden mit dem langweiligsten Paar Halbschuhe, das er je besessen hatte, und er hatte schon sehr langweilige Paare besessen. Zu seiner Verblüffung fand sich ein Hallenausgang nur wenige Schritte von dem Schuhgeschäft entfernt. Als er wieder draußen war, fielen ihm die Batterien in seiner Tasche ein.

»Wie lange wird es dir noch Spaß machen, mich an der Nase herumzuführen?«

»Die Frage könnte ich dir stellen.«

»So ein Blödsinn. Aber ich danke dir und werde dir immer wieder danken.«

»Das ist allerdings Strafe genug.«

»Und es tut mir leid, dass ich gestern diese peinliche Szene bei euch zuhause –«

»Schon gut. Dmitrij Andrejewitsch wird noch bis heute Mittag schlafen, und dann wird er ein paar Stunden lang fast nüchtern sein.«

»Er ist Soldat.« Das war Bleuel in diesem Moment eingefallen. Der alberne Orden an der Brust des Schreihalses.

»War Soldat. Im Range eines Majors unserer unbesiegbaren Streitkräfte im Alter von 46 Jahren ehrenvoll aus dem Dienst fürs Vaterland geschieden und für den Rest seines Lebens dem Generalsekretär Wodka unterstellt.«

»Und bei euch als Untermieter einquartiert.«

»Ja, so redest du dir die Welt zurecht. Dass es meinem niedlichen Mütterlein eingefallen sein könnte, nach dem Abflug ihres Wundergatten so ein Vieh zu heiraten, kommt natürlich nicht in Betracht.«

Bleuel schwieg. Sie schlenderten den Sowjetskij Prospekt entlang, die Sonne begann ein wenig zu stechen, aber noch nicht so, dass man die Jacken auszog.

»Liebst du das Meer, Matwej?«

»Warum?«

»Sag mal.«

»Ja. Doch. Ich mag das Meer.«

»Kein Ort in ganz Russland ist weiter weg vom Meer als Kemerowo. Kein Ort in Russland. Das heißt kein Ort auf der ganzen Welt.«

Seine Hände zitterten, er saß seit über einer halben Stunde an den paar Worten und däumelte gegen seine Angst an. *Hi, it's matthias. Thank you, thank you so much for taking me to chuvashka and to arshan! I would love to see you again. I am in kemerovo.*

War das gut genug, stand das Wesentliche drin? Als gälte es, eine Zauberformel zu treffen, ohne die es nicht weiterging, und er hätte nur diesen einen Versuch. Sollte er – genug Platz bliebe – der Botschaft noch seine Nummer hinzufügen, oder würde Ak Torgu dann denken, er hielte sie für beschränkt?

Als er seinen Text endlich abgeschickt hatte, wurde es noch schlimmer. Er blieb im Schneidersitz auf dem Bett hocken, vor dem Nachttisch auf dem Boden die neuen Schuhe, von denen ein leichter Klebstoffgeruch ausging. Zunächst überprüfte er ein Dutzend Mal, ob die Botschaft wirklich versendet, ob die Empfängernummer wirklich dieselbe war wie die auf dem Zettel, ob er die Zahlen auf dem Zettel korrekt entziffert und ob er keinen Fehler bei der russischen Vorwahl gemacht hatte. 007. Als hätte es sich ein Witzbold im Kalten Krieg ausgedacht. Wer legte eigentlich die Ländervorwahlen fest? Nein, keine Chance, diesmal gelang es ihm nicht, sich abzulenken. Das volle *Wenn*-Programm musste abgespult werden: wenn sie in der Hast die Nummer falsch notiert, wenn sie ihr Handy verloren, wenn er sich im Ton vergriffen hatte? Und wieder las er nach. Kein *I love you*, das hatte er bewusst vermieden. Nicht aufdringlich wirken. Andererseits, sein *Thank you, thank you so much for taking me to chuvashka and to arshan!*, klang das nicht, als würde er ihr nur als Fremdenführerin danken? *Thank you so much for singing with me.* Das hätte er dazuschreiben sollen.

Aber nicht einmal sie konnte er singen hören, selbst zum Batteriekauf war er zu dumm.

Und wenn alles nun plötzlich anders aussah in Myski oder wo auch immer, wenn nach dem verlängerten Wochenende eine Klammer zugegangen, ein Einschub beendet war? Der Einschub, in dem Matthias Bleuel der Neue, hervorgegangen aus einem Stuttgarter Logistiker auf unwahrscheinlicher Dienstreise, seinen Moment des großen Glücks genießen durfte, den Moment, an dem sein Leben nun für immer aufgehängt bliebe, den Moment, nach dem er sich bitteschön seinerseits aufhängen sollte? Wenn in Myski oder wo auch immer nun die kleine Kiné wieder bei ihrer Mutter auf dem Schoß saß und der Tuwiner vor der Tür stand, mit einem Strauß Steppenblumen in der Hand, mit gleißendem Lächeln, mit frisch geöltem, gutmütig wippendem Glatzenzopf, mit einem Oberkörper wie von einem schwulen hellenischen Meister gemeißelt? Oberkörper, Oberton. Liebesnächte in der Taiga. Was sollte ein käsiger Schwächling, der sich nicht einmal die Achseln rasierte, da noch zu melden haben?

Aber nein, ihr Geister, nein, das kann nicht alles gewesen sein für Matthias Bleuel! Nicht zwei Küsse, auch wenn es die zwei wichtigsten Küsse seines Lebens waren – Matthias Bleuel ist doch kein Teenager mehr. Matthias Bleuel braucht zu seinem Glück doch mehr als zwei Küsse und braucht doch ein Gegengift gegen die schamvolle Erinnerung an ein nächtliches Plumpsklo am Rand der Wildnis oder an den Schlaks mit der Birkenpeitsche, von dem ihn irgendein Körperteil an der Hand streifte!

Dreimal an diesem Nachmittag schreckten ihn Geräusche auf: ein Pfeifen aus dem Bad, aus einer Wasserleitung; ein anderes Pfeifen aus dem Flur, gefolgt von einem Ausruf, einem Hüsteln, einem Schlüssel im Schloss; ein Beben der Fensterscheiben, als ein Schwertransport die Straße passierte. Aber die ganze Zeit verharrte Bleuel in derselben Haltung auf dem Bett.

Irgendwann nach sechs dann das ersehnte Zirpen.

*I come kemerovo. day 25. see you? *AT*

Da drehte sich alles. Um ihn herum. Und zum Guten. Das Leben ging weiter, *day 25*, die nächste Landmarke. Er drückte *Antwort* und war übermütig genug, um zu reimen: *Tell me when, tell me where – i'll be there! Love, m*

Und hinaus an die Luft. Er würde Schaschlik essen im Park der Wunder. Und dann Bier trinken am Kai, ganz allein. Bis die Sonne sich hinter die Industrieromantik verzog. Die Jacke brauchte er nicht. Es versprach ein milder Abend zu werden.

»Herr Fengler, was für ein Glück, dass ich Sie persönlich an den Apparat bekomme! Bitte entschuldigen Sie die frühe Störung. Erst halb neun morgens bei Ihnen, nicht wahr?«

»Wer spricht denn da?«

»Bleuel – Matthias Bleuel!«

»Ach Herr Bleuel. Wie geht es Ihnen?«

»Gut geht es mir. Sehr gut. Gerade habe ich ein Päckchen an Sie abgeschickt. Taigablütenhonig und ein schorisches Totem.«

»Sind Sie heil und ganz von Ihrer Reise zurück?«

»Nein, ich bin – ich habe – ich muss noch –«

»Von wo rufen Sie mich denn an?«

»Oh«, er konnte das Kichern nicht ganz zurückdrängen, »uns trennen nach wie vor an die siebentausend Kilometer.«

»Bitte? Ich höre Sie nicht gut.«

»Ich rufe aus Kemerowo an.«

»Aus Kemerowo? Was ist passiert?«

»Nein, nichts ist passiert. Alles steht zum Besten. Ich bin nur – immer noch – und es kann auch sein, dass ich noch längere Zeit –«

»Wann kommen Sie denn wieder?«

»Das weiß ich nicht.«

»Herr Bleuel –«

»Herr Fengler, ich – es ist gut möglich, dass ich –«

»Wie bitte? Ich verstehe Sie so schlecht.«

»Ja, der Empfang. Ich stehe hier am Fluss. Aber was ich sagen wollte: es kann gut sein, dass ich gar nicht mehr nach Deutschland zurückkomme.«

»Gibt es keine Flüge? Stecken Sie in Schwierigkeiten?«

»Nein, nein, Sie verstehen mich ganz falsch.«

»Ich bin sicher, wir können Ihnen helfen!«

»Nein, nein, mir geht es wirklich sehr gut hier.«

»Sind Sie erkrankt?«

Bleuel war auf einmal sehr gerührt. Der Alte und seine Ausdrucksweise, diese Kleinigkeiten. *Sind Sie erkrankt?*

»Herr Bleuel?«

»Ich bin kerngesund!«

»Was ist mit Ihnen? Warum können Sie nicht zurück?«

»Es ist – es ist schwer am Telefon zu erklären. Ich werde Ihnen schreiben. Ich schicke dann auch Fotos mit.«

»Was machen Sie denn noch da, in Kemerowo?«

Nun musste er lachen: »Ich lerne Russisch. Russisch und Schorisch.«

Eine Pause entstand. Bleuel stellte sich vor, wie der Alte an seinem Zigarillo sog. Obwohl, um halb neun morgens noch nicht. Oder?

»Es wird uns schwerfallen, Sie länger freizustellen.«

»Das brauchen Sie auch nicht.«

Ein Seufzer Fenglers. »Wie meinen Sie das? Sie sagen doch –«

»Ich bin – es tut mir sehr leid, aber – ich muss wahrscheinlich kündigen. Schrecklich, das zu sagen, aber, haha – wissen Sie, mir ist etwas Unvorhergesehenes, also, wenn man das so nennen will, das klingt ja wie ein Unfall, in Wahrheit ist es –«

Er musste sich unterbrechen, weil er vergessen hatte zu atmen.

»Herr Bleuel, Sie reden wie im Fieber.«

»Im Fieber? Haha! Nein, nein, es geht mir wirklich prächtig. Stellen Sie sich vor, ich bin verliebt.«

Wieder eine Pause. Aus Bleuels Handy knatterte etwas wie eine ferne Salutsalve. Ein Abschiedsgruß, dachte er.

»Sie haben sich verliebt.«

»Ja. Ja. Ich schreibe Ihnen alles in Ruhe.«

»Wie machen wir denn nun weiter, Herr Bleuel? Sie sagen, Sie wissen nicht, wann Sie aus Kemerowo wegkommen. Ich bin in Sorge.«

»Es tut mir furchtbar leid. Ich will die Firma nicht im Stich lassen. Aber ich kann doch nicht anders.«

»Sie brauchen Hilfe, wollte ich sagen.«

»Bitte, bitte machen Sie sich keine Sorgen. Wirklich nicht. Es ist mir zwar entsetzlich peinlich, dass ich die Firma in die Bredouille bringe –«

»Jetzt hören Sie doch mal mit der Firma auf!«

Der gütige Patriarch. Doch Bleuel setzte nach: »Ist denn Herr Hüning –?«

»Herr Hüning ist, soweit ich weiß, eifrig bei der Sache.«

»Da bin ich ja – ich meine – ich schreibe Ihnen dann, ja?«

»Sie können wirklich überhaupt nicht sagen, wann Sie zurückkommen?«

»Ich kann nicht zurückkommen.«

»Sie können nicht?«

»Nein.«

»Was ist nur los mit Ihnen?«

»Naja, ich sagte Ihnen doch bereits –«

»Sie wollen hier alles hinschmeißen.«

Plötzlich in dieser Deutlichkeit. Nicht einmal mit Fragezeichen. Bleuel sah zur Brücke, über dem Fluss jagten sich zwei Krähen.

»Ja, Herr Fengler. Sie haben Recht. Ich schmeiße alles hin.«

Und gerne hätte er gehabt, dies wären die letzten Worte des Gesprächs gewesen, der Paukenschlag, doch es ging noch einige Minuten weiter, in denen Fengler von Vorschriften sprach, von zwölf Jahren in der Firma, von kritischen Momenten im Leben, von *mal ausspannen*, sogar von unbefristetem Urlaub und abermals davon, dass Bleuel Hilfe brauche, auch einen Arzt erwähnte er. Und irgendwann sagte Bleuel nur noch *danke, danke*, bis es endlich vorbei war.

day 25. Bis dahin blieben immer noch neun Tage, eine einsame Ewigkeit, eine große Geduldsprobe, eine Zeit voller Herausforderungen. So viel zu entscheiden. Zu regeln. Zu überstehen. Eine andere Unterkunft musste er finden. Das Hotel schlug, kaum zu glauben, mit über 90 Euro pro Nacht zu Buch, und dass Fengler für diese Kosten aufkäme (und sei es zumindest für die ersten Tage), konnte er nicht mehr erwarten und vor allem nicht mehr akzeptieren. Als Abtrünniger.

Bei dem Gedanken durchflutete ihn Dankbarkeit gegen den Alten, dessen Spleen ihn hierhergebracht hatte; ihm wollten geradezu die Tränen quellen. Nur durfte er sich dem weichen Gefühl nicht hingeben – er musste rechnen.

Aber konnte die Karte, die er dem Honig und dem Totem beigelegt hatte, auch nur eine Ahnung von dem vermitteln, was er zu sagen hatte? *Sehr geehrter Herr Fengler* – kein Dr., oder? Wieso war ihm plötzlich danach gewesen, *Dr. Fengler* zu schreiben? – *mit herzlichen Grüßen aus Kemerowo zwei ganz unterschiedliche Souvenirs von einer Reise, die all meine Erwartungen übertroffen und meinem Leben eine neue Richtung gegeben hat. Ich hoffe, der Honig bringt den Geschmack der Taiga auf Ihre Zunge. Bei dem geschnitzten Stab handelt es sich um einen schorischen Glücksbringer für Haus und Familie. Die Schoren sind ein sibirisches Urvolk (Turkvolk).*

Fotos folgen. Urvolk Turkvolk Fotos folgen: hatte er das wirklich so hintereinander gesetzt und nichts gemerkt? *Mit herzlichen Grüßen aus Kemerowo*, o weh, die herzlichen Grüße aus Kemerowo hatte er auch gedoppelt, *und herzlichem Dank für alles, Ihr*, nein, weit entfernt von dem, was er hätte sagen wollen, ihm schienen seine Worte steif und falsch, beizeiten musste er eine viel bessere Karte schicken. Mit den Fotos.

Matthias Bleuel war ein Mensch mit gewissen Rücklagen. Aber 90 Euro pro Nacht, das würde nicht lange gutgehen. Was tun? Artjom. Wieder Artjom, wie immer Artjom. Bei diesem Gedanken stellte sich keine Rührung ein. Artjom der Unvermeidliche, Artjom der Unüberwindliche. Für ein paar Nächte würde er den ruinösen Tarif noch stemmen müssen, so lange, bis er es über sich brächte, Artjom abermals um etwas zu bitten. Rücklagen. Das Girokonto, von dem er zehrte, kein wirkliches Polster. Ein Bankdepot hatte er noch. Und natürlich die private Zusatzvorsorge. Möglichkeiten. Aber beides weit weg, ein Leben weit weg, von hier aus könnte er gar nicht herankommen. Obwohl, vielleicht ließ sich das Depot telefonisch anzapfen, über Frau Meininger in der Filiale, seine Beraterin, die tat zumindest immer so, als würde sie ihn persönlich kennen. Er musste sie eh anrufen, um die Miete und andere Daueraufträge zu kündigen. Ihre Nummer hatte er nicht dabei, er würde sie herausfinden müssen, vielleicht über die Auskunft, vielleicht über den Rund-um-die-Uhr-Kundenservice auf der Rückseite seiner EC-Karte.

Und so viel zu lernen. Auf dem Weg vom Postamt hatte er eine Buchhandlung gefunden, und es war ihm gelungen, dort ein Wörterbuch zu kaufen. Nun versuchte er russische Substantive zu büffeln. Das würde, hoffte er, zum Einstieg reichen, in Verbindung mit seinen paar Alltagsphrasen aus *Russisch Wort für Wort*. Die Grammatik schien äußerst widerspenstig, er las vom Unterschied zwischen vollendeten und unvollendeten Verben, erfuhr, dass es sechs Fälle gab und dass das Beugungssystem sich nicht nur in männlich, weiblich und sächlich einteilte, sondern zudem die Kategorien belebt, unbelebt, weiche Endung und harte Endung umfasste. Als Einzelner hatte man da keine Chance. Zumal schon die Hauptwörter schwer genug waren und er sie ja auch erst entziffern musste. Гостиница, das Hotel, комната, das Zimmer, деньги, das Geld, духи, die Geister, песня, das Lied, волчица, die Wölfin. Дочь, die Tochter. Обувь, die Schuhe.

Die Schuhe drückten. Entschlossen, sich zumindest im Zentrum von Kemerowo zu Fuß sicher zurechtzufinden, und darauf angewiesen, irgendwo herumzulaufen, wenn er in dem Zimmer nicht verrückt werden wollte, hatte er einen halben Tag lang die Warnzeichen ignoriert, und nun war ein zweiter Apothekenbesuch fällig. Blasenpflaster stand nicht im Wörterbuch. Aber Боль, der Schmerz. In Verbindung mit Обувь und einigem Gestikulieren und Nicken und Schulterzucken reichte das aus, um zu bekommen, was er brauchte. Er fühlte sich bestärkt.

Ein schwarzhaariges Kind mit riesengroßen Augen. Дочь, Kiné. Neben Bleuel auf dem Kai, er hielt sie an der Hand. Liebst du das Meer, fragte er sie, und er fragte es auf Russisch. Doch sie war so klein, dass sie nicht über die Balustrade blicken konnte. Also ging er in die Knie, um sie hochzuheben. Und da schien ihm, dass mit ihren Augen etwas nicht stimmte. Sie hatten keine Farbe, nicht schwarz, nicht braun, nicht blau. Zwar ging die Sonne unter, aber sie gab doch noch genug Licht, um eine Augenfarbe zu erkennen! Das Stück glühender Kohle, das unter der Kindernase schwebte, war schließlich auch nicht zu übersehen. Bleuel bekam Angst. Zumal in seinem Kopf eine Stimme zu dröhnen anfing: »Irrweg! Irrweg! Du wirst die Kleine verlieren!« Er hockte vor Kiné am Geländer und riss sich zusammen. Nicht provozieren lassen. Die Angst besiegen. Nach Lösungen suchen, den richtigen Weg finden, die nächsten Schritte tun. Ein inneres Ringen. Er war schlecht vorbereitet, kannte sich überhaupt nicht aus, aber er konnte es doch schaffen! Ja. Er schaffte es. Die Stimme in seinem Kopf wurde leiser, und zugleich schwoll aus einer anderen Richtung Ak Torgus Gesang an. Noch ein bisschen warten. Ein bisschen nur. Sich nicht regen. Hocken bleiben. Es wurde immer besser.

»Wo ist deine Mutter?«, fragte er die Kleine, als er es für an der Zeit hielt. Da loderten ihre Augen hell auf, sie schien plötzlich mit der Balustrade zu verschmelzen, ihre Hände, ihre Füße, ihr Kopf nur noch flüchtige Auswüchse des rotglühenden Eisengeländers; und ehe sie ganz darin verschwand, brüllte sie: »Gasprom!«

Das Erwachen war entsetzlich.

Aber nach kurzer Zeit lichtete sich das Grauen und machte einem fast frohen Gefühl Platz. Bleuel fand, es war das erste Mal, dass er von Ak Torgu geträumt hatte. So oft ihm zuvor ihr Gesicht erschienen oder ihre Stimme in seinem Kopf erklungen war: aus seinen nächtlichen Träumen war sie verbannt geblieben. Den Alp in Tschuwaschka wollte er nicht gelten lassen. Nein, dieser Traum vom unbekannten Töchterlein war der erste. Der erste, in den Ilka sich nicht einmischte. Denn die Stimme, die »Irrweg! Irrweg!« gerufen hatte, musste nicht Ilkas, sondern mochte ebenso gut die von Fengler sein oder die von Artjom; oder die des alten Matthias Bleuel, der es nicht lassen konnte.

Ein weiter Weg. Die ersten Schritte hinter der Schwelle. Langsam, aber sicher. Und nächstes Mal würde es schon besser gehen. Nächstes Mal würde er die Kleine retten!

I miss you so much. I had a dream about your daughter. I would love to know the little girl. I love you.

Am Morgen wusste er nicht, ob er das abgeschickt hatte. Oder überhaupt geschrieben. Er hatte die Sätze deutlich im Kopf, doch im Ordner *Gesendet* auf seinem Handy fand er sie nicht, auch nicht unter *Entwürfe.* Was er aber fand, als er sein Kissen aufschüttelte, war die Zobelpfote, die darunter gelegen haben musste. Bleuel wunderte sich.

Глаза, die Augen. Нос, die Nase. Душа, die Seele. Шаман, der Schamane.

Als später am Tag sein Telefon klingelte, hatte er es sofort zur Hand, denn er rechnete mit Frau Meininger, der Bankberaterin, der er Gesprächsbedarf hatte ausrichten lassen.

»Ja, Bleuel.«

»Ja, Bleuel«, äffte sie ihn nach: »Was soll das, dass du mich nicht zurückrufst?«

Er zögerte; er hatte sie tatsächlich nicht gleich erkannt.

»Wieso zurückrufst? Ah, du hast mich auf dem Festnetz – aber das konnte ich ja nicht wissen.«

»Wo bist du denn?«

»In Sibirien.«

»Was redest du da?«

»Habe ich dir doch neulich erklärt.«

Vielleicht nur ein kleines Funkgeräusch, wahrscheinlich aber ihr verächtliches Schnalzen.

»Ach, ich erinnere mich. Dienstreise. Immer noch?«

»O ja.«

»O ja.«

Hatte sie ihn früher auch nachgeäfft? Er meinte nicht. Früher hätte sie das nicht nötig gehabt.

»Da scheinst du ja endlich was zu haben, worauf du stolz sein kannst.«

»Ja, habe ich.«

Hier hätte er gern ruhig und überlegen geklungen, aber das wäre zu viel verlangt gewesen; er konnte zufrieden sein, dass es ihm gelungen war, so knapp zu bleiben. Er war nicht darauf angewiesen, ihr etwas brühwarm aufzutischen. Wenn sie es genauer wissen wollte, konnte sie ja fragen.

»Und was soll das, dass ich jetzt Mahnungen über deine Stromrechnung kriege?«

»Oh.«

»Bist du darauf auch stolz?«

»Nein, das ist ein Versehen.«

Erstaunlich: er hatte immer noch nicht den Dauerauftrag für den Energieriesen eingerichtet! Ein so gewissenhafter Mensch wie Bleuel.

»Ich habe es vergessen. Aber sag denen doch einfach, dass du damit nichts mehr zu tun hast.«

»Na vielen Dank. Ich finde, ich sage denen gar nichts, sondern du kümmerst dich gefälligst drum.«

»Ich kümmere mich um gar nichts, ich bin in Sibirien.«

»Spinnst du?«

»Spinnst du?«

Geschafft! Er hatte sie nachgeäfft. Und sie brauchte einen Moment, bis sie antworten konnte.

»Matthias, ich habe es satt. Ich habe es wirklich satt. Ich will nichts mehr mit dir zu tun haben.«

»Warum rufst du mich dann an?«

Doch, er konnte zufrieden mit sich sein.

»Sehr witzig. Ich rufe dich an, weil du versuchst, mich deine Stromrechnung bezahlen zu lassen.«

»Nein. Deswegen müsstest du mich nicht anrufen. Du müsstest denen einfach nur sagen, ich wohne da nicht mehr, das könntest du ja auch beweisen, und dann könnte es dir egal sein, was passiert.«

»Und warum, verdammt nochmal, hast du den beschissenen Dauerauftrag nicht längst eingerichtet?«

»Auch das kann dir egal sein.«

Er hörte sie nach Luft schnappen, ehe sie schimpfte: »Ich finde es zum Kotzen, wie du dich aufspielst.«

»Ich spiele mich nicht auf. Ich habe den Dauerauftrag vergessen, weil mich das alles nicht mehr interessiert.«

»Hast du jetzt auch noch einen an der Klatsche, zu allem Überfluss?«

»Nein, nein. Ich kann dir sagen, was ich habe. Ich habe das Nescht endlich verlassen. Endlich und endgültig.«

»Du bist krank.«

»Das sagst du jedes Mal. Aber freu dich doch. Du hast das Nescht verlassen, nun habe ich das Nescht auch verlassen, alles ist vorbei, alles ist gut.«

»Es ist schon lange alles vorbei. Bloß ich kriege immer noch deine Rechnungen.«

»Ja, das tut mir leid. Ich habe es verschusselt. Aber stell dir vor: in meinen Träumen, haha, in meinen Träumen führst du Pornotänze auf.« Er sprach immer schneller. »Das ist schlimm, das ist eine Quälerei. Da räkelst du dich und machst die Beine breit und ziehst dir irgendwelche Sachen aus der Scheide. Du! Haha! Aus der Scheide. Aus der.«

»Matthias –«

Sie klang, als könnte sie es nicht fassen. Zittrige, fast versagende Stimme. Keine Frage, sie konnte es wirklich nicht fassen. Auch er selbst konnte es nicht, doch er war noch nicht fertig: »Hast du jetzt wenigstens jemanden gefunden, der es schafft, dir ein Kind zu machen?«

Da drückte sie das Gespräch weg.

Er rang um Atem, als wäre er um sein Leben gelaufen. Aber nein, korrigierte er sich: ich bin nicht geflohen. Diesmal nicht. Ich habe mich gestellt. Habe, zur allgemeinen Verwunderung, meine Ketten gesprengt und gekämpft. Bin in die Offensive gegangen. Nun ist der Weg frei. Endlich. Der Weg ist frei!

Weil ein minderjähriges Paar auf der Promenade sich nach ihm umgedreht hatte, sogar stehen geblieben war, damit der kurzgeschorene Junge einen Kommentar abgeben und das Mädchen in schwarzem Jeansmini und mit freiliegendem Nabelpiercing übermäßig kichern konnte, wurde Bleuel bewusst, dass er laut sprach. Er hustete, beschleunigte seine Schritte. Das Lied der Wölfin hätte er gerne angestimmt, er fand, dass es besser passte als je zuvor.

Mein Gemüt ist zornig, nehmt euch in Acht
Kommt mir nicht zu nah

Obwohl, zornig war er eigentlich nicht. Aber furchtlos und eigenmächtig daherschreiten wie die Wölfin, das wollte er. Seinen Weg gehen, an keiner Leine mehr hängen, wissen, wohin, unbeirrbar. Und wer ihn aufhalten wollte, o ja, der sollte sich in Acht nehmen!

Er sang das Lied nicht wirklich laut. Brummte es vor sich hin, die Kirowstraße hinauf, auf dem Sowjetskij Prospekt schwieg er wieder. Keine Angst, beschwor er sich, keine Angst mehr. Doch wenn nicht Angst, so war es zumindest Beklommenheit, die sich in ihm breitmachen wollte. Er versuchte sich zu wehren, sich an dem Wolfsgefühl festzuklammern – es war doch da, er hatte es doch erreicht, es konnte ihn doch nicht wieder verlassen!

Schlechtes Gewissen wegen Ilka, wegen seiner gehässigen Worte? Nein, das nicht. Ilka konnte er nicht mehr verlieren, er hatte sie längst verloren. Und endlich, endlich hatte er einmal so zu ihr gesprochen, dass es auch für ihn selbst keine Möglichkeit mehr gab, das Ende zu leugnen. Vielleicht konnte sie ihn nun in Ruhe lassen, gebannt, abgeschmettert! Er sollte zufrieden mit sich sein.

Doch er allein war zu schwach, um die Wölfin in sich zu halten. Er brauchte Hilfe. *Ak torgu, it's so good to know you are there!*, tippte er, *I miss you a lot. How are you, what are you doing? I'm in kemerovo waiting for you. Love, m.*

Obwohl er vier Blasenpflaster geklebt hatte, peinigten ihn seine Füße. Er musste trotzdem weiter, konnte in diesem Moment weder irgendwo im Unbekannten innehalten noch zurück in seinen kostspieligen rosa Käfig. Und *aftobus* und *marschrutka* durchschaute er nicht, er musste seine Route selbst marschieren, rechts in die Nogradskaja, über den Schmerz hinweg, über den Theaterplatz hinweg; und um kurz vor fünf an diesem sibirischen Samstagnachmittag, als das Eckhaus, auf das er es abgesehen hatte, gerade in Sichtweite kam, kam ihre Antwort: *I'm on altai. Music festival. Kemerovo day 25. *k*

**k*, nicht mehr **AT.* Nun nannte sie sich selbst Katja. Wollte sie, dass auch er sie Katja nannte? Katja Sabanowa. Er sah wieder ihre Mutter vor sich, wie sie den Namen aussprach, am Teetisch in Tschuwaschka. In ernstem Ton, fast mahnend, fast fordernd, wie eine tiefere Wahrheit, die man nicht verwischen sollte; eine Elternwahrheit. Und vielleicht wollte sie, dass er, Matthias, sich nun ebenfalls an diese Elternwahrheit hielt, vielleicht war es ein gutes, ein wichtiges Zeichen, dass sie ihm nicht mehr unter ihrem Künstlernamen gegenübertrat, so bedauerlich er das andererseits fand. Katja hießen ja viele, sogar in Stuttgart, Weiße Seide hieß nur sie. Dann wiederum: sie Weiße

Seide, er Matthias – das stimmte doch auch nicht überein. Da müsste er sich schon Grauer Wolf nennen. Oder Grauer Tanzbär. Oder Der auf vier Blasen läuft.

Doch wieder wollten seine Gedanken nicht spielerisch bleiben, sosehr er sich über ihre rasche Antwort freute. Im Altaigebirge war sie, auf einem Musikfestival. Sie trifft den Tuwiner ein-, zweimal pro Saison. Und das muss ausgerechnet jetzt sein! Altai, Altai. Die unvergessliche Aussicht, die man nicht gehabt hatte, am Wandertag, vom Grabhügel aus, wegen des Nebels. Der Weg ist frei?

– Ak Torgu oder Katja, wie geht es meinem Töchterlein?

– Sie vermisst ihren Vater, den weitgereisten Sänger und berittenen Athleten. – Und was ist mit ihrer Mutter?

– Ach, ihre Mutter hat einen andern Weitgereisten kennen gelernt. Einen untrainierten Deutschen, der mit nach Arshan fuhr, dort an die heiligen Bäume pisste und nachts noch das Haus ihrer Eltern mit seinen Gummistiefeln besudelte.

– Ist das wahr?

– Ausdenken würde ich mir so etwas nicht, Ringkämpfer.

– Potztausend! Wenn du wirklich so verzweifelt bist, dann bleibt mir nichts anderes übrig als dich und Kiné in die tuwinische Steppe zu entführen und dort für euch zu sorgen.

Aufhören, aufhören, aufhören! *day 25*, eine Woche noch. Und sie hatte ihm doch gleich geantwortet.

Das Fenster mit der bunten Krepprosette. Seine Hand am Türknauf. Was hatte er hier zu suchen? Nun, da es zu spät war, fiel ihm auf, dass er es nicht wusste. Er stand am selben Fleck wie einst mit Urkunde und Pralinen, nur diesmal mit leeren Händen. Fürs Erste ging er in Deckung hinter Kundschaft: einer Frau mit rundem Rücken und strengem Vogelgesicht und einem Mann, der ihm beim flüchtigen Umschauen einen Zwirbelschnurrbart entgegengeschwenkt hatte. Was wollte er hier? Etwas bestellen, bessere Schuhe? Dass es ihm im Grunde um Artjom ging, nachdem es die letzten Tage nicht geklappt hatte, ihn wieder beim Morgenspaziergang zu erwischen, mochte er sich nicht eingestehen.

Nun hatte Natalja – allein im Dienst, ihr schwarzes Haar zu einem losen Knoten geschlungen – ihn bemerkt. Erbleichend stammelte sie eine Begrüßung, vielleicht auch ein Stoßgebet, eine Abwehrformel gegen Geister, die einen am Arbeitsplatz heimsuchten.

»Überraschung! Ich bin immer noch hier. Verrückt, oder?«, begann er, sich vor dem geschwungenen Schreibtisch leicht verbeugend. Und als er den Kopf wieder heben wollte, konnte er den Blick nicht von ihrem Dekolleté losreißen. »Ja, eine verrückte Geschichte«, setzte er hinzu.

Der Mann mit dem Schnurrbart hatte Reißaus genommen, die Frau blätterte auf dem Sofa unter dem Fenglerplakat in der *Summer-Feelings*-Kollektion.

»Verrückt? Oh. Was passiert?«

»Ach, Natalja. Eine lange Geschichte. Ich bin so froh, so froh, dass ich hier bin. Bitte wundere dich nicht.«

»Gut?«

»O ja! O ja, sehr gut. Und nun wollte ich eben mal schauen, wie es euch so geht. Im Büro.«

Noch immer haftete sein Blick an den zwei weichen weißen Halbkugeln, die aneinander geschmiegt in einem engen strassbestickten Polyamid-T-Shirt nisteten, von einem schwarzen Blazer umrahmt. Natalja antwortete: »Gut. Gut im Büro«, wobei sie errötete und unwillkürlich die Schultern hochzog. Diese Geste bemerkte Bleuel, und es gelang ihm, seine Augen abzuwenden; unkontrollierbar aber blieben die Worte, die ihm aus dem Mund drangen: »Du bist ein Busenwunder, Natalja, ein Busenwunder.«

Sie lächelte unsicher.

»Summer Feelings«, fuhr der Wundergläubige fort, deutete hinter sich auf die blätternde Dame: »Die Kollektion ist schon nicht mehr lieferbar. Seit Mitte Juli. Ich sage es nur, damit es da keine Enttäuschungen gibt. Jetzt haben wir die *Autumn Dreams* im Programm. Also Herbstträume. Die Beilage im aktuellen Katalog. *Autumn Dreams.*«

»Fengler«, sagte Natalja leise, »Fengler«, nickte Bleuel. Dann schwiegen sie beide, und er musste wieder auf ihre Brüste starren. Raus hier, ermahnte er sich. Doch er war unfähig, sich zu rühren. Also fragte er sie, wie es der Familie gehe, bekam ein weiteres leises »Gut« zur Antwort, bewegte sich plötzlich doch, stolperte noch näher an den Schreibtisch heran, streckte die Hände vor, weil ihn der Drang überkommen hatte, sie zu umarmen. Ihr entfuhr ein erschrockener Laut, und sie stieß mit der Lehne ihres Drehsessels gegen die Wand.

»Sie hängt ein wenig schief.« Er deutete auf die Urkunde über ihr, die vom Alten, nicht die im Plastikrahmen. *»Do swidanija*, Natalja, *do swidanija!* Grüß bitte die andern von mir – Galina – und Ljuba.«

Und nach einer letzten kleinen Verbeugung eilte er unter Schmerzen hinaus.

Er fand sich leicht verwirrt. Ilkas Anruf, Ak Torgus Nachricht, Nataljas Busen. Einiges auf einmal stellte das neue Leben mit Matthias Bleuel an. Schritte, Schwellen. Sicher alles wichtig, hoffentlich alles richtig. Man sollte wohl aufpassen, dass man sich nicht verhedderte. In so einem Moment, in so einem Stadium. Zweifellos war es besser, wenn er den Sonntag über in seiner rosa Zelle blieb, nicht nur wegen der Füße. Russische Hauptwörter lernen. Zur Ruhe kommen. Er trat in einen Supermarkt und bevorratete sich: Wasser und Saft, Chips, graues Brot, zwei Tüten Trockenfrüchte, Schokolade, ein gebratenes Hähnchen. Eine Flasche Wodka, deren Etikett er wiedererkannte. Пять озёр. Das musste *Fünf Seen* heißen.

Es war Mittwoch geworden, und er konnte sich die Frage, ob ihn Frau Windischs Anruf mit der Nachricht von Hans Walter Fenglers Tod wirklich an einem der letzten Tage erreicht hatte oder Teil eines seiner fiebrigen Träume gewesen war, nicht beantworten. Wie verhielt man sich in solcher Lage? Abwarten, entschied er. Die zweite Karte noch nicht schreiben. Es würde weitere Signale geben, oder weitere Träume, es würde sich alles klären. Der Reihe nach. Письмо, der Brief, терпение, die Geduld, смерть, der Tod. Dringlicher war allemal die Frage, warum er sich von den Angestellten des Hotels Anilin misstrauisch beäugt fühlte. An diesem Morgen ging es so weit, dass er das Gefühl hatte, die Frau am Empfangstischchen lauerte ihm auf; also stürmte er den letzten Treppenabsatz ins Hochparterre hinab, als hätte er es furchtbar eilig, und stob unaufhaltsam an ihr vorbei zur Tür. Ihm schien, sie versuchte etwas zu ihm zu sagen oder stemmte gar die Hände in die Hüften. Aber da war er schon draußen. Und er trug die Knöpfe im Ohr, die Batterien des Geräts hatte er gewechselt.

Schon von weitem sah er Artjoms dunkle Gestalt am eisernen Geländer stehen, die Ellenbogen aufgestützt, in den Fluss blickend. Er verlangsamte seine Schritte, wartete, bis sein Atem ruhiger ging, ließ den Lehnenden keinen Moment aus den Augen. Ein windiger Morgen, doch der Wind war muffig wie aus einem Autogebläse. Der Auswurf der Schlote jenseits der Brücke machte sich unangenehm bemerkbar, bis hin zum alarmierenden Kratzen im Hals.

»Sdrastwujtje.«

»Matwej. Sieh an. Du hast es lange ohne mich ausgehalten.«

»Wie geht es dir?«

»Oh, ist heute in Deutschland ein Feiertag?«

»Warum?«

»*Wie geht es dir?* Das hast du mich noch nie gefragt.«

»Was? Ich habe doch –«

»Nein, Matwej, hast du nicht. Es ist das erste Mal. Wie es mir geht, hat dich nie interessiert.«

»Stimmt nicht!«

»Überleg mal. Es dreht sich doch alles immer nur um dich. Um dich und deine – wie sagt man?«

Bleuel riss sich zusammen.

»Tut mir leid, ich weiß nicht, was du meinst. Ich wollte dich nicht stören.«

»Das habe ich auch nicht behauptet.«

»Artjom –«

»Sag schon, was du auf dem Herzen hast.«

Der junge Mann hatte seine Pose am Geländer beibehalten, nur ganz leicht den Kopf in Richtung des Ankömmlings gewandt. Nun neigte er das Gesicht wieder über den Fluss. Es ist die Stadt, dachte Bleuel, die zu dieser Phase nicht passt. Nicht Kemerowo speziell, sondern die Stadt im Allgemeinen. Ich müsste in der Taiga sein. Damit die Geister ihren Fang in Ruhe weiter begutachten könnten. Solange ich hier bin, bleiben ihnen nur meine Träume, das ist zu wenig. Die Träume, um die sie sich reißen, und dieser stickige Wind.

»Ich brauche eine andere Unterkunft. Damit meine ich natürlich nicht, dass du mir beim Suchen helfen sollst. Nur, ob du mir vielleicht ganz grob sagen könntest, wie man da vorgeht.«

»Ganz grob, aha. Warum brauchst du eine neue Unterkunft?«

»Das Hotel wird mir zu teuer. Außerdem gucken die mich jetzt immer so komisch an.«

»Die gucken dich komisch an?« Er kraulte sein Bärtchen und schnalzte mit der Zunge. »Weißt du, was ich an deiner Stelle tun würde? Ich würde einen Blick in meinen Pass werfen.«

»Wieso?«

»Mach das einfach mal.«

Bleuel rührte sich nicht.

»War ja nur ein Vorschlag. Was ist mir dir los, kriegst du nicht gut Luft?«

»Dieses Wetter setzt mir ein bisschen zu.«

»Oh. Das bedaure ich sehr. Allerdings glaube ich, du täuschst dich.«

»Wie meinst du das?«

Er war nun selbst so nah an die Brüstung getreten, dass Artjom, um ihm halbwegs ins Gesicht zu sehen, den Kopf nicht mehr bewegen musste.

»Es liegt daran, dass dein Weltraumspaziergang zu lange dauert. Der Sauerstoff ist aufgebraucht, du atmest seit geraumer Zeit nur noch deine eigenen Ausdünstungen ein.«

»Ach ja. Schon klar. Der Genosse Leonow und ich. Bin geschmeichelt.« Bleuel zog, die Hände auf der Brüstung, seinen Oberkörper rhythmisch vor und zurück. »Hoffen wir, dass es bei mir auch eines Tages zu einer Säule mit meiner Büste darauf reicht.«

»Zu Lebzeiten, wohlgemerkt.«

»Artjom. Okay.«

»Okay?«

»Du machst dir Vorwürfe, weil du glaubst, du hättest nicht gut genug auf mich aufgepasst. Leine zu locker gelassen und so. Ich weiß. Solche Skrupel sind aber überflüssig. Auch wenn du es nicht wahrhaben willst, ich bin ein ebenso mündiger wie vernunftbegabter –«

»Hör auf, Matwej.«

Bleuel stutzte und ließ das Wippen sein. »Was soll denn das?«

»Du sagst, du willst mich nicht stören, also rufe ich *hör auf*, wenn du mich störst. Das ist doch eine gute Regelung.«

»Entschuldige mal –«

»Unterbrich mich bitte nicht.«

»Ich habe dich nicht –«

»Du schwirrst da oben herum und hast das Gefühl, es geht dir prächtig. Was einigermaßen traurige Rückschlüsse ziehen lässt, wie es dir vorher gegangen sein muss. Aber wohin soll dein Schwirren führen? Du sagst, heute macht das Wetter dir zu schaffen. Das hören wir hier nicht oft. Sibirien ist ja eigentlich berühmt für sein mildes Heilklima.«

»Haha.«

»Du wirst dich wundern, wenn es kalt wird. Wenn hier alles zufriert. Alles. Die Tom, die Fenster, die Nasen, die Gemüter. Vier Monate im Jahr tut diese Gegend so, als könnte es ein weicher Spinner aus dem Westen hier aushalten. Jetzt ist der Sommer so gut wie vorbei, auch wenn du es noch nicht merkst. Hast du dich schon gefragt, was aus dir werden soll, wenn der Oktober kommt?«

»Wir können gerne übers Wetter reden.«

»Oder der November? Oder – nein, weiter wage ich gar nicht zu denken! Unglücksrabe, du machst dir keinen Begriff davon.«

»Wir haben immer noch August, und ich –«

»Gut, die Kulturtechnik des Wodkatrinkens hast du dir in Grundzügen angeeignet. Immerhin. Das ist schon etwas, nicht nur im Klischee, auch in der Wirklichkeit. Wobei unsere Eliten heutzutage bloß noch im Urlaub richtig saufen. Die Verheerungen des Turbokapitalismus, ein weites Feld –«

In diesem Moment fiel Bleuel eine Gestalt wieder ein, die in seinen Träumen der letzten Nächte öfters aufgetaucht sein musste. Warum gerade jetzt?, fragte er sich. Die Gestalt hieß Einar, so hatte es der Träumende anfangs verstanden, und er hatte an Einar den Einäugigen gedacht, aus einem Wikingerfilm, den er mit vielleicht zwölf Jahren gesehen hatte. Mit Kirk Douglas? Nein, hatte es im Traum irgendwann gedröhnt, Einar ohne R, aber da war der Muskelriese mit dem Zopf auf kahlgeschorenem Schädel, der Kirk Douglas kein bisschen ähnlich sah, ihm schon mehrfach begegnet: mal aus einem Baumstumpf am Fluss erwachsend, mal aus einer Tischplatte, die er brüllend mit den Fäusten bearbeitete, dann wieder aus der Mitte eines Bühnengerüsts, in einer Umgebung, die nach Tomskaja Pisaniza aussah, bis auf dass das Gelände rings um die Bühne ein tückischer Sumpf war. Einar ohne R, ein Riese ohne Unterleib. Und je länger er nachdachte, desto klarer wurde ihm, dass diese Figur in seinen Träumen eine ähnliche Hauptrolle übernommen haben musste wie zuvor Ilka. Ihn fiel ein Bild an, in dem der Muskulöse, diesmal weniger riesig, sich nicht aus irgendetwas Hölzernem erhob, sondern zwischen seinen, Bleuels, Beinen, und ihm entgegenschrie: *Nicht Strunk, nein, Aina! Nicht Strunk, nein, Aina!* Und das Messer, mit dem Bleuel dem Usurpator den Garaus machen wollte, riss der ihm sogleich aus der Hand, mit einem einzigen schmerzhaften Griff, und stieß es ihm bis ans Heft in den Bauch. Dann rammte er es hoch, beidhändig, und reckte und blähte sich dabei so sehr, dass er Bleuels Rumpf und Schädel mit seinem wütenden Schnitt in zwei Hälften spaltete. Und diese beiden Hälften schleuderte er von sich, um dann selbst auf den frei gewordenen Beinen und mit einem nagelneuen, kahlrasierten und eingeölten Riesenstrunk ausgestattet in die Welt zu schreiten. Als Nächstes sah Bleuel sein eigenes Grab, unter einem Kreuz voller Stacheln, das glitzerte wie Stanniolpapier. Auf dem Grab tanzten Aina und Ilka, natürlich nackt, und sie kreischten: Matthias, wir sind deine stolzen Eltern!

Allerhöchste Zeit, sich von den Träumen wieder loszureißen.

»Und wie geht es dir?«, fragte er, weil eine Pause entstanden und er Artjoms Predigt seit Minuten nicht mehr gefolgt war.

»Wie es mir geht – du willst es tatsächlich wissen? Na, scheiße geht es mir.«

»Scheiße?«

»Das überrascht dich nicht wirklich, oder? Ich meine, wie siehst du mich? Was glaubst du, wer ich bin? Und was für ein Leben ich habe? Was glaubst du, was ich hier mache – wenn ich nicht gerade für dich den Dolmetscher und Kindergärtner spiele? Hast du dich das je gefragt?«

»Nicht nur mich, auch dich habe ich am Anfang immer wieder –«

»Ach, erzähl mir nichts.«

»Erzähl du mir was!«

Bleuel war froh, dass ihm diese Entgegnung gelungen war. Der ungerechte Artjom hatte sich auf dem Absatz umgedreht, lehnte nun rücklings am Geländer, auf die Ellenbogen gestützt, blickte aber nicht ihn an, sondern die vordersten Jahrmarktbuden, wenn überhaupt.

»Mit 32 Jahren wieder bei Mamotschka zu wohnen und bei Arschloch Andrejewitsch, das ist schon permanent ein

Anlass zum Feiern. Und Deutsch gelernt habe ich, damit du eines Tages hierherkommst und mich dafür lobst. Den Rest der Zeit verbringe ich damit, meinen Mitbürgern ihren Müll zu übersetzen, mal ein akademisches Papierchen, mit dem sie hoffen, auf irgendeine Konferenz in der Welt da draußen eingeladen zu werden, mal einen Arztbericht, weil ihnen, um sich zu ruinieren, nichts Besseres einfällt, als sich in Deutschland ihren Zahnersatz machen zu lassen. Und zwischendurch soll ich dem kleinen Ludowik oder andern Hoffnungsträgern ein bisschen Fremdsprachen beibringen, damit sie mit einem Vorsprung in das Rennen um die goldene Zukunft gehen. Das alles ist wunderschön, so möchte man alt werden.«

»Warum bist du aus Deutschland wieder weggegangen?«

Bleuel hatte die Frage mit kalter Stimme gestellt, schließlich blickte der junge Mann ihn noch immer nicht wieder an, und schließlich galt es, stark zu sein.

»Tja. Da gibt es viele Gründe. Ich will dir nur einen nennen, der ist zwar eigentlich keiner, aber schön plakativ. Mein Vater leitete einige Zeit eine Clownschule. Stellvertretend. Den Chef hatte ein Tumor aus dem Verkehr gezogen, langwierige Sache, nicht lustig.«

»In Rottenburg am Neckar.«

»Oh, habe ich das schon erzählt?«

Tu nicht so, dachte Bleuel. Und weiter dachte er: Du fehltest in der Reihe. Der Tuwiner, das ist klar, der Wüstling am Küchentisch, auch klar – aber dass der Riese aus den Träumen ebenso deine Maske sein kann, Tjoma, das habe ich mir bisher nicht eingestanden. Allerhöchste Zeit. Für die Wahrheit.

Der drückende, zermürbende Wind schien aufzuleben.

»Es ging sogar so weit, dass wir gemeinsam den Hanswurst gaben, Väterchen und ich. Vor rein russischem Publikum, versteht sich. Sagen wir, es war eine standesgemäß angetrunkene Hochzeitsgesellschaft, irgendwo auf der Alb, wo sich heimlich die Russen tummeln. Ich hatte keine Freude daran, aber immer noch besser, als mich in einem stinkigen Wohnheimzimmer zu vergraben und mit dem nächsten Studienfachwechsel abzuquälen.«

»Tränendrüse«, murmelte Bleuel, der Langhaarige überhörte es und sprach weiter.

»Wir machten also unsere Späßchen für die Leute, schnallten uns Wodkaflaschen als Stelzen unter die Füße, zogen dem Brautpaar die Tischdecke weg. Eine Lieblingsnummer meines Väterchens war, dass er eine möglichst schon ältere und vor allem möglichst strenge Dame ausguckte und sie mit seinen Faxen ablenkte, während ich von hinten an sie heranschlich und an ihrem BH zu fummeln begann. Sie durfte natürlich nichts merken. Was ich ihr dann mit Hallo aus der Bluse zog, war aber nicht die Wäsche, die sie wirklich trug, sondern irgendein ferkeliges Lackteil, wie sagt man?, eine Korsage, was auch immer, mein Väterchen hatte einen ganzen Schrank voll von dem Zeug. Und in dem speziellen Fall hatte er etwas Spezielles ausgesucht, ich hielt es in Höhe, zum Jubel der Betrunkenen, und merkte gar nicht, was es war. Ein Artikel für den Herrn. Der kleine Fetisch fürs Fahrgestell, vorne eine Öffnung für die ganze Pracht, hinten ein gemütliches

Loch, seitlich Schnüre, du kannst dir das sicher vorstellen. Und was rief da mein Väterchen? Ja, meine Damen und Herren, rief er, mein Sohn ist stockschwul, aber er ist ein guter Junge.«

»Und das war schlimm«, hörte Bleuel den Automaten in sich erwidern. Das in ihm, was nicht Automat war, wartete angespannt. Tjoma-Aina, was hast du nun im Sinn? Du warst mein Helfer, mein Retter, aber du hast dich gegen mich gestellt, als du merktest, wie weit ich gekommen bin. Ich muss dich überwinden. Meine große Aufgabe. Noch gibst du den Plan nicht verloren, mich zurück über die Schwelle zu stoßen.

»Schlimm war es nicht. Unhöflich, naja. Taktlos. Auch hinterhältig. Aber ein Spaßmacher darf ja hinterhältig sein. Das macht nichts. Bloß, es war der Punkt, an dem mir klar wurde, ich habe hier nichts mehr verloren. Wenn das Ergebnis von acht Jahren ist, dass ich als Schwuler vor Russen auftrete, dann kann ich auch gleich schwul in Russland sein. So bleibt mir wenigstens das Betteln und Tricksen um die Aufenthaltserlaubnis erspart, und so kann ich, wenn ich nur einen Scheißdreck arbeite, wenigstens die Gewissheit haben, es ist meine eigene Schuld, und muss nicht denken, es liegt daran, dass in meinem Pass ein Vermerk steht: *darf hier ausschließlich Ärsche wischen.* Acht Jahre, und das war die Bilanz. Eine Deutsche finden, die mich aus Mitleid heiratet, weil man da, wo ich herkomme, den CSD nicht feiern kann? O Gott, nein. Dann doch lieber als kleines schwules U-Boot zurück in das gelobte Land, wo die Männer solche Nieten sind, dass die Frauen sich massenhaft per Internet in den Westen verscherbeln.«

»Nein, Moment, aber du bist ja nicht wirklich –«

»Keine Angst, Matwej. Du bist überhaupt nicht mein Typ. Nicht mal wehrlos in der Banja.«

Der Wind. Wie ein Motorgebläse. Der Himmel grau und tief, der Fluss so dunkel, als führte er Erdöl statt Wasser. Tjoma schwarz gekleidet wie meist, sein braunes Haar, das eine Wäsche vertrüge, ihm leicht strähnig über den Kragen hing, sich im Wind kaum bewegte. Was erzählst du mir? Glaubst du, du kannst mich noch erschrecken?

»Schwul in Kemerowo. Das hätte das Zeug zum großen Drama, nicht wahr? Leben im Verborgenen, heimliche Orte, verdeckte Zeichen. Gegen die Sitten, gegen die Kirche, gegen unser Russland. Gegen alle, allein gegen alle, zu zweit gegen alle. Die große Liebe, auf die härteste Probe gestellt, die ständige Angst aufzufliegen und gelyncht zu werden.

You and me together
Fighting for our love
You and me together
Fighting for our love»

Das sang er laut und hell und tänzelte dazu um Bleuel herum, so wie er tänzeln konnte, anmutig, mühelos, und spreizte die Arme und schwang die Beine wie im Ballett, sodass Bleuel sich unwillkürlich nach einem Lynchmob umsah.

»Aber nein, Matwej. Nicht einmal das lebe ich aus, wie es sich gehören würde. Ich bin untergetaucht. Der einzige Kampf, den ich für die schwule Sache fechte, ist der Kampf gegen Dmitrij Andrejewitsch, den allerdings so bald wie möglich ein tollwütiger Bär in den Arsch ficken möge.«

Nun lehnte Bleuel am Geländer, Artjom stand ihm breitbeinig gegenüber, ein wenig außer Atem, weil er beim Reden noch weitergetanzt hatte.

»Ich bin untergetaucht. Habe mich kaltgestellt. Darum kann ich dir auch so schön beim Durchknallen assistieren. Ich schaue dich an und proste dir zu und denke getröstet: Ach, die Welt schafft ja doch noch einen Ausgleich. Zumindest einer kann sich hier einbilden, dass er das pralle Leben lebt.«

Einer? Aina, dachte Bleuel.

»Bin ich neidisch auf dich, Bleuel? Das muss es sein! Ich bin ein Neidhammel. Obwohl, ganz sicher bin ich nicht. Du tust mir ja auch leid.«

»Ich will das nicht!«

»Ich bin ein Leidhammel, ha, Wortspiele in der Fremdsprache.«

Leithammel, dachte Bleuel, während sein Mund ein zweites, noch schrilleres »Ich will das nicht!« ausstieß.

Artjom sprach auf einmal wieder leise: »Ja, ja. Natürlich. Du willst das nicht. Wer will es schon? Aber was machen wir jetzt? Natürlich könnte ich dir nun noch von Sonja – von ihrem Mann und dem kleinen Kolja, die vor Jahren bei einem Autounfall – aber nein, das erzähle ich dir nicht, das geht dich nichts an. Du hast ja auch genug gehört, nicht wahr? Und nun mal ehrlich: wenn es anfängt, dass du solche Dinge erfährst, also Einzelheiten, also wenn hinter dem Abenteuerurlaub oder hinter der Geisterfahrt an den Arsch der Welt plötzlich überall miesester Alltag hervorsickert oder Schlimmeres – kannst du dann noch sagen, was du hier willst?«

»Selbstverständlich kann ich das.«

»Na dann. Raus damit. Ich will es hören. Sonst kriegst du von mir auch keine Antwort auf deine Frage nach einer neuen Unterkunft.«

»Sie kommt am nächsten Wochenende. So lange muss ich also auf jeden Fall noch bleiben.«

»Sie?«

»Sie.«

»Und dann?«

»Und dann kann dir egal sein. Die Frage, was ich hier will, habe ich dir beantwortet.«

»Findest du.«

»Sie kommt. Das ist meine Antwort. Und du wirst mich nicht aufhalten.«

Sein meckerndes Lachen. »Aufhalten wollte ich dich sowieso nicht.«

»Du bist acht Jahre weggeblieben.«

»Oho. So kalkulierst du. Aber abgesehen davon, dass dieser Vergleich nicht etwa hinkt, sondern gar nicht erst auf die Beine kommt, war ich Anfang zwanzig, als ich nach Deutschland ging.«

»Und? Was hat das zu bedeuten?«

»Dass ich trotzdem scheitern musste!«

Diesmal war es nicht bloß ein kurzes Meckern, das er seinen Worten folgen ließ, sondern er brach in schallendes Gelächter aus. Krümmte und schüttelte sich, schlug sich auf die Schenkel, konnte gar nicht wieder aufhören.

Jetzt bist du Dmitrij Andrejewitsch, dachte Bleuel mit Gänsehaut. Er hatte ein paar Schritte Abstand genommen und betrachtete den Langhaarigen bei seinem Anfall. Ganz ruhig. Vor der Kulisse des schwarzen Flusses. Er sah ihn wirbeln wie eine Marionette, wenn der Puppenspieler, dem die Zuschauer wegrennen, zu seinen letzten Mitteln greift. Ich muss dich nicht mehr überwinden, dachte er: ich habe dich überwunden.

»Frau Woroschina – unsere Nachbarin von unten«, keuchte Artjom, als er sich nach einer Weile doch wieder gefangen hatte, »musste gerade den Kammerjäger durch ihre Wohnung gehen lassen. Und ist für ein, zwei Wochen bei ihren Verwandten in Nowokusnezk. Ich habe die Schlüssel. Wenn du nichts Wichtiges kaputtmachst, kannst du für ein paar Tage rein. Spinner! Unglücksrabe! Zahl ihr den Preis einer Nacht im Anilin dafür, und sie wird die Heiligen preisen.«

Abgemacht. Mochte Artjom ihn nennen, wie er wollte.

Ein weiterer Schritt. Vielleicht sogar mehrere Schritte. Der Weg war frei.

Den toten Fengler machte all das nicht wieder lebendig. Im Gegenteil. Wenn er denn tot war.

Am späten Abend fand sich Bleuel auf der Kirowstraße wieder, er schlenderte unter den Birken der breiten, den Fußgängern vorbehaltenen Mittelallee, und aus dem Geäst fiel ihm noch hin und wieder ein Tropfen in den Nacken. Über das Schicksal des Alten war er sich nicht klarer geworden. Geduld. Er hätte überhaupt kaum sagen können, wie er den Tag nach der Begegnung mit Artjom verbracht, ob er zum Beispiel das Plateau am andern Ufer erklettert und dort der untergehenden Sonne den Schrei »Ich bleibe hier! Ich bleibe hier!« mit auf den Weg nach Westen gegeben hatte. Irgendwann musste er an einen Ort gelangt sein, an dem es Stadtpläne gab, denn einen solchen trug er unterm Arm, in Gestalt zweier ineinandergerollter Papierbögen im A1-Format, ungeeignet, um sie auf der Straße zu benutzen, aber tauglich, um sich im Kämmerlein Topografie einzuprägen und Überblick zu gewinnen. Карта города, der Stadtplan. Den ekelhaften Wind hatten Regenschauer nach und nach erledigt, zum Abend war der Himmel aufgeklart. Die Luft fühlte sich frisch und sauber an.

Mochte Artjom ihn nennen, wie er wollte, mochte er Artjom leid tun, kein Problem, Artjom tat ihm mindestens ebenso leid. Und Artjom hatte er überwunden, das zählte. Es bedeutete nicht, dass er seinem Retter und Lotsen und Schatten nun undankbar, nein, es hieß nur, dass er wirklich vorangekommen war. Er selbst, aus eigener Kraft. Ein Weltraumspaziergänger und ein schwules U-Boot: keine Frage, das konnte nur ein Bündnis auf Zeit ergeben. Artjom verharrte, Bleuel wuchs. Artjom war. Bleuel wurde.

Er hatte sich nach einem Birkenzweig gebückt, um im Schein der spärlichen Straßenbeleuchtung die Lehmreste von seinen Schuhsohlen zu kratzen. Die Papierrolle hatte er auf einer grün lackierten Bank abgestellt, die ihm leidlich trocken vorkam. Als er wieder aufblickte, standen ihm zwei Männer gegenüber. Sein geistesgegenwärtiges *»dobryj wetscher«* blieb unbeantwortet. Sie sahen ihn an, aber die wenigen Worte, die sie sprachen, schienen sie miteinander zu wechseln. Beide stanken nach Alkohol. Er tat einen Schritt auf die Bank mit dem Stadtplan zu, da rief der eine etwas und hob den Arm.

»Ja nje goworju po –«

Das fehlende *russki* aus seinem Lehrbuchsatz brachte er nicht mehr über die Lippen. Er sah, dass der Rufer in der erhobenen Hand eine umgedrehte Bierflasche hielt; und wie er von dieser Flasche auf der Lehne der Bank den Boden abschlug.

»Röschen«, sagte Bleuel und wunderte sich, dass er dabei lächeln musste. Wie schade, dass er das Wort auf Russisch nicht kannte. Nur *Shiwoje piwo* fiel ihm wieder ein, das lebendige Bier. Lebendig wollte er bleiben, unbedingt. Doch war er sich da mit den beiden Männern einig? Sie schrien zu zweit auf ihn ein, drangen gegen ihn vor, die Röschen im Anschlag. Nichts wie weg! – Aber wenn dann aus dem Dunkel, hinter der nächsten Birke, der nächsten Bank, ein Dritter hervorspränge; oder wenn sie Athleten waren und ihn sofort einholen würden? Besser, er fand etwas, das sie besänftigte. Das kleine Abspielgerät in seiner Tasche kam nicht infrage, es barg ja Ak Torgus signierte CD. Also bot er seine Digitalkamera dar, verfiel ins Englische – »Take it, take it, but leave me alone« – und der vordere der beiden riss sie ihm aus der Hand, zog ihm die zerbrochene Flasche nur einmal beiläufig über die Stirn und lief los, so schnell ihn seine Dosis Bier und Wodka trug. Der andere brüllend hinterher. Durch den Schleier des Bluts, das ihm über die Augen lief, glaubte Bleuel zu erkennen, wie sie ein Stück straßenabwärts, im

Schein der nächsten Laterne, einen Moment rauften und dann seine Kamera zu Boden schmissen und gemeinsam zertrampelten.

»Macht, was ihr wollt, Geister«, murmelte er; doch gegen das Zittern, das ihn befallen hatte, halfen die tapferen Worte nicht. Und weil er keine Taschentücher hatte, wischte er sein Gesicht im Gras unter der Birke ab und presste sich die klamme Jacke auf die Stirn, bis er glaubte, dass er sich ins Hotel wagen konnte, oder keine andere Wahl mehr hatte, als das zu tun.

»Na so was – Pleuel! Was bringt mir die Ehre? Wie war deine Reise nach – na sag schon –«

»Sie dauert an. Die Reise. Also ich bin immer noch in Russland.«

»Huch. Wieso das denn?«

»Eine lange Geschichte. Erzähle ich dir ein andermal in Ruhe, okay? Jetzt rufe ich wegen etwas Dringendem an.«

»Alter Schwede! Aber ich habe es dir gesagt, oder? Dass Russland dich nicht mehr loslassen wird? Und du wolltest nicht mit mir wetten!«

»Ja, du hast ganz Recht. Absolut. Bloß jetzt –«

Er stockte.

»Was jetzt?«

»Mein Visum ist abgelaufen.«

»Nochmal.«

»Mein Visum. Keine Ahnung, warum, aber da steht gültig vom 20. Juli bis 18. August.«

Kurze Pause. Dann: »Matze Pleuel! Was baust du für Scheiße?«

»Ich – ich hatte gedacht – also ich hatte nicht darauf geachtet. Der Typ im Reisebüro in – in – das war gar kein Thema. Aber ich meine, es muss doch möglich sein –«

»Komm nach Moskau. Sofort. Dann sehen wir, ob wir das regeln können.«

»Das geht nicht.«

»Wie, das geht nicht?«

»Ich kann jetzt nicht nach Moskau kommen.«

»Ja, was? Wo steckst du denn? Immer noch da draußen in – na, sag schon?«

»Kemerowo.«

Holger ächzte. »Solange du da draußen bist, können wir überhaupt nichts für dich tun. Setz deinen Arsch in Bewegung und bete, dass sie am Flughafen deinen Pass nicht genau angucken.«

»Aber es muss doch –«

»Mit *es muss doch* kommst du in Russland nirgendwo hin. Das solltest du begriffen haben in den letzten Wochen.«

»Was kann man denn –?«

»Verdammte Scheiße!« Da hatte sich seine Stimme fast überschlagen. »Entschuldige, aber ist doch wahr. Okay. Hör zu. Geh zum Konsulat. Heul denen was vor.«

»Zum Konsulat.«

»Zum deutschen Konsulat, hast du kapiert? Wo wird es da in der Gegend eins geben, Nowosibirsk wahrscheinlich. Geh dahin, aber sofort. Und denk dir irgendwas aus, was sie glauben können.«

»Dass ich krank war.«

»Ja, was in der Richtung. Nur besser. Und du brauchst auf jeden Fall einen Arzt, der dir das bescheinigt.«

»Gut. Okay. Ganz blöde Frage: Was passiert eigentlich, wenn ich ohne gültiges Visum erwischt werde?«

Holger stöhnte laut. »Für so blöde Fragen sind die freundlichen Milizionäre an der nächsten Straßenecke die richtigen Ansprechpartner. Pleuel! Pleuel, du Idiot! Mit einem abgelaufenen Visum bist du illegal in Russland.«

»Illegal.«

»Was gibt es da zu lachen?«

»Nichts, nichts. Danke, Holger.«

»Was heißt hier danke? Du bist doch –«

Bleuel drückte weg. Er wusste, was er zu tun hatte.

Berührt hatte er sie noch nicht. Er hatte sie auch noch nicht von vorne gesehen, nicht die Verzierungen auf ihrer Haut bewundert; ihrer Musik gelauscht hatte er ebenfalls noch nicht. Er saß im Sessel und hielt still, sein andächtiger Blick ruhte auf ihrer Rückseite, von der er im schwachen Licht der Stehlampe so viel zu erkennen suchte wie möglich. Was Ak Torgu ihm erklärte, verstand er nicht, denn sie sprach zwar langsam, aber immer noch Russisch, und von den Hauptwörtern, die er inzwischen kannte, kamen kaum welche vor, ein paar Mal шаман, natürlich, darum ging es ja, einmal время, die Zeit, und zweimal духи, die Geister. Wenn sie ihn zwischendurch anschaute und fragte: *»Da*, Matthias?«, nickte er: *»Da, da.«*

Und sie drehte die Trommel um, wobei die an der Querstange des Griffkreuzes befestigten Eisenanhänger klirrten, und er sah jene Seite, die eigentlich kein Geheimnis war, die zur Außenwelt gewandte, die Membran. Nun verstand er etwas mehr, da sie vereinzelt englische Wörter in ihren Vortrag einflocht, auch die Hände zu Hilfe nahm. Er begriff, dass die dunkelrot auf das helle Lederoval gemalten Figuren – Menschen zu Fuß und beritten, Vögel, Vierbeiner, Vielfüßler, Mischwesen – sich in drei Bereiche einteilten, in Ober-, Mittel- und Unterwelt.

»Ulgen«, rief er, in die Ober-, und »Erlik«, in die Unterwelt deutend, und handelte sich ein begeistertes *»Nu, nu, nu!«* von Ak Torgu ein.

»Kam«, sagte sie dann, *»Kam – schorski – schaman«*, und ihre Hand streifte seine Hand, während sie über die Ebenen fuhr, um zu verdeutlichen, dass der Kam oder Schamane fähig war, alle drei Welten zu bereisen. Nun wagte sich auch Bleuel an ein *»Nu, nu, nu«*.

Dabei fand er es erstaunlich, sich reden zu hören, anstatt, von der Heiligkeit des Augenblicks überfordert, wie ein gebanntes Kaninchen auf dem Polster zu hocken. Und noch erstaunlicher, dass sie ihn weiter anblickte, anlächelte, so wie er nun aussah, mit Fünf-Millimeter-Haar und mit Pflaster auf der Stirn.

Wobei das Pflaster vielleicht kein allzu großer Makel war. Er hatte Glück gehabt, hatte zwar nicht verhindern können, dass die lauernde Rezeptionistin im Hotel, als er, mit der blutverschmierten Jacke vorm Kopf dort eintreffend, über die letzte Stufe des schmalen Aufgangs stolperte und nicht gleich wieder hochkam, einen Arzt rief; doch der junge Doktor hatte mit dem Patienten ein schweigsames Einsehen, ließ nach dem Reinigen der Wunde sein Nähzeug im Köfferchen, weil es sich nur um zwei oberflächliche Schnitte handelte, die mit ein paar Wundklebestreifchen und einem Pflaster darüber hinreichend versorgt waren, und nahm dann, ohne irgendetwas irgendwo melden zu wollen, bereitwillig Bargeld an. Der Empfangsdame gab Bleuel noch zu verstehen, dass er am nächsten Tag endlich abreisen werde und dass alles kein Problem sei. Die Jodspuren jenseits der Pflasterränder gelang es ihm am Morgen mit Geduld und einem eingeseiften Handtuchzipfel fast vollständig zu tilgen.

Ganz besiegt war die Furcht, nun möglicherweise doch wie jemand auszusehen, den die Miliz kontrollieren würde, damit aber nicht. Deshalb zog er Punkt zwei seines eigentlichen Tagesplans nach vorn. Das Wörterbuch in der Hand, ließ er die ausgewechselte Rezeptionistin so lange herumtelefonieren, bis sie ihm einen Termin für sofort verschafft hatte; und dann nahm er zum ersten Mal in seinem Leben ein Taxi zum Frisör. Sein Koffer stand neben ihm, während ihm eine schläfrige Blondierte den tadellosen, aber für sein Gefühl unrussischen Haarschnitt wegmähte. Als er am Mittag Artjom im Treppenhaus in der Nogradskaja entgegentrat, trug er überdies spitze zweifarbige Slipper, schwarz und violett. »Perfekt getarnt«, lachte der Langhaarige ihn aus.

In der winzigen Wohnung der Nachbarin waren fast alle Fenster aufgerissen, doch der zugleich süßliche und beißende Giftgeruch schien schwer zu vertreiben. Artjom überließ dem Untermieter zur Abhilfe eine Schachtel Räucherstäbchen.

Das letzte dieser Stäbchen war fast abgebrannt. Bleuel legte seine Rechte an den oberen Rand der Trommelmembran.

»When I'm with you, I'm in the highest of the heavens.«

Sie lachte, aber er merkte, dass er sich nicht verständlich gemacht hatte.

»When I'm with you it's like I'm in Ulgen's heaven.«

»Matthias«, sagte sie und fuhr ihm übers stachlige Haar, so wie er es selbst in diesen Tagen dauernd tat, »you funny bone.«

Der Ausdruck überraschte ihn. Funny bone. Und er dachte mit pochenden Schläfen an die Wolfsspur, die sie auf dem Bauch tragen sollte.

»You are a shaman yourself«, flüsterte er und gestattete seiner Hand, sich von der Trommel zu heben und sich auf ihrer Schulter niederzulassen. »Ak Torgu – *kam.«*

»Ah, njet, njet.« Und sie sprach Russisch und zog sich ein wenig auf dem Sofa zurück, aber nicht zu weit für seine Hand. Um die Trommel hatte sie ihren Arm gelegt wie um einen dicken Neffen. Bleuel versuchte nicht zu sehr an die Wolfsspur zu denken.

Die Heiligkeit des Augenblicks.

Wenn doch alles wieder so einfach wäre.

Theaterplatz, der Treffpunkt am frühen Nachmittag. Das Ende der Qualen. Dass sie sich vor Samstag nicht mehr gemeldet hatte (auch keine Antwort auf seine Nachricht *Katja, i'm so glad you come on saturday. Don't be shocked, i've had my hair cut. Love, m)*, hatte er mühsam ertragen. Als er am Samstagmittag noch immer nichts von ihr wusste und sich, trotz der warmen Sonne schlotternd, auf dem

Sowjetskij Prospekt hin und her irren sah, wählte er schließlich ihre Nummer. Viel mehr als »It's me, Matthias. You come?« brachte er nicht heraus, doch nachdem er diese Worte wiederholt hatte, sagte sie lachend Ja und gab ihm zu verstehen, dass sie erst spätabends ankäme. Dann begriff er, dass sie etwas für Sonntag mit ihm ausmachen wollte und schlug, froh, überhaupt eine Idee zu haben, den Theaterplatz vor. Und natürlich waren die anderthalb Stunden, die er dort schon verbracht hatte – nervös, nervös, sich anhand des Ensembleplakats seiner kyrillischen Alphabetskenntnisse versichernd, noch nervöser, mutmaßend, welcher der prächtigeren Bauten in der Nähe das Haus des Gouverneurs sein mochte, ängstlich bedacht, die Aufmerksamkeit der patrouillierenden Gendarmen nicht auf sich zu ziehen, bang und kopflahm, unentwegt in den Brunnen starrend, ohne dass die winzigste Libelle sich blicken ließ – wie weggeblasen, als sie, kaum zwanzig Minuten verspätet, erschien. Da vergaß Matthias Bleuel all seine Scheu, stürzte sich auf sie, ließ ihr kaum Zeit, ein etwas sperriges Tuchbündel, das sie mit sich trug, abzusetzen, umklammerte sie wie ein Ertrinkender. Dass er sie küsste, war gar keine Frage, sein Mund fand ihren, ohne dass irgendein Gedanke sich einmischte, und der erste kehlige Laut, mit dem sie reagierte, klang verwundert, aber der zweite schon nicht mehr, und er hielt die Linke weiter auf ihrem Rücken, die Rechte legte er in ihr Genick, um ihr Haar zu streicheln. Es blieb auch nicht bei dem einen Kuss, der nächste folgte nur wenige Schritte entfernt. Bleuel hatte auf einen Giebel an der Wessennjaja-Straße gewiesen und »Webcam Kemerowo« gesagt, sie waren

Hand in Hand stehen geblieben und hatten hochgeblickt, da umschlang er sie wieder. Und dachte: Die ganze Welt soll es wissen! Hinreißend sah sie aus, in ärmelloser, seidigschwarzer Bluse und wallendem, beige und weiß gesprenkeltem Hippierock. Bleuel selbst hatte sich von den Slippern aufwärts fein gemacht, trat in dunkler Anzughose und dem ungetragenen blassrosa Ersatzhemd für die Urkundenübergabe auf. Die Welt sollte es sehen! Bloß, wer in der Welt schaute sich die Bilder der Webcam aus Kemerowo an? Ihn beschlich die Versuchung, den Link per SMS an Ilka zu senden, und er scheuchte den Einfall weg – was für ein Blödsinn, Ilka hatte doch hiermit nichts mehr, gar nichts mehr zu tun; wenn er jetzt etwas an Ilka schicken würde, könnte er es ebenso gut an den bezopften Aina richten. Als sie sich voneinander gelöst hatten, fand er keinen Grund, sein Kichern zu unterdrücken, im Gegenteil. Stolz winkte er zu dem Giebel hoch, und Ak Torgu betastete das Pflaster auf seiner Stirn und stellte die Frage, für die er sich aus dem Wörterbuch die Antwort грабители, Räuber, zurechtgelegt hatte.

Wenn doch alles so leicht und selbstverständlich beginnen konnte, warum gelang es ihm dann jetzt, in der engen, eingeräucherten Wohnung, er im Sessel, Ak Torgu auf dem Sofa ihm gegenüber, ihr Gesicht bronzeschimmernd im Licht einer Stehlampe, deren Schirm einem sackfarbenen Übergewand für die kalte Jahreszeit ähnelte, nicht daran anzuknüpfen? Was hielt ihn zurück? Seine Hand mutlos auf ihrer Schulter, warum hatte er die Wolfsspur nicht längst gefunden?

Das Glück vor dem Dramatheater schien weit weg. In gewisser Weise. Es war ja erst wenige Stunden her, und er hatte fast jedes Detail vor Augen. Auch wie sie dann zum Fluss spazierten, zur Brücke und zurück. Wie sie das Bündel an einem Knotenzipfel hielt und von ihrer Schulter baumeln ließ. Wie sie sich abwechselnd bei ihm einhakte und wieder von ihm löste. Wie sie sich beim Gehen leicht in den Hüften wiegte. Wie sie ihn spielerisch in die Seite knuffte, ihn mit dem freien Zeigefinger oder mit dem Kinn auf irgendwas, irgendwen hinwies und dazu zwinkernde Bemerkungen machte, die er für sein Leben gern verstanden hätte (oh, die tausend kleinen Eigenheiten, Gesten, Tonfälle, die er an ihr kennen lernen wollte, das Herz quoll ihm über). Wie sie sich beim Reden bremste und sich geduldig wiederholte, bis er begriff, dass sie in die Stadt gekommen war, um etwas an der Universität zu erledigen – ob sie eine Prüfung machen, ein Dokument entgegennehmen oder jemanden treffen musste, erschloss sich ihm allerdings nicht. Wie er nicht aufhören konnte, sie zu ihrer Musik zu befragen, obwohl dabei seine Ahnungslosigkeit gewiss immer peinlicher zutage trat und sich auch kein bisschen lichtete durch das, was Ak Torgu ihm erklärte. Wie er das Stichwort Altai aufwarf und sie signalisierte, das könne man nicht beschreiben, das müsse man sehen – »I can show you«, bot sie an, er nickte begeistert. Und weil er vergaß zu fragen, ob sie hungrig war, lenkte sie ihn nach einer Weile zu einer Teigtaschenbude, bestellte ohne Rücksprache für ihn mit, ließ ihm keine Möglichkeit zu bezahlen und legte sich noch mit der Frittierdame an, weil die versuchte, erkaltete Altware an das ungleiche Pärchen loszuwerden.

Das Einzige, woran er sich nicht mehr erinnern konnte, war, wie er sie dazu gebracht hatte, ihn in die Wohnung zu begleiten. Er hörte sich »Oh, come, come, please, it's the best thing we can do« sagen, doch das schien ihm selbst alles andere als überzeugend; geregnet hatte es auch nicht.

Aber er brauchte den Dreh ja in diesem Moment nicht mehr zu wissen. Sie war ja da. Wasser, Tee und Schokolade auf dem Tisch, Wodka und Salzgurken griffbereit. Und in dem Bündel, das sie auf dem Weg zu ihrem Treffen irgendwo abgeholt und das sie ihn beim Spaziergang nur zweimal ganz kurz hatte tragen lassen, war die Trommel verpackt gewesen.

Der ganze Nachmittag und frühere Abend kam ihm wie ein Film vor, das war sein Problem. Als hätte er das Geschehen staunend mitverfolgt, aber nicht selbst gehandelt.

Wie konnte das sein? Wo war er geblieben, wann war er rausgeflogen, in welche Falle war er getappt?

Ein Gefühl der Ohnmacht durchdrang ihn. Das Gefühl, ihm sollte all das Wunderbare, das in sein Leben gekommen war, wieder weggenommen – oder nein: *er* sollte aus all dem Wunderbaren entfernt werden.

Er. Matthias Bleuel. Gerade jetzt.

Zum Verzweifeln.

Mit einem Mal wusste er, was die Stunde geschlagen hatte.

Die Schwelle überschritten, Ilka losgeworden, Artjom überwunden. Der Weg war frei. Doch ein Gegner blieb übrig. Der schwerste. Der Gegner, der nicht im Weg stand. Der Gegner, der nur zum Gegner wurde, weil es ihn eigentlich nicht mehr gab – und weil er eben trotzdem noch da sein konnte, im unpassendsten, im entscheidenden Moment.

Der erbärmlichste Wiedergänger der Welt.

Der alte Matthias B.

Ihn galt es zu besiegen, ein für alle Mal, und nun war der Augenblick gekommen.

Bleuel stand vor dem Entscheidungskampf.

Bleuel saß im Sessel der Nachbarin. Genauer gesagt nicht im Sessel, sondern so weit vorn auf der Sitzfläche, dass er weniger saß als lehnte. Die Hand nicht mehr auf der ersehnten Schulter, er hielt sie hoch, die linke auch, beide schwebten über Katja Sabanowas Haar, als wollte er sie segnen, dabei war es doch wenn, dann er, der auf einen Segen hoffen musste, zu verteilen hatte er keinen.

»Matthias? You okay?«

»Katja – Ak Torgu –«

»Da, da.« Sie versuchte es mit einem besonders milden Lächeln.

»I have to – I mean – I want – I want – I want –«

Um nicht noch einmal folgenlos *I want* zu sagen, schnellte er auf die Füße und streckte sich nach der Wodkaflasche auf dem schwarzen Buffetschrank. Die Sängerin lachte.

»Please, I want to hear the drum.«

Es fehlte an Trinkgefäßen. Die Wassergläser wollte er nicht nehmen, er musste noch einmal an das Buffet und wurde zu seiner Erleichterung sofort fündig.

»The drum. Please. I want to hear it. I need to.«

»Njeeeet …«

Beim Einschenken warf er ihr flehende Blicke zu. »I know that I'm a funny bone.«

»A funny bone. Matthias.«

»Please. Please. The drum. Most important.«

Sie stieß mit ihm an, sagte etwas Russisches, er wiederholte sich. Da zuckte sie mit den Schultern, und mit einem Seufzer, den er in Kauf nehmen musste, langte sie zwischen die Bündeltücher, die über der seitlichen Sofalehne lagen, und zog eine kleine Keule aus schwarzem Holz hervor. Die gewölbte Anschlagseite war mit einem Fellstück überzogen, in die Rückseite war eine Mulde geschabt, in der Schnauze an Schnauze zwei Wölfe lagen, ihre Köpfe in Obersicht aus dem Holz gearbeitet, umrahmt von sechs winzigen Messingschellen.

»Spasiba«, flüsterte er atemlos.

Sie schüttelte leicht den Kopf, ohne ihn anzublicken, suchte mit der Linken nach der besten Haltung am Griffkreuz, stand mit der Trommel auf.

Und die Haut begann zu singen. *Bomm – bommbomm – bomm. Bommbomm – bomm. Bommbomm – bomm.* Dazu der leise Schellenklang und ein Klimpern der eisernen Anhänger am Griff. Trommel muss ich nachschlagen, dachte Bleuel und versuchte nicht mehr zu denken. Er hatte sich ebenfalls erhoben, war neben den Sessel getreten, sodass er Ak Torgu genau gegenüberstand. Und er sah dem Werk der Keule auf dem Leder so ernst und innig zu wie ein Kleinkind einem Baukran.

Berichten wir also vom Kampf in der Kammer
vom Kampf um den neuen Menschen
Sie wissen schon, der Glückspilz
Sie wissen schon, der Unglücksrabe
durch Tausende Meilen Dickicht
durch Tausende Meilen Beton
an die Schwelle gelangt und über die Schwelle
getaumelt
da stellt er sich seinem schwersten Gegner
mit dem Beistand der Trommel, Beistand der
Schamanin
und dieser Kampf soll sein letzter sein
was wissen wir über den Weitgereisten?
dass er den Weg frei haben will
was heißt Weg und was heißt frei?
Fluchtweg wahrscheinlich und frei von Fragen
ganz und gar übliche Wünsche also
unüblich allenfalls der Ort
und was geht ihm nun noch durch den Kopf
beim Klang der Trommel, Klang der Schamanin
in der düsteren Wohnung, Nogradskaja?
dass er die Kamera eingebüßt hat
Kamera futsch, was soll denn das heißen
wenn nicht: Herr Fengler ist wirklich tot?
für Herrn Fengler eine Trauerminute
eine zutiefst dankbare Trauerminute
dem sentimentalen Spleen eines Greises
dem unbekannt verzogenen Päckchenempfänger
in welcher der drei Welten
in welchem der neun oder sechzehn Himmel

auch immer er nun sein mag
    Trauerminute, Trauerminute
wo auch immer man nun sein mag
    in welchem der fünf Seen
in welchem der beiden Zustände
    nein, keine zwei Zustände mehr
jetzt der Kampf! und danach die Klarheit
    der Gesang der Trommel, der Gesang der Schamanin
o ja, sie singt, das ist keine Täuschung
    die schwarze Keule, das rotbemalte Leder
wirken nicht mehr allein, sind mächtig ergänzt
    in der düsteren Wohnung der Nachbarin
die Schamanin hat ihre Stimme erhoben
    ein Lied, das der Kämpfende noch nicht kennt
ein Lied, das den Kämpfenden unterstützt
    Kopfstimme, Bruststimme, was liegt dazwischen?
der Kehlklang, doch keine voreiligen Schlüsse
    der Kehlklang liegt drunter, liegt unter allem
die Kehle liegt im tiefen Geheimnis
    unter der Kehle liegt noch die Wolfsspur
die zwei Wolfsköpfe auf dem Trommelschlegel
    die Urmutter und ihr verzweigtes Geschlecht
Birken, Libellen und Vielfüßler und Mischwesen
    und alles, was hinter der Schwelle ist
die Geister tanzen über den Schwaden
    des grad abgebrannten Patschulistäbchens
in der Wohnung der Witwe Woroschina
    tanzend warten sie auf das Opfer
des Weitgereisten, der wächst und wird
    der dem Nescht und sogar seinem Schatten entrann

der dem bezopften Aina trotzte
    und den die Taiga bekommen soll
also nieder mit dem Abgestreiften
    fresst ihn, Geister, bitte seid so gut
auf dass es nicht mehr wiederkehre
    für immer erledigt, das Ding aus dem Sumpf
fresst das Schwanken, fresst das Zagen
    so fleht inbrünstig der Neuling
und bittet die Geister noch um Verzeihung
    dass sein Opfer nicht fetter ist
da schießen die Tränen ihm aus den Augen
    unter dem Gesang der Trommel, der Schamanin
während er atemlos wiederholt
    Schluss mit dem Tölpel, Schluss mit dem Pinkel
Schluss mit Logistik, Schluss mit Stuttgart
    Schluss mit Spring Charms, Schluss mit Autumn
        Dreams
Schluss mit Ostsee, Schluss mit Rosskur
    Schluss mit Tjoma, Schluss mit Aina
Schluss mit Visum, Schluss mit Pflaster
    auf, Glückspilz, der Weg ist frei
dein Weg ins Geheimnis, Weg ins Wunder
    es lebe die Keule, es lebe die Haut
es leben die Hände, es lebe der Knochen
    Schluss mit dem Messer, es lebe der Strunk
Schluss mit der Ohnmacht, auf, voran
    fresst, ihr Geister, bitte, haut doch rein
lasst mich spüren, wie ihr fresst
    fresst, bis ich frei bin, ganz und gar frei
so fleht brünstig der Neuling

und die Schamanin, oh, die Schamanin
die mag dann bitte den Befreiten verzehren
den Befreiten mit Haut und Haaren

Ak Torgu ließ die Trommel aufs Sofa sinken und sah ihn stirnrunzelnd an. Bleuel, die Augen aufgerissen, keuchend, schien unschlüssig, ob er zu Boden gehen sollte. Wäre so ein Zusammenbruch ein Zeichen der Niederlage? Der Sieger fand Halt an seinem Glas. *»Duchi«*, stieß er hervor und wollte damit sagen, dass er auf die Geister trank. Das Lächeln der Schamanin ließ offen, ob sich diese Absicht undekliniert vermitteln ließ.

Ein wenig hinlegen aber durfte man sich nach dem Kampf, daran war nichts Ehrenrühriges. Das Schlafzimmer der Frau Woroschina, noch enger als ihr Wohnzimmer, wurde zu zwei Dritteln von einem monströsen, rötlich furnierten Kleiderschrank eingenommen. Eine Nachttischfunzel im wollenen Büßerinnenkleid streute trübes Licht. Das Bett zwängte sich unters Fenster, am Kopfende starrte eine Heilige Familie mit Blattgoldhintergrund von der Wand, das Jesulein auf dem Heiligen Schoß mit erhobener Rechter, zwei Finger gestreckt wie zum Siegeszeichen. In Ermangelung eines weiteren Räucherstäbchens hatte Bleuel Ak Torgus Abstecher ins Bad genutzt, um ein wenig Deodorant im Raum zu versprühen, ehe er auf die Matratze sank. Und hinter den schweren Vorhängen stand das Fenster einen Spalt offen.

Die Frage, ob er das, was er nun tat und spürte, wirklich selbst tat und spürte oder nur als Zuschauer erlebte, vermochte er zu ignorieren. Er wusste, es konnte sich bei solchen Gedanken nur um eine alte, schlechte Gewohnheit handeln, es gab keinen zweiten Zustand, keinen Zweifel mehr. Die Haut der Schamanin, im Dämmer schimmernd, seine Lippen auf ihren Brüsten, seine Hand in ihrem Haar, ihre Hand an seiner Wange, seine Hand an ihrem Schenkel, ihre Lippen an seiner Schläfe, seine Lippen unter ihrem Kinn, ihre Fingernägel auf seinem Rücken, sachte immer tiefer streifend: das alles war Wirklichkeit, seine Wirklichkeit, die Erfüllung.

»I want to hold you«, schnurrte er in ihr Ohr, »I want to hold you so tight.«

Ja, das wollte er: sie halten, festhalten, ihren kräftigen, großzügigen hellen Körper, sehr fest. Doch es war nicht die ganze Wahrheit, da fehlte die Hälfte, er wollte sie nicht nur halten, ebenso sehr wollte er von ihr gehalten werden. Wie sagte man das auf Englisch? Nun fiel es ihm ein: »I want you to hold me. Ak Torgu. I want to hold on to you so very tight!«

Verstand sie ihn? Sie sprach Russisch und begann ihn wie ein Kind zu wiegen, seinen Kopf an ihrer Brust.

»I love your skin«, flüsterte er ins Weiche. Sein Glied drängte gegen ihren Schenkel, sie musste es spüren. Und als er gieriger wurde, sagte sie, rätselhaft gestikulierend, etwas mehrmals hintereinander, und er merkte, dass es ihr mit jeder Wiederholung schwerer fiel, ihr Lachen zurückzuhalten. Darin sah er keinen Grund zur Besorgnis, er liebte ihr Lachen. *»U menja messjatschnyje«*, inzwischen hätte er die Worte mitsprechen können; und bewegte wohl auch ein wenig die Lippen, denn nun gab es für sie kein Halten mehr. *»Ailyg«*, schaffte sie noch zu sagen, *»po-*

schorski«, und für einen Moment fragte er sich, ob sie *eilig* gesagt hatte. Als es ihr dann gelungen war, ihr Lachen wieder einigermaßen zu bezähmen, zog sie ihn an sich, half ihm zwischen ihren Schenkeln, und er fragte sich gar nichts mehr, das Herz schien ihm zu bersten, doch dann barst ihm nur der Strunk, zum Glück – zum Unglück schon nach wenigen Augenblicken, er konnte es nicht verhindern, wie ein nervöser Teenager, dabei hatte sie ganz bestimmt nicht *eilig* gesagt. Er wollte in ihr bleiben, wollte fähig sein weiterzumachen, immer weiter, ertappte sich dabei, wie er die Geister bekniete, ihm seine Erektion zu erhalten, die Geister aber schienen dieses Anliegen nur halbherzig zu unterstützen. Hinzu kam das Hämmern an der Wohnungstür, das immer lauter wurde, sich immer schlechter ausblenden ließ.

Matwej, ich bin es, Matwej, hallo, Matwej, bitte, Matwej, kannst du bitte aufmachen, ich habe mich ausgesperrt, und ich müsste – ach, das erzähle ich dir gleich, Matwej? Matwej! Halloooo! Matwej, es ist dringender, als du glaubst, Matwej, was machst du da drin eigentlich?, Matwej Karlowitsch, nimm doch bitte mal die Ohrstöpsel raus, Matwej, Scheiße, komm schon, mach auf, du weißt nicht – Bleuel, du Arsch!

Und endlich das Geschrei des Säufers aus dem Treppenhaus, er musste oben geöffnet haben. Artjom schrie etwas zurück. Ein Poltern auf den Stufen, noch mehr Gebrüll, dann schlug die Tür hinter den beiden zu und weitere Geräusche drangen nur dumpf herab. Die Wohnung der Woroschina lag nicht direkt unter der Wohnung, in der Dmitrij Andrejewitsch sein Unwesen trieb, sondern nebenan.

Ak Torgu, die Bleuel in den letzten Minuten angelächelt, sein Gesicht gestreichelt und zutraulich auf ihn eingeflüstert hatte, ließ nun ein kleines, wohliges Stöhnen hören. Prompt ergoss er ein zweites Mal, ohne dass er es hatte kommen spüren und ohne dass sein Glied wieder ganz steif geworden war.

Danach war sie für eine Weile ins Bad verschwunden und er, schwach auf den Beinen und durstig, zurück ins Wohnzimmer gegangen. Sie hatten bis zum Morgen auf dem Sofa gesessen und Wodka getrunken, eine zweite Flasche hatte sich in der Küche gefunden. In unbequemer Haltung musste Bleuel eingeschlummert sein, denn sein ganzer Körper schmerzte, als er aus einem Traum schrak, in dem er, über lauter niedergemetzelte Ilkas, Ainas, Tjomas und Fenglers kletternd, den Weg hinaus aus einem dunklen Wald gesucht hatte. Die Sängerin, schon angezogen und offenbar in Eile, sagte Matthias und Universität.

»Kiné«, stammelte er, »your little daughter.«

»Kiné?« Sie sah ihn überrascht an.

»I would love to know Kiné. Your child.«

Ihm war schwindelig, und er glaubte nicht, dass ihm der Kopf im Leben schon einmal so wehgetan hatte. Sie schien in besserem Zustand, schlug hastig die Bündeltücher wieder um die Trommel, warf die Keule hinzu. Bleuel erhaschte noch einen Blick auf das hölzerne Griffkreuz, auf die geheimnisvollen Eisenanhänger und Stoffbänder, die vom Querstab hingen. Wie die Wunschbänder in den Fichtenzweigen. Zeichen geglückter Heilungen? Müsste man dann nicht an diesem Morgen ein weiteres

Band hinzufügen? Zu spät, die Trommel war verpackt, das Bündel geschnürt.

»Ak Torgu. Katja. Please. Will you show me Kiné? Can I meet her? Some day? Please.«

Sie lächelte. Vielleicht nickte sie. Er begann ihr zu danken, sie ging in die Hocke und nahm seinen Kopf in beide Hände. Für einen Moment ließ der Schmerz nach. Es gelang ihm, sich für den Mittag mit ihr zu verabreden, Treffpunkt Theaterplatz. Sie gab ihm einen Kuss auf die Schläfe, dann huschte sie aus der Wohnung. Sobald die Tür hinter ihr ins Schloss gefallen war, platzte ihm der Schädel, mit Mühe schaffte er es noch ins Bad.

Im Spiegel sah er, dass der rechte Rand seines Pflasters sich einrollte. Mit zittrigen Fingern zog er es ganz ab, auch die weißen Klebestreifchen darunter. Die beiden Schnitte in seiner Stirn schienen gut zu verheilen, schmal und schwarzrot erhoben sie sich auf leicht verhärtetem Gewebe. Wie kleine Deiche, dachte er. So weit weg von Meer wie nie zuvor. Mit weiterhin flauem Magen kroch er unter die Dusche. Es dauerte lange, bis warmes Wasser kam, doch um noch einmal aus dem Becken zu steigen, fehlte ihm die Kraft.

Die Blutflecken auf dem Bett entdeckte er erst danach. Angst wollte ihn würgen. Sei nicht dumm, Bleuel, ermahnte er sich. Lerne deine Vokabeln. Was du hier vor dir hast, ist die Bedeutung von *u menja messjatschnyje*. Oder *ailyg*, auf Schorisch. Eins nach dem andern. Fürs Erste etwas anziehen.

Als er einen Kaffee gemacht und ihn bei sich behalten hatte, kehrte er ins Schlafzimmer zurück, wollte das Laken abziehen, und musste feststellen, dass das, was er für das Laken gehalten und worauf er die letzten Nächte geschlafen hatte, in Wirklichkeit die Oberfläche der Matratze war. Ein beigefarbener geriffelter Baumwollstoff, nun mit zwei dunkelroten Flecken und etlichen etwas helleren Sprenkeln. Mühsam drehte er die Matratze um und riss dabei die Heilige Familie von der Wand, beinahe hätte sein unbeherrschtes Knie noch das Drahtgeflecht des Bettgestells zerstört. Auf der Rückseite war die Matratze grau und löchrig, Füllfasern quollen hervor. Bleuel stöhnte. Er hängte das Bildchen wieder an seinen Nagel. Ihm war bewusst geworden, dass er vergessen hatte, die Wolfsspur zu finden.

Artjom sah kaum weniger schlimm aus als auf dem Schlachtfeld in seinem Traum. Die linke Wange schwarzviolett verquollen, das Auge hinter der Schwellung so gut wie verschwunden.

»O Gott – was ist denn –«

»Heute Nacht hat es dich nicht interessiert.«

»Aber – bitte – ich konnte doch nicht wissen –«

»Schon gut. Ist ja alles in Ordnung.«

»So siehst du mir nicht aus.«

»Nein?« Er lächelte, so gut es mit der aufgesprungenen Oberlippe ging. »Sind doch nur meine Weisheitszähne.«

»Hast du Dmitrij Andrejewitsch wenigstens umgebracht?«

»Matwej, mit was für Phantasien kommst du da wieder an?«

»Artjom, es tut mir leid – bitte, ich –«

»Was soll dir leid tun? Du wohnst bei der Woroschina zur Untermiete, du bezahlst dafür, das hat alles seine Richtigkeit.«

»Heute Nacht, ich –«

»Du hattest keine Zeit. Du konntest nicht öffnen. Es war mitten in der Nacht. Alles in Ordnung. Ich muss jetzt übrigens wieder da hoch.«

Die Matratze, dachte Bleuel. Doch er brachte es nicht fertig, davon anzufangen.

»Ja, ich muss auch los. Ich treffe Ak Torgu auf dem Theaterplatz.«

»Und? Warum sagst du mir das?«

»Weil – Artjom, wirklich, wenn ich gewusst hätte –«

»Du hast aber nicht gewusst. Kein Wunder übrigens. Du weißt ja nichts über mich. Nichts. Und das hat seine Richtigkeit.«

»Seine Richtigkeit.«

»Ist das ein falscher Ausdruck?«

»Seine Richtigkeit Artjom Tscheremnych. Das könnte eine Anrede sein.«

»Ganz wie Ihr meint, Euer – Euer Liebschaft.«

»Artjom –«

»Auf Wiedersehen.«

Und er war schon die halbe Treppe hoch. *»Paka, paka«*, murmelte Bleuel lehrbuchmäßig. Auf dem Weg hinaus durchwehte eine Traurigkeit sein Gemüt, doch es überwogen die Vorfreude, gleich Ak Torgu wieder in seine Arme schließen zu dürfen, und die Erleichterung über die nachlassenden Kopfschmerzen; von der Gewissheit, dass er seinen Kampf gewonnen hatte, ganz zu schweigen.

Am 1. September maß die Wetterstation Kemerowo mittags 30 Grad Celsius im Schatten, den wärmsten Herbstanfang seit Beginn der Temperaturaufzeichnungen. Матиас Блейель durchschritt, nach einem russischen Rasierwasser duftend, einen langen, neonnackten Korridor, an dessen Ende hinter einer Milchglastür die Räume der Autovermietung liegen sollten. Auf sein Klopfen reagierte niemand, doch die Tür war nicht verschlossen. Er trat in ein Zimmer, in dem sich außer einem Kopierer und einer Kaffeemaschine vor allem ein Billardtisch befand. Falsch, dachte er. Da sah er, dass links hinten eine weitere Tür offen stand. Er schlich hinüber und traf in einem Büro, knapp halb so groß wie das Billardzimmer, zwei Frauen an, die einander am Schreibtisch gegenübersaßen. Einen Shiguli verlangte er, für heute und noch ein paar Tage. Einen Kia könne er haben, gab ihm die Brünette der beiden zu verstehen, doch er wiederholte Shiguli. Es musste ihm ein Anliegen sein. Nach einigem Hinundher kam der Chef dazu, die Hemdsärmel bis über die Ellenbogen gekrempelt und im Gesicht ein Dauerlächeln, bei dem die Augen nicht mitmachten. Shiguli, sagte der Ausländer mit großer Entschiedenheit.

Für die Formalitäten durchblätterte die Brünette seinen Pass, auch das Visum blitzte auf, doch sie sah es sich nicht genauer an. Als er den Vertrag unterschrieb, hielt er die Banknoten für Miete und Kaution schon in der Hand. Der Chef begleitete ihn an die Straße und zeigte ihm einen ungewaschenen sandfarbenen Kleinwagen mit Stummelheck. Der Schmutz mache ihm nichts aus, Hauptsache, das Fabrikat stimme, vermittelte er und bekam den Schlüssel.

Manchmal war der Logistiker (oder die Spur, die nach der Austreibung von ihm blieb) doch noch zu etwas nutze. Deutlich hatte es sich gezeigt, als Frau Meininger zurückrief, die Bankberaterin. »Eine etwas schwierigere Transaktion in Russland – mit einer privaten Komponente«, gab er mit seiner Geschäftsstimme als Grund dafür an, dass er telefonisch den Großteil seines Depots abstoßen wollte. Frau Meininger schlug Online-Banking vor, er fragte zurück: »Aus einem Internetcafé in Sibirien? Sie ahnen ja nicht, wohin es unsereinen manchmal verschlägt.« Oh, versetzte sie fröhlich, da müsse sie ja bloß mal auf die Schildchen in ihren Klamotten gucken. »Eben«, bestätigte er mit seinem Geschäftsschmunzeln. Dann verband sie ihn mit Herrn Staudacher, und Herr Staudacher sprach erst von Bevollmächtigung und Einschreiben, dann von Ermessensspielräumen, die er als Filialleiter ausreizen könne, wenn es sich um einen langjährigen und hoch geschätzten Kunden handle. »Und wenn Sie zurück sind, haben Sie ja vielleicht mal Lust, mir von ihrer russischen Transaktion zu berichten. Da, wo es in die Märkte der Zukunft geht, horcht ein Banker natürlich auf.«

»Natürlich. Versprochen.«

Frau Woroschina legte er einen Umschlag mit zehntausend Rubel auf die Küchenanrichte. Er hatte tagelang immer wieder die Matratze geschrubbt, die Flecken waren dadurch blasser, aber auch viel größer geworden, und der Hüllstoff sehr dünn. Ehe er mit Seife und Haushaltsreiniger heranging, hatte er sich – es war der Dienstagabend, und hundert Gramm Wodka halfen ihm auf die Sprünge – nackt auf das Bett geworfen und an die mit klarem Wasser getränkten Stellen seinen demütigen Saugmund gesetzt. Doch dieser Versuch, die kostbare Substanz zu lösen und sie sich einzuverleiben, blieb, vom Ständer des Durstigen abgesehen, ohne sichtbaren Effekt. Ein Laken hatte er noch gekauft, beigefarben fast wie die Matratze, und es vor seiner Abreise aufgezogen. »Das neue Bett«, hatte er geflüstert, die Heilige Familie geradegerückt, des Jesuleins Fingergruß erwidert.

Die Lippen leicht geschürzt, den Blick starr unter gesenkten Brauen, fuhr er auf der Überlandstraße nach Süden, Richtung Nowokusnezk, und hoffte, dass er wie ein Russe aussah. Zu überholen wagte er nicht, nur einmal einen Vierzigtonner auf einem schnurgeraden Abschnitt, nachdem drei andere Autofahrer es ihm vorgemacht hatten. Alle paar Minuten lauerte am Streckenrand die Polizei.

Zurück im Geisterland. Endlich. Die Sonne ging schon unter, er hatte trotz diverser Hilfsmittel – einer Skizze von Ak Torgu, die er wie eine Schatzkarte hütete, ein paar Wegmarken-Tipps von Sonja, die Artjom ihm auf einen Zettel geschrieben und zum wortkargen Abschied überreicht hatte, und einem schmalen Atlas des Gebiets Kemerowo – in der weitgestreuten Stadt Myski, am Zusammenfluss von Tom und Mras-Su, nicht gleich die richtige

Abzweigung gefunden. Der kleine Lada ächzte auf der narbigen Piste, die vordersten Taigawipfel nickten dem Fahrer im Abendwind gnädig zu. Er wusste, wenn er sich umdrehen oder in den Rückspiegel, an dem die Zobelpfote baumelte, blicken würde, sähe er hinten den Aina sitzen, breitbeinig auf die Polster gelümmelt, mit wippendem Zopf, also blickte er stur nach vorn. Anhaben konnte der Aina ihm eh nichts, zumindest solange er das Lied der Wölfin sang, und das tat er ohne Pause seit Einbruch der Dämmerung. Einmal lenkte er den Wagen in ein riesiges Schlagloch, damit der Plagegeist sich möglichst auf die Zunge biss. Und

Alyndagy temner
Kujburtschalar anda
Pögünüsch pulaptscha
Kül osch kyr salgynda

schmetterte er dazu mit heller, fester Stimme. Auf seinem Weg durch Sibirien. Aus eigener Kraft und mit dem Beistand der Schamanin. Hinein. Und immer tiefer hinein. Sein Weg hatte ja erst begonnen.

»When can I see you again? When can I meet Kiné?«

»Matthias –«

»Please, tell me. I'm very serious.«

»Oh. *Eto sloschno.*« Ihre Stirn in Falten, ihr Lächeln zugleich fragend und undurchschaubar.

»Ak Torgu. Katja. If you want, I can come to Myski. To Tschuwaschka.«

»Tschuwaschka?«

»Tschuwaschka, *da, da! Sdorowo!* Tell me when. Next – *subbota?* Saturday?«

Sie hatte seine Hände gehalten, sie hin und her geschaukelt, und lächelnd den Kopf dabei geschüttelt und mit einem kleinen Seufzer *subbota* wiederholt.

Das musste doch wirklich reichen. Deine Chance, käsiger Held. Tiefer und tiefer hinein (und ein kurzer Lachanfall, weil die patriotischen Alleebäume wieder auftauchten, aber ohne sein Lied, Ak Torgus Lied, wirklich zu unterbrechen). Zu ihr und dann mit ihr weiter. Wohin sie wollte. Ins Unermessliche. Er würde den Altai sehen, er würde Tuwa sehen und Ob und Jenissej, immer weiter, er würde Oktober und November erleben und auch die unvorstellbaren Monate danach, er würde das kleine Mädchen hüten, er würde der Liebsten die Trommel tragen, Trommel und Kai-Komus, Wolfspelz und Peitsche, er würde ihr den CD-Tisch aufbauen, er würde mit ihr singen, wenn es ihr recht wäre, oder sich vielleicht zu ihrem Gesang bewegen oder hinter der Bühne bereitstehen, er würde Schorisch lernen. Er würde sie lieben und bei ihr bleiben, er würde sie sehr fest halten und sehr, sehr fest von ihr gehalten werden, und der Strunk würde nie mehr patzen, er würde alles tun, was sie wollte, das Leben hatte begonnen.

Die ersten Holzhäuser an der mäandernden Straße – ein überwältigendes Gefühl heimzukommen, nicht weniger als das.

Und wenn sie nicht da wäre?

Tatjana und Jurij würden ihm weiterhelfen. Kein Zweifel.

Und wenn er vor verschlossener Tür stünde?

Dann würde er im Auto übernachten. Und ihr am Morgen eine Nachricht schicken.

Und wenn ihm nicht sie, sondern der Tuwiner die Tür öffnete? Dumme Gedanken.

Oder die Miliz?

Alte schlechte Gewohnheit. Es gab kein Zurück!

Tschagys ak pörü menn
Menn oradam edum tschysta
Menn tschosag'm kydas'n
Schüm kelebegele koschta

So hörte sich sein Sieg an. Auf der Wolfsspur. Und dass ihm soeben eine große Libelle vor die Scheibe gesaust und zum Sterben ins Gras am Straßenrand gesunken war, gaukelte ihm das Böse auf dem Hintersitz doch bloß vor, weil er nicht mehr laut genug sang. Ihm schob sich ein Bild vor die Augen, auf dem ihm – nicht in Stuttgart, nein, in Möckmühl – ein Gedenkstein mit eingemeißelter Libelle gesetzt war; und unter seinem Namen der Spruch: *Verschollen in Sibirien.* Wer sollte ihm einen Gedenkstein setzen, beide Eltern tot, keine weiteren Angehörigen, die Exfrau stocksauer (und heilfroh, ihn los zu sein)?

Gleichviel; freue dich, Liebender! Verschollen in Sibirien, das ist doch die Wahrheit, die berauschende Wahrheit! Du bist hier, du bist wirklich hier, du bist nirgendwo anders mehr, du hast alles überwunden! Und was immer als Nächstes geschieht, bis hierher hast du es geschafft. Es ist doch so: wenn du merkst, du hast im Leben den einen, den kostbarsten Moment erreicht, dann sollst du alles dafür tun, in diesem Moment zu bleiben. In ihm aufzugehen. Dich nie wieder von ihm zu entfernen. Dann sollst du dem Schicksal danken und auf dein Glück vertrauen. Die Erfüllung! Warum nicht gleich zum Fluss hinunterfahren, Mras-Su deinen Pass opfern, mit einem Fetzen Stoff aus deinem rosa Hemd fest um einen Stein gebunden?

Gelegenheit zu solchen Freudentaten würde sich auch morgen noch bieten, egal, ob er die Nacht im Auto verbrächte. Um ein laminiertes Dokument zu vernichten, wäre Feuer wohl geeigneter als Wasser. Und Mras-Su könnte mit der Asche gewiss mehr anfangen als mit dem unverdaulichen Büchlein.

Die Abzweigung. Die letzten Meter dieser Reise, über Gras und Schotter und schwarzgraue Erde. Beim Parken vor dem Zaun benutzte er den Rückspiegel ohne Scheu, er wusste, so nah bei den Kalten Quellen hatte der Aina keine Macht mehr. Und aussteigen, die zwei Tüten mit Geschenken – Krimsekt und Pralinen, einen Bildband über Deutschland, den er in der Buchhandlung aufgestöbert und nach kurzem Zögern (doch, er konnte, er war ja entronnen) gekauft hatte, eine silberne Halskette und eine Brosche aus Perlmutt, ein Anzieh- und ein Aufziehpüppchen für die Kleine – aus dem Stummelheck heben. Seinen Koffer noch nicht. Durch das Gartentor. Keine Wäsche auf der Schnur unter dem Vordach. Weiter, um die dunkle Hausecke herum. Die Satellitenschüssel, auf einen Pfahl in den Beeten geschraubt, war ihm beim letzten Mal entgangen.

Er legte die narbige Stirn ans erste der beiden Fenster, blickte hinein. Hinter der blassgelben Gardine flackerte der Fernseher und zeichneten sich die Silhouetten friedlich trinkender Menschen ab. Von da, wo er stand, zählte er zwei, aber den Großteil des Raums konnte er nicht einsehen.

Weiter. Immer weiter. Der Tanzbär stieß ein zutrauliches Brummen aus und schritt auf die Haustür zu.

Die Arbeit an diesem Buch wurde mit dem Grenzgänger-Stipendium der Robert-Bosch-Stiftung gefördert.

Der Text zum mehrmals anzitierten *Lied der Wölfin* (*Pörü saryný*) stammt von Tajana Tudegeschewa, die Musik von Tschyltys Tannagaschewa.

Bei der Legende von Mras-Su und Kara-Tom (S. 178–181) richte ich mich nach der Schriftfassung von Andrej Tschudojakow (erschienen in Шорские сказки, легенды, Kemerowo 2002), die wiederum auf der mündlichen Version des schorischen Erzählers Safron Totysch beruht.

Meine russischen und schorischen Transkriptionen halten einer wissenschaftlichen Überprüfung nicht stand und schwanken zwischen Buchstaben- und Aussprachetreue. Den weichen sch-Laut im Russischen gebe ich mit sh wieder.

Ich danke

Olga Wassiljewa und Walerij Tscherkessow für einen so unverhofften wie beflügelnden Sommertag in Moskau.

Aleftina und Anatolij Maitakow für ihre unvergessliche Gastfreundschaft in Tschuwaschka.

Tajana Tudegeschewa für ihre Geduld und Weisheit.

Voller Bewunderung danke ich Tschyltys Tannagaschewa. Für ihre Musik, ohne die es dieses Buch nicht gäbe. Und dafür, dass sie uns zu den Kalten Quellen mitgenommen hat.

Zutiefst dankbar bin ich Nina Beskrownych. Ohne sie wäre ich nicht nach Sibirien gekommen, ohne sie wäre mir Matthias Bleuels Geschichte nicht eingefallen, und ohne ihre Hilfe hätte ich sie nicht schreiben können.

Gewidmet den Geistern von Arshan, die in ihrer unergründlichen Gutmütigkeit nicht verhindert haben, dass die Russisch-Orthodoxe Kirche inzwischen auch dort, bei den Kalten Quellen, eins ihrer Kitschkreuze errichtet hat.